# 莒地花正开

王德玲　史素娟　时梦蔷　等◎著

莒县七姐妹作品合集

王德玲　史素娟　时梦蔷　张成莲
李洪敏　赵月虹　杨世美

天津出版传媒集团
百花文艺出版社

图书在版编目（CIP）数据

莒地花正开 / 王德玲，史素娟，时梦蔷等著. -- 天津 : 百花文艺出版社，2023.9
ISBN 978-7-5306-8555-6

Ⅰ.①莒… Ⅱ.①王… ②史… ③时… Ⅲ.①散文集-中国-当代 Ⅳ.①I267

中国国家版本馆 CIP 数据核字(2023)第 140061 号

莒地花正开
JUDI HUA ZHENG KAI
王德玲　史素娟　时梦蔷等　著

出 版 人：薛印胜
责任编辑：朱佳瀛　特约编辑：张晓芬
版式设计：郭亚红　封面设计：王　烨
出版发行：百花文艺出版社
地址：天津市和平区西康路 35 号　邮编：300051
电话传真：+86-22-23332651（发行部）
+86-22-23332656（总编室）
+86-22-23332478（邮购部）
网址：http://www.baihuawenyi.com
印刷：山东新华印务有限公司
开本：880 毫米×1230 毫米　1/16
字数：335 千字
印张：23.25
版次：2023 年 9 月第 1 版
印次：2023 年 9 月第 1 次印刷
定价：58.00元

如有印装质量问题，请与山东新华印务有限公司联系调换
地址：山东省济南市高新区世纪大道 2366 号
电话：(0531)82079100
邮编：250104

左起：时梦蔷、张成莲、王德玲、赵月虹、史素娟、杨世美、李洪敏

（2022年11月摄于莒县浮来山银杏树下）

# 莒文化枝头上绽放的花朵

○ 铁 流

莒县是我的故乡，我的家就在浮来山脚下。二十世纪八十年代初，我穿上军装坐上绿皮火车，从我的故乡——莒县出发，一路来到了海滨城市烟台当兵。一年后因为原单位撤销我又去了青岛，后来除了短暂几年的外出学习外，再没离开过青岛。转眼间三十多年过去了，尽管岛城红瓦绿树、碧海蓝天，但故乡始终如一片云萦绕在我的心头，常出现在我的梦里。我知道一个人无论离开家乡多久，永远都会被乡情牢牢地牵着。

三十多年前，我还是一个毛头小子，经常跟着爹娘去地里耕种、去果园采摘。家乡的一草一木、一山一水都映照在我的心田。那时候的天是湛蓝湛蓝的，水是碧波荡漾的，我和同乡的伙伴们经常顺着溪流去摸小鱼，赤着脚踩着水的欢乐对于少年的我们来说，是一种确切的快乐。秋天到了，果园里一片金黄，苹果沉甸甸地挂在枝头，收获的喜悦洋溢在每一个人的脸上。忙过秋收，就是孩子们最开心的时候了，我们一行人，有时是三两结对，有时是十几个人，约定去爬不远处的浮来山。浮来山可以说是故乡的一座福山，进了大门，一直沿着山往上爬，就是定林寺，那里有一棵四千年的银杏树，每至深秋，黄叶遍地，美不胜收；定林寺里还有一座校经楼，是我国古代著名文艺理论评论家刘勰的居所，《文心雕龙》就是在这里创作而成的。直至今日，回到故乡，闲暇之余，我还会愿意到浮来山上走一走，重温少年时的欢乐，慰藉心头那一抹不曾飘散的思乡之情，更重要的是从银杏树、校经楼的纹理里寻找充沛的莒文化。

莒县，历史上曾三度成国，上溯到五千年前的某个春分的早上，莒地先民在屋楼崮下劳作之余，抬头发现了一幅美丽奇异的景象——太阳初升，云雾缭绕，五座山头耸翠。他们把这图像刻在了陶尊上，专家解释为“旦”字，比甲骨文还早一千五百年。自此，莒地文脉从未间断，莒国文化源远流长，形成了山东三大文化之一的地域性文化，以春秋时期最为鼎盛。在莒文化的滋养孕育下，莒人或书或画，或诗或文，形成了文化上特有的“莒县现象”。

在历史的长廊里，除了生于莒县东莞的刘勰外，曾子曾在书院夜诵，苏轼曾写下“不忘在莒”，还有毋忘在莒、莒鲁会盟、侧足焦原等典故均出自这里。莒县人杰地灵，山河锦绣，受莒文化的滋养，涌现了众多的文人墨客。贩夫走卒能放下锄头挥豪泼墨，老者顽童亦能随手书写诗篇，家家户户皆悬挂书画以示风雅，茶馆酒肆吟唱应和时有佳话。莒县国家级书法家和画家达一百多位，被誉为中国的“书画之乡”。在这种环境中，有一批女子，从儿时起，便热爱文学，初心不改，笔耕不辍。夜深人静，当孩子睡去，家务收拾完毕，这才是属于她们自己的时间。灯下，拿起笔，记录下人间百态、家长里短、世情冷暖，也书写春花秋月、家国情怀、山河变迁。

杨绛先生说：“一个体面的中年女性，是在烟熏火燎之后，依然能保持善良爱美的秉性，花谢了修剪好树枝，叶落了保持好树的骨干，一地鸡毛，不需人知，岁月静好，且自从容。”每每读到这段话，我就想起她们——故乡的女作家。我认识的这七位莒县女作家，从教、从医、从商、从政者兼而有之。她们工作兢兢业业，家庭和和美美，自己精神富足，这里面凝聚了她们异于常人的艰辛和付出。从青葱少女走到儿女成人，她们有的虽然也历经人生坎坷挫折，甚至直面亲人生死离别，却以女性特有的柔软坚韧度过至暗时刻。我从这本文集中看到文学照亮了她们的世界。

我认识她们最久的长达近二十年，也多少知道一些她们的人生际遇。从最初的关注个体成长，到关注这个文学爱好者群体，我见证了她们长久坚守的文学热忱。在柴米油盐之余，她们不放弃对美的追求和向往，在自己的世界里活得淡定从容、平和愉悦，这是莒文化的滋养，更是她们多年修为涵养的结果。其间甘苦自知，她们却始终向美而行，从未偏离。

在时代的滚滚洪流中，她们生于斯，长于斯，始终怀有对莒县这块厚土的热爱。对于莒县日新月异的变化、莒文化的传承发展，她们是见证者、参与者和奉献者。她们的奉献，是很重要、很特别、很持久的一份力量，这是作为女性作家群体的一份柔韧力量。她们在丰厚自己内心和人生的同时，以女性的视角记录了这个地方的发展，以女性的善良、包容、上进、正气影响着自己的家人和周边人。

七人中，素娟算是我多年的文友，多年前我就为她的文集写过序言，只是她后来忙于工作且岗位又在乡镇，便无暇再顾及文学了。之后，她到了文旅局任职，干文旅离不开文化，也需要经常和文人墨客打交道。前不久她告诉我，几位女作家想一起出本文集，但心存顾虑。我想，能满足她们的美好夙愿，让大家从她们的文章中看到莒文化的传承和影响，感受莒文化的力量，也是一件非常有意义的事，便鼓励她们践行想法，并承诺为文集做序。没想到，很快见到了文集初稿。

翻开样书，读着一篇篇色彩斑斓的诗文，我对于熟悉的地方和熟悉的脸，甚至未曾去过的地方、未曾见过的人，都有了清晰的印象。那些诗句里的意象，杏花、猫子眼、甜酒根、蒲公英、芙蓉和紫藤，真的“像见了老朋友一样热闹起来，仰着无邪的笑脸，朝我摇头晃脑”。抽着旱烟袋的父亲、顶着白发站在巷口等待的母亲、可爱的孩子，还有住在河下游的那个她，都一股脑儿穿过记忆的雨帘，向我走来。她们将故乡的风土人情、个人的人生感悟化成诗句和文字，向我和千千万万的读者讲述着属于莒县人的故事，还有那丰厚的莒文化。

她们七人的文章，各有特色，一一读来，我欣喜有加！

德玲是妇产科医生，慈爱善良，多年来经她手呱呱来到世上的孩子数都数不清。她把职业生涯中每一次接待新生命的喜悦、慈爱、敬畏化入她的文，于是“花朵就是自己，季节是父母，果实是孩子”。岁月成诗，她的四季，分给了喜悦的春天、芬芳的夏天、哀伤的秋天、怀念的冬天，她写三月、五月、七月、八月……字字句句是扯不断的亲情和乡愁。

长于写命题作文的素娟很好地解决了左右脑的思考分工，诗情常驻心中，所以多年的公文写作并未固化她的思维。二十多年，她工作过的七八个乡镇的风土人情、山山水水，有幸化作她笔下的风景，化成瓣瓣馨香，尘嚣忘却，唯余美好。那年故乡“陌上花开”，她站在“莒慈桥”望乡，如此，途经的山水也记住了她。

梦蔷行文如行走，换一种思维来看，家乡即是让人向往的远方，它在游子心中是山好水好人也好，游子心绪千回百转，最后只道：祝家乡父老一切安好。旅程中，她一路走一路思索，看似平淡的记录中有万千感慨。蔷薇花可以绕花篱，而文字却交与乡情和亲情，交与后营的旧时光和龙山的桃花节，含香的叙事愈发悠长。

成莲是税务工作者，虽已升级为祖辈，但青春曾在“税”月中闪光。她和同样从事税收工作的爱人夫唱妇随，把文学与事业相结合，给予税收事业以升腾的力量。她作文婉约、做诗质朴，如流水，不饰色，边叙边思边议的行文里，送到眼前的有纯真、有清愁、有希望。“如果我们尽力做到素心静韵、简单安然，一定会有我们期待的春暖花开！”，她安静如新荷，却是夏天最美的花。

转角处，或有美好与惊喜，多数人或许不见，而洪敏老师能认真地转过身并发现且记下来。她的文里记录了众多转角之处的美好和桃李满园时的喜悦。清贫是文学意义上的美好，而成为一名教师之后的所有事件都成了洪敏老师的文学题材，她从小事中管窥大时代，让我们感受生活的变化。讷于言，敏于文，她说：“把眼前的路走稳走好，才是最重要的。”

赤子之心入文，文字便有了纯真，月虹老师的纯真源于从事的幼教事业。当俯下身来与孩童同乐时，她便有了赤子之心，当这赤子之心入文后，看似“庄重”的文里，处处是久违的真、善、美。花花草草可入诗，山山水水可入文，亲人离去的至痛和对生活的希冀跃于纸面。好在胸有诗书和事业，归来，仍少年。

真实的人生不是非此即彼，人生有纯粹与干净，亦有喧嚣与周旋。世美将心寄文，心净文纯，而又以商谋生、游于小城去面对喧哗，这个矛盾是文学的宝库，也是文学的源泉，处理好了，文学方有厚度与生命。读世美的文章，我时有感慨，要有多么爱美的心灵，才能在追逐利益的路上向美而行。

她们不仅耕耘在各行各业，成为同行中的佼佼者，还在业余时间妙手著文章，将工作与爱好相融合、相促进。虽然作为非专业作家，她们在写作技巧、辞藻运用上还有待提升，在思想深度、格局宽度上还有待考量，但好在，我们能看到其中的努力。就算成不了文学上的佼佼者，爱好和情怀还是要有的，否则我们用什么来对冲平庸、琐碎、偶尔的一地鸡毛和迷茫呢？

近几年故乡的发展日新月异。每次回到故乡，都能看到新变化，壮丽的莒安大桥、辉煌的莒国古城、崛起的沭东新城……但无论城市如何变迁、街道如何规划，记忆不会重组，我对故乡的缱绻情谊和美好祝福不会停止，祝愿我们的女作家文集出版，祝福每一位读者都能在书里找到心安之处。

这本书，是她们友谊的见证、文学道路的小结。莒县文学史上的一朵小花，也必将成为莒文化传承中的一段佳话。

是为序。

铁流，中国作家协会报告文学委员会副主任、山东省作家协会副主席、鲁迅文学奖获得者。

# 目录

## 散文卷

### ·王德玲散文·



### ·史素娟散文·

· 时梦蔷散文 ·



· 张成莲散文 ·

## · 赵月虹散文 ·



## · 杨世美散文 ·

## · 杨世美诗歌 ·

# 散文卷

# · 王德玲 ·

## 散 文

## 花开之美

当第一缕春风吹过，我走在路上到处搜寻着绿色，那种心情，如同渴望收到恋人回家的消息，兴奋又急切。柳枝上小小的嫩芽，也能激起内心的喜悦，就好像绿色也带了芳香，空气清新灵动起来，天地豁然开阔明朗。绿色，多一点，再多一点，柳叶如细眉长时，杨树叶子便冒出来，然后是梧桐、槐树、榆树、银杏，渐渐地，每一种树木都被绿色涂抹，浅浅的，看似漫不经心，其实简约细致。相比于夏天的浓荫蔽日、满目苍翠，我更喜欢这样的轻笔点缀。又想念起花来，春天到了，花该来了。如果说绿色是恋人，那么，花朵就是知己。

玉兰花的花骨朵很早就饱满了，大约还在下雪的冬天，它们就鼓起来了，似乎随时就要张开。那个时候，我其实是不希望它们开放的，虽然喜欢和盼望，但是，我怕那娇嫩的花瓣会被冻僵，因此我默默地鼓励它，不要急、忍耐住，先严严地包裹住自己吧，等待春风吹来。柳树的枝条变软，随风摆动，远远望去，满树笼罩着淡黄的光晕。其他的树木还光秃秃的没有动静，野雀窝在自己搭好的高高的窝里。某一个傍晚，窗前的那棵白玉兰，突然就露出了白色的花苞，无声无息，隐约有一些花香，不浓烈、不张扬。月光下花开的声音、风吹的声音，从前世而来，又穿越千年而去，我站在树下，觉得它已经向我敞开了心扉，似乎轻声低语着：盛开，是时光赋予的使命，冒着春寒早早开放，是因为有一种等待在呼唤。我问，你知道那是谁吗？它不回答，只是高高地舒展。也许，它不想惊扰喧嚣的世界，只是安静地开放、从容地凋落。第二天早晨再来看时，花开得又大了些，渐渐地，完全绽放了，树枝上干净着，没有叶子的衬托和遮掩，只是大朵大朵的白玉兰。有诗人说那是光着身子的少女，还有人说那是挂在枝头的白手绢，虽不能轻易评价是否恰当，最起码，都不合我的心意，在我眼中，那就是花儿，有着人的情感和灵性，却更干净和简单。它用洁白的怒放，把大地从严寒中唤醒，春天回来了，忍耐了很久的向往和期待终于绽开。那样的花朵，大气、纯粹，满树禅语，在初春的傍晚，在路边，静静开放……

有时在山野，有时在某一位邻居家的院子里，我猛然看见一树杏花，雪白的小花，朴素、亲切，恍惚回到了偷吃青杏的童年、折枝回家插在瓶里的少年。杏花，从来都是无意间碰上，匆匆离去，来不及细想。它像曾经的伙伴，在记忆里新鲜、在生活中存在，素面朝天，随处可见，是春天的第二枝花。杏花，纯粹到不染尘埃，是荒凉的山坡上最早的生机。随处可见的第三枝花是迎春或连翘。它们长得差不多，我至今不明白区别在哪里。黄色的小花布满长长的枝条，舒展在墙头或公园的四周、河畔的坡堤，肆意生长，自由散漫又满面春光……第四枝花是桃花，我总是惊奇，世上竟有这样美好的事物，开花时那么美，结果时又那么甜。在家乡，漫山遍野的桃林，婆娑地盛开着粉色的花，那该是春天最动人的作品了。然后，梨花、樱花、丁香、紫藤，芳香蔓延开来，令人目不暇接，我既兴奋又慌张，生怕错过了、辜负了，或者匆匆地失去了。

后来，是梧桐花、槐花，那都是家乡的花啊，一直都在身边。还有很多熟悉的但是叫不出名字的花，它们在马路两边，一簇一簇地生长着，从春开到夏。大多数人和我一样，坐在车里，闻不到花香，甚至看不清花瓣的形状，然而它们依然用自己的色彩装点着这个世界。无法计算到底谁是第几枝花，我已经数不清。一阵浓郁的花香袭来，我忽然就看到爬满墙头的蔷薇，东墙一片洁白，西墙一片粉红，蜜蜂和蝴蝶飞舞，有心人在花前摆弄着镜头。蔷薇花，开在寻常人家的篱笆墙，让人年年期待。来生若能成为花，就做一枝蔷薇花吧。

人是俗人，鸟是飞鸟，只有花才是仙子。不做富贵牡丹，不做醉人桂花，不做孤傲菊花，就做蔷薇——无论位置高低，都开得自然，低处不卑微，高处不招摇。

路边的棉槐花开了，星星一样淡黄的小花，在晚风中摇摆，在月亮下闪光。窗前的合欢树开花了，粉红色羽毛一样的花，如梦如幻，似要展翅高飞，在夜晚睡去，在清晨醒来。还有一晃而过的石竹花和夏日里生生不息的木槿花。无论是在高大的树上，还是在路边的草丛中，一朵花就是一个生命，怀抱着不为人知的梦想，在风霜雨露中灿烂、凋落。喜欢花开，随风而动的样子，姣美到让人心疼。最难得是将来还会有果实，桃子、梨子、石榴……它们之所以能够在春色和鲜花中赏心悦目，都是因为四季在更替中描绘、酝酿、雕琢，然后倾心捧出。阳光雨露之精华，天地万物之灵气，凝聚在那一粒粒、一颗颗、一枚枚饱满的果实里……啊，这人间真是惹人爱呀，不为别的，只为缤纷的花儿、甜蜜的果子，大自然赋予的这一切，多么让人难舍！一花一世界，一树一菩提，于无声处，深情流淌。

想起少年时挎着提篮去山上挖苦菜，篮子里开满了嫩黄的小花，怕它被阳光晒蔫了，我就脱下身上的小褂，盖在篮子上面，为它遮挡阳光。原来小小的心灵，早已懂得了爱惜。

春天很快远去了，不知不觉夏天也悄然离去，只留下满地的落英，被吹到角落里，在寂寞中凋零……猛然又想起昙花，晚上七点到九点开放，一年中仅此一次，短短的一瞬，来得寂然，去得决绝。但是，它也是拼了力气的。它的花语就是：开放过，美丽过，就够了，又何必在意多么久远呢？如此想，我也就释然了，不再为落花、衰老、死亡而忧伤，而是尽可能多地欣赏沿途的景色，伴随时光丰富自己的旅程。

我知道生子的痛楚，花开，大约也会经历挣扎和折磨吧，然而，那些美丽的花儿，始终仰着迷人的笑脸，迎风起舞。

花开——人间最美的风景，也是活着最简单的理由。

常常心怀感激，来人间这一趟，真的是值了。

# 秋天的思绪

风吹草动，都是秋的模样。

阳光倾泻，被金黄的叶子折射出无数的光。在一场铺天盖地、声势浩大的色彩竞争中，黄色吞没了世界，明亮炫晕了眼睛。秋天，用热烈迎来冷清，是一场演出落幕前华丽的高潮，是四季轮回中最精彩的部分。这一刻，时光是热闹的。

远处的秋水，表面也是明亮的，波光粼粼。然而，湖心是淡淡的幽蓝，通透而纯粹，干净而无邪，平静地等待令之窒息的冷酷时刻。曾经澎湃激烈、春波荡漾、汹涌肆虐甚至吞没生灵的湖水，在秋天竟然如此安静、优雅，令人着迷。

回想春天，万物复苏，一切充满希望；夏天，热烈奔放，可以无拘无束地追求梦想；而秋天，安详宁静地散发出智慧的光芒，庄严等待冰天雪地的到来。它把浓郁的情感和姿态万千的美丽发挥出来，不再羞涩，不再谦卑，而是尽情地抒发，淋漓尽致地表达！

秋天，有多少不舍。清晨草丛挂着晶莹的露珠，叶子湿漉漉的，如同在夜色中偷偷流下的泪，打湿了秋天的外衣。是啊，它们的疼痛在夜里，在心里，在不为人知的寂寞里。白天它们则舒展着、明媚着，如一幅立体的油画，将时光之美、自然之美，一览无余地展现出来。

我们的生命，已进入秋天。放下羞涩和谦卑吧，不仅要结出丰硕的果子，还要尽情演绎这高山流水的华美乐章，描绘这色彩斑斓的妩媚人生。当最后的休止符轰然落笔，天空将飘起洁白的雪花，晶莹且安详。

# 深秋的黄叶

振兴路和文心路两边银杏树的叶子突然黄了，好像是不知不觉地由青变黄，也好像是经历了一夜的寒霜迅速染黄。银杏树一直站在我匆匆来去的路上，我竟不曾留意从什么时候开始，它们已由满树的翠绿变成通体的金黄。那种干净的、醒目的黄，在高远的天空下，泛着生动的光泽，热烈、华贵，即使凋落，也带着一种静美。一树一树的黄叶，让深秋的小城少了些许清冷和凄凉，多了几分厚重。那些扇形的叶片，无论已飘落于地，还是尚在枝头摇曳，在秋日的阳光下，都依然饱含生的激情，浅笑盈盈……

从家里拐弯出小区就到了文心路。驱车往西走，极目远眺，那满眼的黄色如一幅立体油画，令人身心一震，不禁缓下车速、静下心，慢慢地欣赏、体会……曾经的绿叶婆娑、曾经的果实累累如昨日云烟，而眼前的风景，才是凋落前生命的最后绽放，不见其悲，尽显其华，不是转瞬即逝的昙花，而是永恒的灵魂定格。边走边看，我感到心中渐渐注入了激情，原先的种种情绪——委顿、失落、忧郁，被一扫而光，取而代之的是热情、柔软、怜悯。脸上的表情舒缓起来，多了些笑容；心灵舒缓起来，多了些细致和耐心……

当结束一天的工作，带着满身的疲惫走在回家的路上，再行至文心路时，满目的黄叶依然静静地等在那里。在某一棵树下停车，打开音乐，闭上眼睛，整个人慢慢地平静了，似乎离开了车来人往的喧嚣尘世，只有一片片金黄的银杏叶，在夕阳的背影里，随风作响。

晚饭后我们在振兴路上散步，那些黄色的叶子被笼罩在淡淡的月色里，格外从容，无畏荣枯。牵着孩子的手，听她背诵“停车坐爱枫林晚，霜叶红于二月花”“况属高风晚，山山黄叶飞”……那稚嫩声音传诵的经典，穿透岁月，留下印记，如同这些黄叶，以唯美的方式成就了屹立千年、历经风雨而不枯竭的银杏树，为小城、为季节涂抹上暖暖的底色。这个秋天，没有“秋风秋雨愁煞人”的悲伤，没有“无边落木萧萧下”的凄凉。黄叶，让平凡的我们更透明、更柔润、更超脱。

愿银杏树成为莒城的光荣之树，生生不息；愿银杏叶飘满莒城的大街小巷，在每一位莒子的心里，芳香弥漫。

# 拜访九仙山

终于又一次亲近这座大山。

刚开始进山，同伴偶然远远地看到一丛杜鹃，兴奋地大喊："万山丛中一点红！"我们随车进入大山深处，见群山苍翠、树木茂盛，点点的花红渐渐变成片片的花海。

一下车，迎面一大片的杜鹃花正热烈地盛开。我们一群人像孩子一样欢呼着跑进了周围的丛林，而静静开放的杜鹃花也笑意盈盈——那些粉嫩的、大红的、淡紫的花朵，像是玲珑的灯盏，欢庆我们的到来。我们顾不上途中疲劳，立即爬山。路旁，偶尔会有杜鹃花枝伸至路的中间，扫着我们鲁莽的裤脚，我们忍不住细细地欣赏、轻轻地抚摸，然后恋恋不舍地跨过。在攀爬的路上，某一个惊险的拐弯处，一大片杜鹃突然显现，让我们眼前一亮，精神也为之一振，脚下的步伐变得轻快。虽然山路崎岖艰难，但是我们的情绪是热烈的、激扬的、奔放的。突兀耸立的巨石中间，横生着几朵鲜红的杜鹃，像风中的旗帜，更像生命的宣言！我为这顽强的生命力震撼，也不由地敬仰它执着的追求。

雄奇的山峰，壁立千仞；青翠的树木，漫山遍野。嫩绿的叶子，反射着阳光，泛着油亮的光泽，一片片、一簇簇深浅不一的杜鹃红点缀其间。有时，又能发现点点白花，走近了，才发现那是一树一树的棠棣，星形的小小的花朵在枝头密集开放。有时，在树的浓荫下，会看见一大片的小黄花，初看以为是油菜花，走近了，才看见花朵是由五片花瓣单摆而成，娇嫩异常，像小孩子涂鸦时的作品，靠着头顶上树的庇护，无论风来与不来，它都一样地不声不响。由于低矮，很多人都不曾注意到它，但是它仍然开得投入、专注。当人们仔细地欣赏时，会发现其实它那娇嫩的黄何其醒目！问了很多同伴，大家都不知道它的名字，我很遗憾，可是，于它又何妨？无论我们认识与不认识，它都一样开放。

山间的鸟鸣，分外清脆婉转，鸟儿在我们身旁的树上飞来飞去。很多猴子在石头上、树枝间跳来跳去，我们扔去鸡蛋、糖块，猴子们会飞快地抢走，灵巧地剥去蛋壳和糖纸，迅速吃完，然后又跟着我们跑，直到确实等不到食物扔来才停下。听同伴说，猴子是不吃肉类食物的，最喜欢吃的是桃子。我扔去火腿肠试探，猴子们无动于衷，于是相信同伴所说是真的。是啊，每种生物都有自己的生存方式和原则，只有坚守原则，才能维护尊严，因此我对于不吃肉类的猴子，更多出了一些好感。动物们大概习惯了游客的打扰，知道人类不再是它们危险的敌人，所以面对我们，它们没有恐惧和惊慌。这样和谐共处的自然状态，曾经是我们多年前的梦想，而今天，已是自然界随处可见的场景，多么令人赏心悦目啊。

溪水自山顶渗透潺潺而下，至山脚时，已积成清澈的一泓。我们坐在水边的石头上，以手掬水，一饮而尽，一股清爽的气息顿时传遍全身。有人撩起清凉的溪水溅向同伴，惊起笑声一片。

荆芥是一种小型的灌木，它的生长速度极慢，然而，在这茂密的丛林中，它竟然有如树的高度，婆娑着，端庄地站立。是啊，尽管它曾经渺小，尽管它只是存在于树的缝隙里，尽管它以极慢的速度生长，但因为执着的坚持，经年累月，它终于以微小的进步，在这深邃的大山里站成独特的自己。我想也许它和我有缘——百年的期待只为今天给我蒙昧的心智予以启迪。

当我远离生活的烦恼和工作的忙碌，再次拜访这座山时，心境变得清澈而旷达，思绪变得幽远而绵长。我突然想到，与那岩石上的杜鹃花相比，我们被父母悉心养育，被亲人呵护牵挂，被朋友关爱鼓励，被领导支持，被患者信任，在肥沃、自由的土壤里成长，有什么理由不珍惜和爱护现有的一切？不计较荣辱得失，让生命开出最美的花朵才是最重要的。就像那株顽强的杜鹃花，只要时节到了就自然地开放，尽管没有人知道它付出了多大的努力、经历了怎样的挣扎才蓄积了今天开放的能量。在这一刻，我觉得，那些无尽的加班、委屈的泪水，那些疲惫、苦恼、焦虑，那些沉重的工作压力、无法正常休息的就再也不曾调换过座位，那个临窗的位子陪伴了我三年的卫校时光，见证了我一往情深的眷恋，于是芙蓉树就和我纯真的学生时代、浪漫的青春岁月一起，被珍藏在我的记忆深处。那时，我写过散文《窗外的芙蓉树》《校园里的木槿花》……可惜都丢失了，虽然那些笔触幼稚、拙朴，但也必定真实自然。唉，人生的失落太多了，却又无可挽回……

想不到的是，在我的家乡，突然有这么多的芙蓉树，它们仿佛一夜长大，又好像在那里很久了，而我一直低头忙碌着，突然抬头，就看见已经长大了的它们。蓦然回首，原来它们就在这里！

此时，窗外的芙蓉树站在雨中，我看着，想着，内心的柔软就蔓延开来。

## 一个产科医生的“医者”梦

我从事医生职业已经三十五年，仍然不敢自称“医者”，因为认为自己距离真正的医者还相差太远。但是，这是我的信念，是我一直孜孜追求的梦想。

三十五年前，我从山东省益都卫生学校毕业。早在学校时，我就知道父亲的胃不好，当时去益都中心医院给他拿药，医生嘱咐我，回家要摸摸父亲的锁骨上是不是有淋巴结，然后开了两瓶胃特灵。等我放假回家，父亲锁骨上的淋巴结已很明显，他被沂水中心医院确诊为胃癌晚期，不能手术，不必住院。不知是因为无知而麻木，还是因为心痛而麻木，面对消瘦的、看见我回来高兴不已的父亲，我竟无言以对。五十五岁的父亲，做了一辈子劈石头、打石头的石匠，贫穷和劳累让他看起来比八十多岁的老人还要苍老。我真的不知道自己能为父亲做些什么。

回家待了几天，我需要回学校拿毕业证和档案，并接受学校的省内分配。再回学校，已不是往日的留恋；再见到同学，已不是从前的难舍。沉甸甸的心里，想的是家里胃癌晚期的父亲，外面的一切，对我已经没有任何吸引力。分配结果是回家乡莒县。同学们为我愤愤不平，因为全校第一名的学生可以自己选择分配去向，这是学校的规定，也是第一名的特权，而我以全校第一名的成绩选择了临沂市人民医院，最后的工作地却是莒县。避开热闹的、相互道别的同学们，我匆匆离开。

回到莒县，我被人事局分配至招贤医院。招贤医院的领导说，正常入职时间是 8 月 1 日，如果我 7 月上班可以多领半个月的工资。母亲告诉我，家里欠了八百元的债。我别无选择，7 月 1 日就上班了，是所有毕业同学中上班最早的，为了半个月的工资，四十元。于是，1988 年 7 月 1 日，是我行医生涯的开始。

第一次领工资是在一个半月后，一起刚毕业来的同事都领一个月的，我多领了半个月，是一百二十元。刚领的工资交给父亲，他高兴极了。隔了半天，他又交还给我说，你去买辆自行车吧，老借车骑也不是办法。

父亲始终没去住院治疗，最后的日子，不能进食，只靠输液维持。1988 年农历十一月初七，父亲走了。我和他的父女缘分，不过二十年。我太傻了，为了半个月的工资，少和他相处了半个月，当时我不知道，年老时回想起这件事会有多么深的痛楚。也许，他是用生命唤醒我，让我懂得珍惜，更让我学会选择。他用短短的一生，教育我一辈子，让我学会悲悯和同情，让我把这份情感融入每一个要面对的生命当中。

招贤医院的领导很器重我，第二年，就让我这个不知天高地厚的黄毛丫头做科室主任。领导和长者们对我的爱护，既鼓励了我，也宠出我的任性。时至今日，我身上仍然有太多的棱角和坏脾气，仍然傻。

后来，我结婚，生儿育女。后来，母亲带着我无限的依恋和不舍，也走了。

后来的日子，似乎只是苟活，茫然而无助。遥望家乡，已成故乡。再后来，慢慢想通了，虽不见爹娘，可还有那些曾经和爹娘生活在一起的熟悉的乡亲，还有更多需要帮助的父老。于是，我停止悲戚，继续投入到工作和学习中。

我最初只是益都卫校的中专生，起点太低，我想做一名真正有学识的产科医生，于是参加自考中医专科，参加成人高考本科，完成研究生学业，前往青岛大学附属医院全面学习一年、北京大学第一医院学习三个月、北京协和

# 莒城的银杏树

浮来山上四千多年的银杏树被誉为“天下银杏第一树”，是小城的福祉。历经世事变迁、岁月更迭，在科技发展和文明进步的今天，小城质朴勤劳的人们依然友睦四邻、崇尚文化，大概正是得益于银杏树的庇荫。对于小城来说，银杏树不仅是装点着小城的树，还是根植于内心的信仰，是祖先的化身，是小城精神的图腾，更是文化的传承。

浮来山上的银杏树，由夏天遮天蔽日的翠绿变成秋天雍容华贵的金黄，那华丽、绚烂的气势令人动容。高大的树冠，粗壮的虬枝，摇摆的叶子，抒写出金黄的时空。

城区银杏大道的两旁，长达几十公里，都是银杏树。它们在阳光下，泛着明亮的光芒，盛装站成一道秋天的风景线。

远远望去，树上树下浑然一体，似乎连空气都是黄色的。那明净的黄色，灵动、活泼又带着秋天的庄严，随风轻舞，飘然落下。站在树下，头顶、双肩、脚下，都能感受到叶子的轻吻，一种温暖顿时涌向心间。那黄色的叶子，分明是一件精美的艺术品，纤细的叶柄执着扇形的叶片，造型独特而精致，可以用做书签、头饰，还可以做药物治病，做成保健枕。走在树下，常常想，莒城人何其幸运，可以享受千年银杏树的陪伴和庇佑，可以生活在这座静美的小城。

莒城的秋天，像节日一样，笼罩在金黄的喜悦中。

# ·史素娟·

散 文

## 寻找幸福的所在

——文集《陌上花开》后记

哲学家叔本华曾说:“人生实如钟摆,在痛苦与倦怠之间摆动。”我的一位老师在诠释这句话时说,人一辈子,求生求学求职求婚求子求财求寿,最后求死得安然少受罪,却最终摆脱不了命运的安排,人生何其苦也。尽管如此,我们还是在这个世界上生存、生活,且生生不息。在痛苦到来的时候,我们用坚韧、执着去面对。当一个人、一个家庭顶不住的时候,我们会抱团取暖,互帮互爱,整个社会也是我们坚强的后盾。

从个体来讲,痛苦和欢乐是一对好姐妹,它们相依相伴,与我们同生共死。虽然人们渴望幸福,恐惧或排斥忧伤与痛苦,但是历经沧海桑田,人们发现只要精神正常,这些复杂的情绪总是左右着我们,让人无法逃避,难以取舍。我们穷其一生,上下求索,寻找幸福的真谛,期望躲开忧伤、烦恼,避免或减少心理、生理上的痛苦,痛并快乐着。

说了这么多,再深究下去,这将成为一个枯燥却又找不到唯一答案的命题。寻找幸福的所在,其实这就是我写作的目的,这就是《陌上花开》所要表达的主题。

小时候,我用稚嫩的文字记录了生活点滴、成长感悟,但那些孩子的心事十分凌乱，羞于拿出来与大家共享。这本文集有山水絮语、风景故事、亲情友情，有莫名的思绪，都是我后来一点点积累着思想的小火花，我希望通过记录身边的人和事，用笔排遣生活的烦恼，用感恩的心来融化生活和工作中遇到的痛苦、误解、郁闷等琐碎又无以言语的不良情绪。在这个过程中，每一阶段都有让我终生难忘的人，他们成就了我一点一滴的梦想。有时候想想，真的无以为报，只有心怀感恩，努力活得洒脱自在，希望我的点点成长，能给他们带来快乐和欣慰。这样的每一天，其实都是甜蜜的牵绊，让我发现生之美好，发现让千千心结都随风而去的奥秘。因此，我存在，我思索，我铭记。我希望在老得走不动的某个黄昏，坐在摇椅上，捧着自己的文字，梳理着年轻的思绪，怀想锦瑟年华，看暮色四合，沉沉睡去。

张爱玲说："青春一寸一寸地过去了，我知道那最美最好的一段，还是青春里的华年。"年轻有年轻的欢乐与烦恼，年老亦如是。年老时，我们觉得年轻真好，充满激情活力，有大把的青春可以挥霍，但我们也常见年轻人紧锁眉头，那些类似少年维特的烦恼总是挥之不去。我们以为人到暮年，身体不行了，白发如霜，皱纹丛生，不禁悲从中来，但我们也常见老年人含饴弄孙，老有所乐；常见打太极拳的老人满面红光、神采奕奕。

于是，这又扯出了一个问题：幸福在人生的哪一处驿站里？年轻时，年老时，还是在渐渐老去的人生旅程中？

《陌上花开》记录着我儿子涵涵的快乐、我姥姥的可亲可爱，记录着父母、亲人、师长。他们的年龄从一岁到八十岁，每人都有自己的付出和幸福。其实幸福就在生命的每一个段落，那种怀孕的艰辛与得子的喜悦同在；十年寒窗与金榜题名同在；瞬间的欢乐与永恒的痛苦同在。因相亲相爱，欢乐得以延长；因感动感恩，痛苦得以消减；因付出与收获，我们得以享受人生未知的过程和结果。

我们善于观察，善于从飞鸟游鱼的卑微里看到人的伟大，又善于从它们的自在自得里学会反思与警醒。我们与大自然密切接触，和谐相处，并从中汲取生之动力。

这一切，是多么美好。

幸福是一朵最美的花，它的绽放需要亲情、爱情、友情来浇灌，更需要乡情的滋养，这是有别于上述情感的大爱。

莒县城阳，是我的家乡。我曾几番离开又回来，总是走不出它的牵绊。一天天，家乡愈来愈远，那些袅袅幸福和淡淡哀愁，只有当我静下来思索时，才能绽放成含泪的花朵。我怎能不时常问一声：“我的心，你还在吗？”

问过，就会发现，尽管生活在这个地方，但好久不曾注视过它；热爱这个地方，但不曾为它种下一棵树、一朵花；多次回到童年的故乡，却再也找不回曾经的亲切；在流动的花香中醒来，却恍然忘记身在何处。就是这种感觉，如果我们忘记了家乡，疏远了乡情，无根的、漂泊的恐惧就会在不知不觉间萦绕心头。心中有家，即使树高千尺，也不会感觉空虚与无助。

我写家乡，下笔真实，思想丰盈，因此心灵有依靠，所以看似很淡的情怀，藏着很深的爱。

《陌上花开》文集分两卷，分别是“悠然我思·散文卷”和“诗意栖居·诗歌卷”。悠然我思，那些散淡的心绪飘在风中，你是否有心去摘得几缕？诗意栖居，那些山山水水、花鸟虫鱼，那些温暖的枯藤老树、方寸田园，那间披着紫色牵牛花的老屋，是否曾寄放过你的灵魂？可能你会有许多种方式——篆刻、摄影、音乐、美术，或只记在心里，而我，用一支笔。

我愿用一支笔，在行走的路上摘几缕思绪，收藏在我的心灵里；我愿避开水泥钢筋的楼房，找寻那些诗意盎然的风景和物象，使自己更加从容、更加淡定。当我行走时，我看风景，并回报风景以微笑，于是我将行走得更加踏实，我将生活得更加充实。我将在《陌上花开》这本小文集里，以自己怯怯的笔触，告诉你幸福的所在，并深深祝愿你能从中找寻到属于自己的幸福。

## 有一座桥叫“莒慈桥”

2017年，我从千里之外的莒县到慈溪市逍林镇挂职三个月，这是一段难忘的人生际遇，是一段工作中弥足宝贵的经历。从江北到江南，遥远在距离，难懂在言语，差异体现在经济、政治、文化上的各个方面，但好在莒县和慈溪有许多共通的地方，使我能够在这个地方安顿下来，沉下心学习、思考。

逍林镇面积二十六平方公里，户籍人口和外来人口数量差不多，产业以电子接插件、玩具鞋业、三车配件、化纤针织、塑料制品和新型材料为主，现代商贸主要包括汽车贸易、机电市场、高档酒店、品牌家居和休闲娱乐等。来到逍林，我们最艳羡的是它的经济发展，最感兴趣的是它的微信公众号为什么名为逍林勒子桥。

随着微信的普及，政府大都有各自的公众号，但少有一个地方用并不起眼的桥作为乡镇的标志和对外名片。这要么是一种情结，让听到它的人都感到亲切，要么是一种文化，是地方人们生活所共有的图腾，人们曾遵循它并从中受益。

充满好奇的我终于站在了勒子桥头，尽管这只是一个意象中的桥头——原来的桥已经不复存在，你甚至都难以找到它的照片，但这并不妨碍它曾经的存在和时代的留痕，它的形象留在人们的记忆里，它的故事被世人口口相传。

秋日里，勒子桥面容宁静，水称不上秋水——秋水是澄净的，清澈见底，而这里的水有些混浊，因此逍林很重要的一项工作就是治水。浙江省还为治理水体专门设立了一项大奖——大禹鼎，慈溪正在努力争取。勒子桥名字的由来很简单，很接地气——桥的两边有两道“勒子”，也就是栏杆，因此它就被这么长久地叫下来了。岸边的树有些年头了，身形巨大，它在水中摇曳的姿态让我忽然想起一个词——惊鸿照影。自古以来，人们喜欢逐水而居，凡河水流过的地方常是文化的发源地，人丁兴旺，商贸繁华。勒子桥一带也不例外，在清朝时就已经是个集市，后逐渐形成了热闹的、可直达慈溪市的东西向商业街，有小吃店、服装店、水果店、超市和铁木器屋，还能看见穿着长围裙的老人修理电机，就像老上海的裁缝。南北长街相对较新，熙攘繁华，各色楼房高低错落，店铺摊点挨挨挤挤，肯德基、老凤祥等也只能缩在小楼里。路边车辆停得随意，偶尔吆喝声划过，街上弥漫着浓浓的人间烟火气。世事流转，就以这座桥为原点，充满创新的道林人在螺蛳壳里做道场，纵使地方再小，也能把日子过得风生水起，使世世代代得以生存壮大，吸引越来越多的外地人流入道林、融入慈溪，如今来自外地的人数量几乎与当地人持平。滴滴打车时，只要我们开口，司机会很准确地问："山东来的？"他们往往来自河南、贵州和四川，却好像熟知各地口音。因为五湖四海的谋生客来到了勒子桥边，来到了慈溪，慈溪也以极大的包容心接纳了他们，并给他们以安居乐业的信心，所以勒子桥也是形成并传承移民文化的地方。后来，秉承祖祖辈辈经商的传统，道林人和慈溪人将生意做到了全国乃至世界，于是各地的人们纷纷来慈溪投资创业、安家落户，成就了日新月异的慈溪。

我们从千里之外奔赴慈溪，人生地不熟，却得到了同志、家人一样的热情接待。有时我们会因给他们带来额外的事务感到不好意思，他们总笑着说"组织安排呀，应该的""你们来我们很欢迎呀"，这一举动极具包容性，也体现了移民文化的感染力。勒子桥，最大限度地象征了道林人兼容、创新、务实的精神，是道林镇发展的内生动力，我想这也是它成为道林镇名片的原因。

尽管莒县县城也有很多座桥——红墙黛瓦的莒安大桥，人文底蕴深厚的文化桥，曾经连接沭河两岸最早最大的店子桥，拥有似西湖烟雨胜景的柳青河桥，但是能够给人灵魂震撼的是护城河上的国士桥。初始的国士桥，长不足两丈，宽不盈六尺，跨不过五孔，却因柱厉叔以死明志、警示后世的悲壮一跳，赢得千年盛名。国士桥几经销毁，又几经修复，见证了莒国历史更迭。历代文人不惜墨宝为其歌颂，其中清朝诗坛巨匠王渔洋写的"国士桥边水，千年恨未穷。如闻柱厉叔，死报莒敖公"流传最广。对忠诚的认可、对家国的责任、对使命的担当，是莒人骨子里的品质。清兵入关攻打莒城时，知州景淑范、庠生杜李誓死抵抗，因寡不敌众，在国士桥边英勇就义。明末清初女诗人纪映淮在丈夫杜李就义后，柔弱的她带着一家老小艰难求生，拒绝清政府救济，其铮铮风骨、高洁品格和她的诗一样流芳后世。莒县就是这样一个地方，让来过的人都很心安，因为忠诚担当是莒人的品质，你不用去设防，可以完全信赖；让生活在这里的人自豪，因为一座桥、一块石、一条路，都自带文化印记，足以提升心性；让路过的人都会记得这里，因为来莒县，听到最多的典故就是“勿忘在莒”，即不忘初心，不忘根本。

国士桥、勒子桥，同样的意象有不同的意味，既体现着莒县和慈溪在一定层面上的文化差异，却也体现着两地一脉相承的文化渊源，其闪耀着的人文光彩，表明这里是可以静默伫立、良久思索的地方，其博大包容意味着你可以放心融入这个地方，忠诚担当和对人对事的热忱意味着你可以完全在这个地方安家乐业。这两个城市共有的吸引力让我们热爱并走近。

站在勒子桥头，我们应该学习勒子桥的精神，它看似朴实，却包容大气，深藏生存哲理，让芸芸众生都能在这里有立足之地，奠定生存之基。一个地方只有人气旺盛了，才会带来各种先进思潮，促进思想观念与时俱进地更新，才会人才汇聚、财源广进，从而推动经济发展。我们该有一种开放大气的胸怀，包容愿意和我们一起创业的人，共同建设我们的莒国古城和沭东新城。伫立国士桥头，我们感慨生逢盛世是多么幸福的一件事情，所以无论遇到什么坎坷挫折，都可以一笑了之。启动莒国古城建设，是莒县千载难逢的机遇，也是莒县百万人民的期望，我们该有一种家国情怀，与这一方土地血脉相连，与这一方人民休戚与共，以更强的发展使命感和对莒国历史的担当，成就自己大写的人生。在这个过程中，很多人要搬离祖祖辈辈居住的老房子开始陌生的新生活，要舍弃自己经营了半生的生存依托，或大棚、或店铺、或土地，但是我们需要像勒子桥头的谋生客一样，哪怕远离故土，哪怕被从根拔起，也能很快在一个新的地方落地生根。我们也要学习慈溪乃至整个浙江的拼搏精神——说尽千言万语、想尽千方百计、不畏千辛万苦、不惧千山万水，建设一个富强美丽幸福的新莒县。

为了促进沟通、加强交流，更为了使莒县能够真正学习到创新的理念、包容的胸怀、开放的精神、发展的魄力，两地党组织搭建起了一座从莒县通往慈溪的友谊之桥、思想之桥、文化之桥、发展之桥。通过互访交流，两地人各取所需、从中受益。这座看似无形的“莒慈桥”会被写在莒县的发展史上。它与莒县人勇于变革、上下求索的精神将一同镌刻在我们人生的记忆中。

# 暖暖的光阴

你尝试过在夏日雨后听一只蝉鸣吗？听它唱什么歌，唱给谁听，听它喋喋不休的诉说里有什么期盼和渴望。我们是否在某个时候，也这样努力到声嘶力竭？很多时候，歌声湮灭在烟雨里、时光里——知音不知何处，弦断无人能懂，然而多年以后回首，我们却发现什么都不重要了，只记得歌唱过、努力工作过、生活过，在最美好的青葱岁月。

一生总会遇到一棵树，对，就是一棵树。不论开花或不开花，结果或不结果，这棵树虽无言无语，却以长者、朋友的姿态伫立，每一下摇曳都触及心灵。若干年后，无论你老去，还是树枯萎，你都将它作为成长的动力，思念它，并认为它也记住了你。

春日和煦的阳光下，一只粉白花腰的蝴蝶停留在三叶草的紫花上，它旁若无人，把一朵花看作它的全部依托，围着花转过来飞过去，拍拍翅膀，望望车水马龙的路，没有风吹着，没有儿童捕捉。这朵花虽小，也是它的花园吧。心大，不苟求，守着一朵花便足矣！

风雨欲来，人们慌张得如同搬家的蚂蚁，但是总有这么几个人——多是年长的老人，从容地行走在匆忙的人世间。那种淡定气质形成的气场，让人不顾距离遥远，心里只想靠近——靠近这种繁忙人世间难得的悠闲。

德国诗人黑塞说："在这没有尽头的流浪当中，终于明白了这个世界上所有角落里活动着的流浪者，各式各样的流浪者，实质上都不过是在渴望着一次艳遇。"中国的作家张炜说："遇到什么？遇到一个美好、一个真实、一点感激、一点怀念和一次沉湎……"信然。相对于往往说的是别人故事的小说，诗歌和散文更能表达作者的心声，让我们发现生之美好。这美好的感觉，让我们在阅读时欲罢不能。

幸福是什么呢？幸福就是不远千里去看一场花开，恰恰错过花期，然而，心里仍然欢喜，仍然充满希望；幸福就是什么也不想，睡到自然醒，醒后还心怀期待，在未知的和惊喜的路上；幸福就是回到有爱的家，家里有爱我的人，爱我的人都健康平安快乐……

“你知道，你爱惜，花儿努力地开；你不识，你厌恶，花儿努力地开。”近来纠结，看到这句话时，心情豁然开朗。我希望，无论在哪种境遇，遇到什么样的挫折和误解，都要像这朵努力开放着的花儿，哪怕无名，也要努力绽放，做最美的自己。有时候，文字如良药，许久的沮丧、失落，只需要一句话就可以轻轻破解。

心田，是一片神奇的土地。每当遇见一个投缘的人，遇见一件开心的事，遇见一朵花的盛开，遇见一场美丽的邂逅，那块相应的土地就会变得葱绿起来。而谁是扫去我最后一片荒芜的人？

“我醉欲眠卿且去，明朝有意抱琴来。”我真是喜欢这一份相知、坦然和自在。卿如明月，永远有相见的时候。人世间，有多少这样的缘分？甚至“飘萧我是孤飞雁。不共红尘结怨”，无论醒着、醉着，你知道我想要的是什么，而我就算淡漠，仍是懂得，于是，天空写下雁行。

清晨，匆忙的上班途中，猛一抬头，我看到日月同辉，霞光和散云点缀在寥廓天空，远山如黛，近水凝烟，这一幅大自然的油画，美到令人窒息。此刻，我该用什么来铭记，这一场铺天盖地的欢喜？

## 我的悲喜请勿打扰

在一个小区居住二十年，你会恍然发现与楼的日益斑驳相比，人老得最快、变得最快。结婚时正是青壮年的人们，仿佛一夜之间进入老年。和我一起年轻过的父母们，孩子一考上大学，他们就搬新家了。他们要么将旧房子卖给老年人，要么让父母住着，于是整个小区开始变得陈旧起来。

早上，爷爷奶奶、姥姥姥爷们陆续出动，打太极拳，练最简单的体操，伴着缓缓的音乐，做着缓慢的动作。他们的脸上平静又安详，我认为，这将是所有人的理想归宿。

直至突然有了足够多的闲工夫时，我才忽然发现，除了早出晚归的上班族以及平日有空在小区里闲逛的人，有的人经历了人生最残酷的风霜。

刘大叔刚到五十就得了病，然而当年我认识他时，他是那么健壮，一张脸黑红，虽是单位的文职干部，但有着庄稼人的憨厚和实诚。他现在头发白了，人瘦了，仿佛一下老了二十岁。我仔细一想真是好久没见他了，虽然他就生活在我们身边。

李阿姨出车祸后我就很少见到她了。好在李阿姨的爱人也病退了，别人上班时，他推着她出来转转。她面容安详，眼神如孩子般纯粹。我轻声叫："李阿姨。"她望着我淡淡地笑，"嗯"了一声，连多问我一句"你是谁"都不肯。我心底一酸，十多年未见，也许，她早已不记得我，毕竟我的体重已从一百一十斤飙升到一百四十斤。

前边楼上的书法家，我认识他时，他五十几岁，名气在小城里也算大的，家中求字、拜师学艺的络绎不绝。如今七十，正是书法家的好年纪，可惜他患了脑萎缩，手哆嗦得不行了。

一个曾经十几岁、现在三十几岁的大孩子，由他年老的妈妈领着，这情景和我第一次见他时一样。他的妈妈指着树，说"这是树"；指着花，说"这是花"。二十年，磨白了头发，苍老了容颜，却不能让一个孩子真正长大——他是个脑瘫儿。

晚上人散去，我发现紫藤花架下坐了一个人，她看上去倒是年岁不大，低低地抽泣，肩膀隐隐地耸动，细看像是西楼上宣宣的妈。宣宣都上大学了，她还有什么事呀？我走过去想安慰一下她，刚靠近，哭声戛然而止，她站起身急忙朝自家楼的方向走去了。

这几天，我闲得像是习惯窥视的好事者，然而我知道，他们不需要我的任何关心。

他们命运多舛，遭遇了人生难以预料的一切。大多数的悲欢离合，随着岁月增长变得云淡风轻，但总有些不能接受的，他们内心自卑纠结，却不需要别人的怜悯同情。富贵时，衣锦还乡，分享欢喜；落魄时，独自舔伤，掩盖心妩媚;有花,不娇艳;有村,绿树村边合,名为垛子沟。传说,明朝后期因魏忠贤获罪,魏氏人家怕被株连,携家带口躲入人迹罕至的山里,“躲子”于此,留下子孙后代,由此村子得名“垛子沟”。

从南边入村,见红色的槐花绽放,在水岸,宛如佳人在水一方,芬芳馥郁。水,明净;花,热烈。蓝天下的垛子沟,展现着自然的光辉,不扎眼,很贴心。

垛子沟内阡陌交通,但与外界只一条小路连接。曲曲折折地拐进村子,你会想,如果没有村村通道路,如果再上溯百年,这里真是个世外桃源。远远看见的小山村,安逸于绿树之中,红瓦白墙,温暖灵秀,氤氲着丝丝乡愁。这是游子记忆中故乡的模样。

村里大小水库十几座,水无论深浅都清澈澄净,仿佛碧草丛中的明珠,用于山场林果的灌溉,因为实用,所以实在。每座水库都有自己的面孔,或芳草依依,或野花相伴,或有几株山楂树,坚定地守护在巨石之上。

村里多山楂树,春来洁白,秋来嫣红,如此绝对的色彩,给山村平添喜庆。野山楂树花小叶茂,是山楂树的母本,大自然让它自生自灭,它却生生不息。

万绿丛中一点红,青山之中的樱花悬在半山腰,秀色可人。夏日山坳流水潺潺,春天几近干涸,这是山坳本来的样子。捡几粒鹅卵石,证明我来过。人生若只如初见,这未经过开垦的山就是你想见到的山的本来面目,朴素淳真。

一棵苹果树直立在贫瘠的土壤里,估计有些年头了,飘逸的枝条展示她未经修剪的自由。花爱开不开,果爱结不结,没人苛求;蝴蝶爱来不来,蜜蜂爱采不采,她不奢望。恣意生长,也是一种大自在。“乡愁是一棵没有年轮的树,永不老去”,那么有没有一棵树,铭刻着你儿时的忧伤和欢喜,深藏在记忆里?

路边的四棵栗子树像四兄弟一样,正待开枝散叶。看风景,总要关注到细节。爱好摄影的人可以为拍一朵昙花的绽放静待几个小时,而这栗子树为我拍摄到它们,等了二十年,我想想都觉得山有义、树有情。

日复一日,年复一年,从最初的几户人家到现在的一百多户,垛子沟的人们在祥和中安度岁月。青山不老,绿水长流,时光静静流过垛子沟,赋予它时代的色彩。

这片走心的风景，你若来，它常在。

## 龙山龙山

龙山镇是莒县的东大门，位于浮来山和日照海的中间。山海之间，大美龙山。龙山的美是从一朵桃花开始的，龙山的春天是从桃花节开始的。

每年，龙山镇都会举办桃花节，人们相聚花海，感受漫野嫣红的美丽。龙山独特的吸引力，让人们纷纷以诗书画铭记春天在龙山的悸动。曾在龙山工作的我不仅见证了龙山日新月异的变化，也深深感受到龙山之美的外在与内涵。从桃花节开始，龙山的每个季节、每片山水都将陆续展现其美好的一面。

龙山的桃树栽种有六十多年的历史，因北上涧特殊的土质，秋风蜜桃个大汁甜，绵软细腻，入口即化。秋来不食秋风蜜，来春枉作看花人。谁家初秋吃不到正宗的北上涧蜜桃，总觉得一年滋味少了一道蜜桃甜。孝顺的子女会将熟透的秋风蜜桃剥掉皮，先塞进父母的嘴里，看着父母快掉完的牙还能咬得动桃子，心酸又欣慰地笑。幸好父母在，桃子还有人可孝顺。

龙山的许多桃树树龄长，长的有三十多年。村民们明知桃树已到老年，结果不多了，但由于有了感情，不舍得伐掉。于是，高低起伏的山间，桃树老干虬枝，旁逸斜出，春来花开疏朗娇艳，别有一番味道。这是龙山桃花节特有的魅力。除了给村民带来卖桃的收入，年年桃花节的举办，也让他们学会了借节庆活动卖粽子、烙煎饼、煎年糕、炸馓子、卖一些旅游小商品。周边村镇的商人也赶来凑热闹，卖卖东西，做做宣传。一场节庆下来，人们享受了一场视觉盛宴，又得到了许多启发——桃子采摘可增值，加工可增值，戴上桃花花冠、穿上汉服卖东西可增值，或者开个饭店也不错。

人们的思想日益解放，境界也提高了不少。一个寂静的小山村为更多人一般会选择艳阳高照的日子，这样杂草才会很快晒干死掉。每每在蒸笼似的太阳底下晒过，胳膊都要脱一层皮。庄户把式是不怕晒的，常年的劳作使他们的皮肤黧黑，手脚都裹上一层厚厚的老茧。他们大多数喜欢赤脚在农田里耕作，那种感觉更使他们觉得自己是土里生土里长的大地母亲的儿子。

“春种一粒粟，秋收万颗子。”秋天到了，田野里到处是一片繁忙景象。农人们忙着掰苞米、收花生、刨红薯，脸上洋溢着秋收的喜悦。农民一向是靠天吃饭的。记得我十二三岁的那年秋天，父亲在县城上班，弟弟还小帮不上忙，母亲半夜听到雨声唤醒我，一起推着车子去西岭上摸瓜干。我迷迷糊糊地跟着走，一路不知摔了多少跤，到了地里像盲人一样摸索，连土带泥全装进了袋子，回到家后将瓜干晾到屋里。若是遇上老天久雨不晴，瓜干就开始发霉长毛，一个个烂成了眼镜圈儿，农人一年就白忙活了。

故乡的冬天是最美的，清丽的一声鸡啼唤出了东方的太阳，枝头上的鸟儿还在窃窃私语，阳光淡淡地洒在故乡的大地上，远处的山氤氲着一层淡淡的轻烟，更加让人觉得神秘莫测。不知谁家农妇对儿女的一声轻斥划破了乡村的宁静，接着鸡呀狗呀开始叫唤，农妇开始忙碌。冬天对于男人们是幸福的，他们可以一觉睡到日晒三竿，不用急着起来。

不知不觉离开故乡三十余载，中间总是回少离多，儿时的玩伴早已嫁做他人妇，难觅踪影。偶尔回去，旧时的乡间小路早已不见，取而代之的是宽阔的大马路和整齐划一的房屋，还有许多外来媳妇和咿呀学语的幼儿。故乡的空气再也没有了原来的那份从容，街上很难找到闲人了。街上有了网吧，许多年轻人拿着手机，在外打工开阔了他们的视野，他们总是脚步匆忙，言谈之间总是谈论做什么生意挣钱快。

记忆中席慕蓉有一首怀念故乡的诗，是这样写的：

故乡的歌是一支清远的笛
总在有月亮的晚上响起

故乡的面貌却是一种模糊的怅惘

仿佛雾里的挥手别离

离别后

乡愁是一棵没有年轮的树

永不老去

现在偶尔回家，故乡的变化让我一次次感到陌生，对于故乡，我也只能在梦中去怀念和亲近了。

# 老　家

不很相识或者是半相识的人聚在一起攀谈，总会互相问：“你老家是哪儿的？”我的老家位于莒县东北部的一个乡镇——桑园镇。

几天前因事回到故乡，一年多未回来，我发现家乡又有了很大的变化。横穿村子的马路又拓宽了，路的南北两侧盖起了沿街楼，儿时熟悉的小路已经杳无踪迹。踩着高低不平的乱石磕磕绊绊地朝家的方向走去，在一排枯瘦的老榆树后面，老屋羞涩地露出了它的样貌，被周围高大的新建筑衬得卑微而又平凡。这难道就是我曾经生活了近二十载并让我魂牵梦萦的老屋吗？

好不容易打开锈迹斑斑的门锁，站在这久已无人居住的小院中，看到自发长出的榆树的枝丫兀自四处张扬着，看到脱光了树叶的白杨树在北风中瑟瑟发抖，踩着松软的泛着潮气的黑泥土，我发现静悄悄的老院显得孤独而寂寥。

推开屋门，地面上挤满了厚厚的尘土，只有几件旧家具落寞地立在那儿。屋的西北角已被雨水浸湿，母亲幽幽地说：“是该维修一下了。”

空旷的院子里传来女儿稚嫩的声音：“妈妈，这是什么地方？”

者亮票，如果观影者拿不出，就会被赶出去。逃票的我像只老鼠四处躲藏。那时候好羡慕那些放电影的年轻人，不用花钱就可以天天看新片。其实我们镇上电影院的条件并不好，前前后后都是一条条长石凳，坐久了屁股冰凉凉的。但是在那种不怕风吹雨打的环境里看电影，比起露天来说又是高级享受了。

如今的电影院内有空调雅座，人们却少了当年看电影的那份心境。数字电视及网络的广泛应用，为人们休闲娱乐提供了更广阔的视觉空间。偶尔回趟老家，问起露天电影还有否，乡邻笑曰："现在电视、手机网络那么方便，即便有，也找不到当年的感觉了！"

## 路过秦淮

夜宿南京中华门，与同伴谈起心仪已久的秦淮夫子庙一带的人文历史，不禁心驰神往，心下暗想：不管旅程多紧，也要到夫子庙一游。

次日晨起，约同伴二人直奔夫子庙。

南京夫子庙一带是秦淮地域文化的集结地。一条秦淮河横贯东西从中穿过，河的北岸为旧时的章台柳巷，就是烟花女子集中的旧院一带；南岸为历代文人荟萃之所，著名的建筑如贡院（即夫子庙）是旧时江南乡试的士子考场。这两种截然不同的文化竟如此有趣地对峙千年，不知演绎了多少才子佳人的美丽故事。

漫步在夫子庙的青石小路上，看见街两侧悄然耸立着古色古香的青色小楼，这些青瓦白墙的古朴小楼是典型的徽派风格建筑，每两座建筑中间都用马头墙隔开。马头墙又有一个好听的名字——女儿墙，它具有防火的作用。女儿墙的上方和屋脊两头都饰以鳌头，鳌头高高翘起，取"独占鳌头"之意。每幢楼的下方都有渡口，供来往船只停泊。这飞檐的房屋、朱红的阑干、大红的灯笼以及清清的淮水，构成了一幅温馨诗意的秦淮风光。我被眼前此景深深打动,真想化作一滴水融入这温婉古朴的秦淮河岸。

清清的淮水泊着几条破旧的乌篷船和颜色斑驳的画舫,看来它们被弃之不用久矣,但仍可以想象当年的繁华景象:舟儿如梭,游人如织,歌女们斜倚栏杆,卖弄万种风情,画舫中才子佳人低吟浅唱,秦淮水被辉映得色彩斑斓,南唐后主李煜的亡国曲《后庭花》在秦淮河上空飘荡。

因驻扎过东吴乌衣营而得名的乌衣巷一带,有著名的王谢故居。唐代刘禹锡的《乌衣巷》被以刚劲的行草镌刻在王谢故居的后墙上,从左侧小巷转过去就是王谢故居的正门, 也就是著名的乌衣巷。小巷在今天看来有些狭仄,有许多卖旅游纪念品的店铺。一不小心,我的伞将架上的一块玉饰带了下来,我忙不迭地道歉,摊主却微笑着安慰我们,透出一种谦和淳朴的民风。从乌衣巷往外走,看到一个年轻姑娘在用手玩扑克牌,扑克牌在她的手中变魔术般上下翻飞。

地以文显,人以地长。以六朝金粉闻名的十里秦淮由于它特殊的历史,成为历代文人将相荟萃之所。经过几千年的岁月烟云,河两岸青楼依旧,人已不再。踟蹰在秦淮河畔, 感受脚下这积聚了千年厚重文化底蕴的秦淮土地。歌女们哀婉的歌声和才子们琅琅的读书声已随时光渐远,只有历尽沧桑的秦淮水,依然在寂寂地流淌……

## 母亲的前半生

母亲明显老了,1948 年出生的她已经步入古稀之年, 曾经姣好的面容刻满了岁月的年轮, 一口整齐的牙齿变得残缺不全, 一头秀发现在黑白参半,但母亲永远积极、乐观向上。

母亲从小没有上过学,最多上了几天夜校,能够写自己的名字。她不是上不起,而是姥姥认为女孩子早晚是人家的人,上了学也没有用,于是母亲就成了家里的劳动力,地里、家里样样活儿都拿得出手。母亲小时候,姥姥弄了好吃的,都是留给比母亲大三岁的舅舅吃,母亲也从来没有怨言,觉得这样做似乎是天经地义的。

母亲二十二岁嫁到父亲家——一个一穷二白的贫农家庭。那时的母亲如花似玉,而我的父亲又黑又瘦,因此许多人说是一朵鲜花插在牛粪上。然而在旧时的婚姻中,女子是没有多少选择权的。

母亲嫁人后，经常面临食不果腹的境地。那时由于饥饿，父亲落下了“齁”,经常咳嗽不止。姥姥心疼女儿,就经常接济他们。于是在母亲的调理下,父亲的“齁”也慢慢好了。

后来我和弟弟相继出生。那时父亲在其他公社上班,我的奶奶身体不好,常年咳喘,我的爷爷在母亲嫁过来之前就去世了,母亲独自一人支撑着这个家,非常辛苦。

那时候,村里人歧视这种亦工亦农的家庭,认为他们分粮食、吃平均,占了大锅饭的便宜,总是在分粮的时候另眼相看。母亲却总是不卑不亢,据理力争,以至于那些人不敢再做手脚。

二十世纪八十年代初，土地刚刚包产到户不久，每个家庭都憋足了劲儿,但对于劳动力不足的家庭而言,日子过得格外辛苦些。那时候父亲已经调到城里上班,所在的工厂效益不错,很多家庭都让女孩早早辍学,打工挣钱。父亲也有些心动,和母亲商量让我辍学。母亲问我的意见,我说自己还想上学,我的一位堂兄也力主让我上学,幸运的我有了亲人的鼓励和帮助,最终考了出去。记得那些年,一向要强的母亲为了两个孩子的学费、生活费不得不四处求人。现在忆起这些过往,母亲经常和我们说,一定别忘记在困难时候帮助过我们的人。

那时我们住的房屋低矮潮湿，木质的窗户采光也不好，室内是泥土地面,被喜欢整天锤锤打打的父亲弄得凹凸不平,潮湿的地面经常有百足虫爬过。那时候,我的乡邻总是以能住上新房子作为最大的荣耀。弟弟日渐长大,邻居经常的问话就是:“他婶子,你们准备什么时候盖房啊？”母亲的回答往往是:“不急,孩子大点再说。”其实母亲心里也有点慌,什么时候能攒够盖屋的钱呢?

但是,母亲是个目光长远的人。在投资孩子教育与盖屋的抉择中,她更倾向于前者。当我们姐弟俩因为求学或者学习技能需要钱时,母亲总是毫不含糊。

最终,我们没有翻盖家中的老屋,在 1992 年举家迁往县城。因为那时我刚刚参加工作,父亲和弟弟也都在县城工作,所以对于母亲来说,老家那点家当没有多大的吸引力。母亲在举家搬迁的时候落泪了。母亲说:“如果老家那时候盖了屋,也许就舍不得出来了;如果盖了屋,就没钱供你们俩上学了!”

有句话叫“人挪活,树挪死”。原来一直忐忑、不知出来如何生存的母亲,发现外面的世界很精彩,从来不会骑车的她四十五岁时硬逼着自己学车,骑着大金鹿车硬上硬下,趺趺撞撞,几次摔得膝盖破了,还有一次差点撞着一位孕妇,好在有惊无险。母亲说,她这一生光遇好人了。其实,只有好人才能遇见更多的好人。

母亲以她不服输的精神,不仅让自己住上了楼,还帮弟弟买了楼,甚至为自己购买了养老保险,成为和父亲一样拿退休金的人了。

母亲是一个很重情的人,对于身边的弱势群体特别有同情心。有一次,老家的一位邻居奶奶为儿子打官司的事进城,走投无路之时正好遇见街上的母亲,母亲让她到家里住下,给她下面条吃,这位邻居奶奶感动不已,回家逢人便说。对于那些曾经给母亲使绊子的人,一旦他们求到门上,她也能帮则帮,母亲的大度让那些人无地自容。

不只这些,在一些大是大非面前,母亲立场非常鲜明,成为我们整个家庭的主心骨。很多时候邻居婶子、大娘遇到什么想不开的事情,就会找母亲拿主意。母亲的勤劳和睿智使我们家这些年来一直比较顺利。我和弟弟每进一步,母亲总是旁敲侧击,让我们低调再低调。有时看到我们情绪低迷,她就给我们鼓劲:“困难像弹簧,看你强不强,你强它就弱,你弱它就强。”

母亲是善于学习的母亲,是与时俱进的母亲。当我们还在农村生活时，母亲用攒的钱购置了一个大件——收录机，让我们告别了有线广播，随时可以了解天下大事，听听流行歌曲。后来到了城里生活，母亲读书看报，不放过每一个学习的机会，有时候学了成语，即使一知半解也活学活用，常常惹得我们哈哈大笑。母亲知道自己用错了成语，很谦虚地问哪里不对，我再给她解释，她下次就改了。遇到不认识的字，她每次见到我们就不停地问，天长日久，基本上能够把报纸读下来了。现在每天的《新闻联播》是母亲必看的电视节目，以至于母亲说国家领导人如何如何，我们都非常惊讶。母亲常常和我说："如果我从小上学，也许不是现在的样子了，当然，如果那样也就没有你们了。我知道不识字的苦，因此，无论如何一定让你们上学！"

感谢母亲！感恩生命中给我帮助的所有人！我想如果我不上学，也许现在我就成为一个整天围着锅台转的家庭妇女了！不敢想象，无法想象。

记忆中在我小的时候，父母经常因为生活中的困窘、摩擦而吵架。看似老实的父亲年轻时也相当的有个性，但是遇上性格刚烈的母亲，父亲渐渐地没了个性。有句话说得好："不是东风压倒西风，就是西风压倒东风。"母亲就是那个压倒东风的西风，而且这风一直刮得很正、很暖、催人奋进，最终父亲不得不认输交权。母亲也常常抱怨："每到大事你爹什么都不管，全是我一个人的事！"我常常调侃："你一向拿主意拿惯了，我爹说了也不算，不和你争是明智之举啊！"

母亲一生坎坷，经历的事情完全可以写本书，和儿女谈起一桩桩一件件往事，每每叹息。对于那些曾经愧对她的人和事，母亲如今只是一笑置之。还有什么事情能禁得起时间的打磨呢？心大了，烦恼就变小了，世事不过如此。如今的父亲母亲相依相伴，岁月磨平了他们的棱角，让他们成为两位和蔼可亲的老人。

时光似水，眨眼间我也过了不惑之年，面对世事的纷纷扰扰，更是体会到母亲这一生的不易。如今只愿岁月静好，父母安康！

# 读书偶得

前段时间看了费孝通先生的《乡土中国》一书，偶有所得。向朋友推荐，对方问我这书好在哪里，我虽一时没有回答他，却一直在思考。

这本书给我最大的启发就是让我明白了乡村和城镇之间的人际关系。我从小在农村长大，出来得早，对农村和城镇的人际关系都深有体会，费老的这本小册子就很好地解释了这种人际关系的不同。城市人口流动性大，相互之间少有来往，各家楼门一关，就是一个小天地，凡事一般很少和邻人打交道，有的相处几十年还不知道对方的家庭背景，姓甚名谁，好似这些都是个人隐私，也不允许别人刨根究底地打听。农村就不同了，由于土地的限制，几代人都在这一个村子里生活，村西头放个屁，村东头恐怕都要打个战，更别提谁家有红白公事了，那是人尽皆知，甚至提到谁都不用说学名，用外号代替，大家也很明白。这些外号起得都很符合人物的性格特点，每个外号的得来都有一段故事。每每和家人说起老家的事情，他们用外号代替某某的名字，外号叫久了，连这人本来的名字都忘记了。

费老在书中提到一个问题：城里的孩子要比农村的孩子聪明吗？不是的。城里的孩子到了农村，唱歌、跳舞、读书都比农村的孩子擅长一些，搞得农村的孩子自惭形秽。家长往往说，城里的孩子聪明懂事。可是反过来看，农村的孩子在自理能力、吃苦耐劳和对农村事物的认知方面远远超过城市的孩子，城市的孩子往往分不清楚麦苗和韭菜，也分不清楚野菜和瓜苗。从这里看，并不是城里的孩子聪明，而是生活环境和文化熏陶使然。因此，人本来没有高低贵贱之分，就是生活环境和所受的教育改变了他。

曾经跟农村的亲戚打交道，感受到他们的质朴和热情，有时也感觉到他们在处理问题时有些短视和小气，但是看完费老的《乡土中国》这本书，我对那些生活在农村的亲朋、乡邻的行为有了更多的理解与包容。相比而言，城里的人更可怜，因为在农村居住的人是有根的，而城市里居住在钢筋笼子里的人却是一簇簇浮萍，从这里漂到那里，很难在一个地方扎根。有时候生活一段时间，由于工作单位或者居所变了，就要迁徙到其他地方，人际关系也随之改变。

将来，等我们老了，孩子到哪里，我们也要跟着漂到哪里，也许只有等到生命不再继续，才能落叶归根……

## 公 爹

每年六月份的第二个星期天是父亲节，而今年的父亲节，公爹却注定缺席。

2011 年一个万木萧条的秋季，疾病榨干了公爹最后的生命，他如同银杏树上的一片树叶悄然滑落，留给亲人永远的不舍和悲痛。

自从 2008 年公爹查出患有绝症以来，一家人一直战战兢兢，知道他的生命进入了倒计时。聪明如他，也意识到病魔的无情，但他看上去很淡然，更加珍惜生命，坚持记日记，将每天的点滴开支、人情往来都记得清清楚楚。

2008 年 10 月，公爹动了第一次手术，2009 年，婆婆突然身体不好起来，查体血糖有点高，对糖尿病的无知使她一度陷入恐惧之中，有一段时间甚至抑郁了起来。我们对此很关心，提醒她注意饮食，担心婆婆经受不起打击，因此对她隐瞒了公爹的病情。孩子们在陪母亲治疗的同时，还要跑医院陪父亲化疗，又得兼顾工作，大家的精神、身体极为疲惫。后来，基本恢复体力的公爹就主动承担起了照顾婆婆的任务，拖地、做饭。婆婆却不知道老头子患的是要命的病，以为不过是胃溃疡。子女们心如刀绞。我们感叹于公爹的坚强，但面对婆婆的脆弱也是无可奈何。三年里，孩子们抽空就跑去看他们，老公甚至是一天两趟，孩子们给他们送吃的、送穿的，真真切切体会到一种要抓紧尽孝心的紧迫感。

曾经我们以为公爹就这样度过了危险期。

三年来，他定期化疗，各项指标一切正常，没想到最后病情还是出现了恶化。

公爹第二次动手术，我们去了沂水。术后的他如一片脆弱的树叶，一下子瘦了二十多斤，一米八多的个子，体重只剩一百三十斤，他非常努力地吃饭、补充营养。孩子们无微不至地照顾。老家的舅舅前来探望，一向在我们面前乐观的公爹在见到舅舅的那一刻放声大哭，原来他也很脆弱，不过在假装坚强而已。

在沂水待了大概半个月，等伤口拆完线，公爹回到县城继续打针治疗。没想到的是，公爹术后不到一个月，身体竟然又出现了肠梗阻现象，大家蒙了。虽然在沂水时，医生就说癌细胞已经在肠道内大面积扩散，但是我们都幻想术后也许能延缓一两年。公爹开始变得沉默寡言，因不能进食，每天只能靠输液维持，一输就是七个多小时。倦了，累了，绝望的他有时自己要拔掉针管，被儿女们赶忙制止。每一次胃酸，他都皱着眉头，用力忍受疾病带来的不适，却从来不对亲人们抱怨。他的儿子、女婿晚上轮流陪床，女儿、儿媳白天照顾，擦脸、洗脚、喂水、润唇……所有能做的都尽心尽力地做。

面对这一切，公爹说："我这一生，知足了！有你们这一群孝顺的孩子！"病中的他，特别想念那些和他并肩战斗过的老首长、老战友、老同事。他们闻讯也都赶来了，给了他那么多的鼓励。我们姊妹的领导、同事、亲朋好友也都来探望，给他那么多的温暖。

公爹精神好的时候，回顾他的一生，说："人生就是一场梦啊！现在想来这一辈子好像做了一场梦。我现在最大的遗憾就是还没来得及将工作时的一些照片认真整理，只有交给你们办了！"

公爹越发感到去日无多。在精力勉强还可以的时候，他让儿子记录，口述了两封遗书，一封给老伴，一封给孩子们，对后事做了交代。在给老伴的信中，他写道："亲爱的老伴，这些年你跟着我受了不少苦，之所以通过这种方式，是因为你听力不太好，用语言无法和你交流……”关切之情溢于字里行间。在给孩子们的信中，他表达了深切的感激之情，感谢孩子们对他的悉心照料，同时对孩子们提出了殷切的期望：做人是第一位的，将个人利益放在第二位……

办完公爹后事，回到公婆住过的小院，看到他骑过的熟悉的电动车，老公禁不住扶墙大哭……走进院内，物品依旧，只是少了老父亲，老公再次放声大哭……

一家人坐在一起，老公展开信纸，向大家宣读公爹的遗言，又是一场痛哭……

孩子的叔叔曾经讲过一个细节，每次公爹去医院打针，离开家门前，都要留恋地回头扫视一圈这个他生活了五年的小院。回想起来，眼泪又是禁不住流下来……

公爹，您虽然走了，但是您对待疾病的态度，您对生活的热爱，您对亲人的爱，会永远留在我们心间，祝您在天堂安息！

谨以此文献给我可亲可敬的公爹！

## 山水有情意，多彩寨里河

踩着端午节的尾巴，我们县作协一行人参加了寨里河镇举办的“乡村振兴文化研讨会”。此次还有一位重量级的人物同行，那就是获得鲁迅文学奖的省作协副主席、莒县老乡铁流老师。

在研讨会上，党委领导史书记介绍了全镇今年以来的经济社会发展情况，特别是在文化方面打造国家级非遗“秃尾巴老李的传说”、龙头沟产学研产业、“梅樱芳菲”产业园等方面的发展近况。她激情洋溢地为我们描绘了一幅寨里河未来发展的美好蓝图。铁流老师谈到文化是一个地方的根脉和灵魂，乡村振兴首先要振兴乡村文化，在发展中融入文化元素，同时加大宣传力度，酒香也怕巷子深。大家深以为然。研讨会上大家踊跃发言，为寨里河的发展提了一些好的建议，县作协还举行了赠书仪式。

印象中的寨里河，经济主要靠农业、工业项目，政府税收来源有限。随着这几届党委及政府的努力，如今的寨里河镇有了明显的变化。研讨会之后，我们参观了几处村子和蓝莓园，大家眼前一亮。

## 龙头沟村

龙头沟村是镇政府打造美丽乡村的一个示范村，干净整洁的街道上，房前屋后不见畜禽，胡同里每家门前都有一个砖砌的三四平方米小花园，里面栽着麦冬、百合花等。这个季节各色百合竞相开放，空气中似乎弥漫着特有的香气。主街道上是各种各样的果树，有梨树、桃树、苹果树、枣树、猕猴桃树和山楂树等。一些农户的山墙上，葡萄架蔓延开来，一串串如翡翠般的葡萄晶莹喜人。一簇簇的鸭梨和油桃压弯了枝条，鸭梨透着青涩，油桃白中泛红。村支书热情地摘了一大捧油桃过来，我们一口咬下去，一股甘甜瞬间溢满口腔。关于这些果树归属，村支书介绍部分是集体栽种，部分是村民自发栽种。他介绍，镇政府先后投资五十万元整治，这个村子才有现在的模样，计划创建“省级森林宜居村庄”。因植物种类很多，这个村将被打造成产学研旅游基地，在周末或者假期吸引更多的学生到村子里认识各种植物花草，同时让农户也忙起来，通过经营各种农产品和副食品增加收入。

村中随处可见金丝皇菊苗圃，管理精细。不仅这里，听说其他村庄的菊花栽培都已形成规模，可以想象，秋季的寨里河遍地金黄，集观赏和保健于一体的金丝皇菊将使寨里河成为一个名副其实的菊香小镇。

## 蓝莓园

寨里河的蓝莓园发展也有几年了，已形成规模，名气不小。眼下正是蓝莓成熟的季节，蓝莓基地里陆陆续续有游客带着采摘的蓝莓离开。

因第一次到蓝莓园参观，心下也有些好奇，发现这些浆果竟然是长在毫不起眼的高三四十厘米的植物上面，一簇簇，墨蓝色，果子表面覆着一层白白的东西，如同女人脸上敷了粉，这层白粉是蓝莓自身分泌的物质，对人体有益。植株下面还落了些因熟透采摘不及时而掉落的果子。大家忍不住摘了几颗品尝，酸酸甜甜，很是开胃。

蓝莓，英文名字是 Blueberry，意为蓝色浆果，属杜鹃花科，越橘属植物，原产于北美，为多年生灌木小浆果果树。因果实呈蓝色，故称之为蓝莓。蓝莓果实中含有花青素等丰富的营养成分，具有防止脑神经老化、保护视力、强心、抗癌、软化血管和增强人机体免疫等功能，是世界粮农组织推荐的五大健康水果之一。据了解，蓝莓刚上市的时候，价格每斤在一百元左右，到了盛果期，价格在二十元左右。蓝莓种植对土地的要求比较高，土壤必须符合一定的酸碱度，松软，透水性强，后期的修剪、病虫害管理等方面都要跟上。在当前人工费用较高的情况下，整体看来管理成本不低，因此，市场上刚上市的蓝莓一小盒就要卖几十元也可以理解了。

## 金丝皇菊

金丝皇菊是寨里河镇的另一重要经济作物。加工过的金丝皇菊泡在透明的玻璃杯中，花瓣舒展，像在舞蹈，水的颜色也慢慢变为金黄。缓缓入口，菊花独有的香气在口中弥漫开来。

据了解，金丝黄菊对土壤的要求不是很高，喜欢温暖阳光好的地方，怕涝。长成后的金丝皇菊要经过筛选、装盘、烘干三个阶段才能封装，其中烘干阶段要经过四道工序，四道工序对温度、烘烤时间、湿度要求均不同。

金丝皇菊富含多种氨基酸、维生素和微量元素，性味甘凉，不仅清热祛风、明目解毒，还能发挥良好的抗炎作用增强人的体质，对口干、火旺、目涩或寒湿引起的肢体疼痛、麻木的疾病均有一定的疗效，对眩晕、头痛、耳鸣也有一定的缓解作用。唐朝农民领袖黄巢有诗云：“待到秋来九月八，我花开后百花杀。冲天香阵透长安，满城尽带黄金甲。”秋天来临，百花凋谢，只有菊花傲然迎风而立，那时的寨里河给我们带来的一定是另一种惊艳。

短短几个小时，虽然视觉可及的景物是有限的，但是寨里河党委及政府对村庄产业发展、文化传承的注重和对乡土风貌的保护给我们留下了深刻印象。在“日照改革”政研栏目，一篇《“低成本”扮靓“高颜值”——关于莒县寨里河镇农村人居环境整治的调查与启示》的文章引起了我的注意。文中介绍寨里河镇坚持以人民发展为中心，通过党组织引领，对农村人居环境实行集中整治，在村中实行设立党员巷长、红黑榜、民主监督员等措施，改变村民的行为习惯，从而推动了乡村文明的建设。

时间太匆匆，寨里四景——灵山先行垛、秀水寨里河、沧桑情侣石和青桐母子树还未领略，寨里另外两宝——核桃和樱桃还未品尝，一行人带着小小的遗憾结束了这次乡村文化振兴之旅。相信来年重游寨里河，一定有更多的惊喜在等着我们。

## 后营街的旧时光

昨夜一场春雨，空气变得清冽温润。虽然预报气温下降，但毕竟是阳春三月，吹面不寒杨柳风，街上的行人经过一冬的休整，神色都舒展开来。单位南面的柳树都吐出了新绿，步行道上的桃花含苞待放，春天里，一切生命都蓄满了力量和希望。

由于古城建设，我们单位在 2017 年 2 月由后营街 139 号搬到现在的文心东路 499 号。虽然搬离那个破旧的办公楼一直是大家的愿望，但是毕竟在那里工作了二十多个年头，那个地方承载了太多的回忆，所以大家还会时常怀念起单位那几棵粗粗的白杨树和办公楼前的小花园。

我们单位的老办公楼一共三层，是二十世纪七十年代建设的双面楼，采光、建筑质量都不好，北面的房间常年见不到阳光，特别是二楼东头北面的几个办公室，被大礼堂的树挡住光，室内的光线更加昏暗。

我的办公室在一楼。推开窗户，楼南的小花园风景尽入眼底，各色各样的花竞相开放。几棵广玉兰应该也有些年头了，叶片肥厚，每到花开季节，一树繁花，粉的、白的煞是好看。还有一棵腊梅树，树龄估计不少于二十年了，长在办公楼西头我一个同事大姐的窗外，恰好她的名字中有个“梅”字，因此她对这棵树就多了几分不一样的情愫。现在不知道那棵腊梅树被移到了何处，应该也被保护起来了吧。

办公区的西面是一座三层小楼，二十世纪九十年代初是单身男女青年住宿的地方，后来被改成了内部招待伙房。伙房办了几年，因办公条件紧张，一楼二楼被改成了办公室，我在那边二楼办公了六年。三楼是我们单位的大会议室，能容纳一百多人。由于建得比较早，楼房到处是老式的木门窗、电风扇，大会议室北面的窗户玻璃破损漏风，会议室的木门关不严，夏天好说，冬天进去四处漏风，人坐在里面冻得直哆嗦。

院子里一排很粗的白杨树也有历史了，1993 年我刚到教育局上班的时候就有了。白杨树树身上长满了斑斑驳驳的小眼睛，挺拔秀丽的身姿就像一行列兵，永远不知疲倦地在这里站岗放哨。严冬一过，春风一吹，杨树枝舒展开来，随着温度上升，不几日，枝干上就挂上了类似“毛毛虫”的花儿——据说在二十世纪六十年代闹饥荒时还是极好的食物。杨树花开得快，凋得也快，天气一暖，花儿随着春风簌簌落下，很快大半个院子都铺上了毛茸茸的地毯，踩上去软乎乎的。轮到值日的科室工作量就要大许多了，但我们单位有个好的传统，每逢这个时候或者下大雪的时候，领导带头同大家一起劳动，很快将院子清扫干净了。每到下雪时候，院子里的两棵雪松最是好看，就像两座小塔，让人忍不住想在上面挂上大大小小的礼物，把它变成一棵圣诞树。

老教育局办公楼南面有一条河，名为金龙河，自东向西贯穿了老法院、县实验园、县委县府和县一小。它名义上为河，事实上就是一个闭塞的湖，没有活水进来，水质比较混浊。每到夏天，湖里的荷花竞相开放，大大的荷叶像一个个碧绿的圆盘覆在水面上，晶莹的露珠滚来滚去，经常有一队白鹅在水上悠闲地四处游弋。有些摄影爱好者偶尔会过来取景，还有一些钓鱼爱好者会带着工具在湖边的栏杆上一趴就是一天，往往收获不小。

教育局办公楼的东面是县府大礼堂，目前还在使用，据说要作为文物保留下来，这里承载着莒县人的乡愁和记忆。大礼堂外白杨树、水杉树很多，挺拔秀丽，都有些年头了，每天清晨在这里活动、锻炼的人很多，里面有个老年人门球场，从我们办公楼二楼的东窗看下去，风景一览无余，经常看到一些离退休老同志在下面打门球。单位的北面是后营村，里面都是些未经规划的平房，一些房屋非常老旧，棚户区改造正好合了村民的心意，村民顺利地实现了楼房梦。每逢大的庆典活动，东面的大礼堂里歌声、鼓乐声一片欢腾。每天早上九点左右，东边传来县实验园幼儿们做韵律操的音乐声，南边传来县一小师生大课间做广播操的声音。坐在办公室，周边声音不时地传进来，一切都充满了生活气息。如今这些亲切的声音随着单位的搬迁都渐行渐远，成了永远的回忆。

老单位原来有两栋家属楼，我每次晚上加班后乘着夜色回家，经常遇到住在单位院里遛圈儿的老同事，他们总会热情地打招呼。由于拆迁，单位的老住户们也都各奔东西。这两年年底走访老同事，又见到了一些原来住在老单位的退休人员。他们一见面拉着我的手嘘寒问暖，让我感慨很多。

县委县政府、新华书店、县法院和县实验园的原址随着古城建设这盘大棋的开局都难寻踪影。历史的车轮在不断滚滚向前，两年后这里将矗立起一座有历史厚重感的古城。对于未来的莒国古城，大家都充满期待，而过去的时光也让我们难以忘怀！

# 印象龙山

因为一个人，爱上一座城，而我喜欢龙山，是因为朋友娟子在这里任职。

年前遇见娟子，她说明年的桃花节一定邀请姐妹们前来为龙山写点东西宣传一下。我们心里很期待，因为第一届桃花节举办得轰轰烈烈，废弃的瓮、纸箱、柴火垛都让举办者涂抹得五颜六色，不知道这第三届桃花节是什么主题。

慢慢地，北上涧越来越近了，车来人往，我们随着人流缓缓向山上移动，村民在路边摆满了各种吃的、玩的，小商品琳琅满目，让人应接不暇。四月的桃花迎着春风开得恣意妖娆，漫山遍野，这些桃花孕育的就是远近闻名、让人垂涎三尺的秋风蜜桃啊！

车至半山腰，在活动的中心区域，我们看到了一块大大的背景墙——2019年"书香莒县"全民阅读系列活动启动仪式暨中国·龙山第三届桃花节。这次活动的内容很丰富，有对"学习强国"最高分学员的奖励，还有对全民阅读有奖征文获奖者的表彰，整个活动透着满满的书香味，与中央提出的建设学习强国的目标非常合拍。颁奖结束后的演出节目里面，有一队五六十岁的女模特在表演旗袍秀，细看了看，好几个熟人，她们虽然韶华已逝，但那种岁月沉淀下来的从容之美是年轻姑娘展示不出来的。从龙山走出去的草根歌星潘文玲演唱了两首民歌，天籁之音让人惊叹，水平不亚于央视的明星。所有节目实在太精彩，无法一一点评。不知不觉，时间到了十一点多，我们决定下山。正午的气温很高，一如龙山人对旅游事业俯拾皆是的热忱。为了更好地感受桃花节的氛围，我们一行五人没有乘坐作协统一安排的车辆，而是边走边拍。路边各种各样的农产品、小吃、杂耍，还有爬满孩子的淘气堡，让我们找到了童年赶大集的感觉。还有一些摊主为了配合桃花节的氛围穿上汉服招徕游客，也是别有一番风味。娟子一边走一边匆匆地说要给她的同事们抓拍几张照片，时不时还接打电话，我们则放松地四处观望。这一山的人海和车流有效地做到了人车分流，垃圾没有四处扔放，随处可看到穿着汉服和志愿者马甲的工作人员在维持秩序，可见举办者为组织这次活动下足了功夫。

与作协的同志们会合后，我们一行参观了在镇驻地打造的特色街道。一两年未见，它的变化之大让我惊叹，风格完全变了，一股浓浓的汉唐风扑面而来！原来的主街要窄得多，没有什么显著特色，路边摆摊设点的不少。现在贯通南北的主街道明显拓宽了，用石板专门铺设了行人专用步行道，多了许多“龙山元素”，路两边的建筑加了一层汉唐风格的外立面，就等于给一个人换了一套行头，所有摊点进入室内经营。远远地，“龙山客栈”几个大字映入眼帘，几层高的楼很是宏伟气派，我私下想着再改一字就成“龙门客栈”了。在龙山客栈所处的东西街道上，店牌古色古香，特色小吃很是诱人。走进一家店，掌柜身着汉服热情招呼，一时间我们有点恍惚，这是穿越了吗？我们将来的莒国古城也会是这个样子吧？路的尽头是一个牌坊，上书“龙山古镇”四个古朴的大字。据龙山工作人员介绍，杨家沟的梨花盛开了，但由于天气太热，大家有些乏了，加之山路不好走，那片梨花只能作为一个念想了。

返程的路上，我在想：目前全市倡导旅游富市，县委县政府也提出了“一强三名”的发展思路，在特色小镇建设方面，龙山无疑走在了前头。这几年旅游大道沿途的嗡嗡乐园、都乐农庄和丹凤山景区等旅游项目开展得如火如荼，蔬果采摘深受大家喜爱，这些旅游项目的发展是环保的、绿色的、可持续的，既增加了农民的收入，又使市民周末多了休闲娱乐的去处。

一个地方的发展离不开当地党委、政府的统筹谋划。拥有发展眼光长远、将群众福祉时刻放在心上的领导班子，是一方百姓的福气。水含情，风含笑，龙山山好、水好、人更好。祝福龙山的明天更美好！

# 悠悠故乡情

自从父母搬到县城居住，对故乡的亲近大多只能是在梦中了。

每次陪父母回老家，都是浮光掠影般来去匆匆。那山，那水，那乡亲，童年时的美好时光，只能在回忆中一遍遍酝酿发酵。近年来年龄渐长，对故乡的思念日甚一日，真想回到生我养我的地方小住几日，再次回味一下童年，但是，那种感觉，现在还能找得回吗？

我的故乡桑园镇，是莒县东北部的一个偏远山区小镇，从记事起大人都称它为“桑园（人民）公社”，1984 年公社改为“乡”，2010 年改为“镇”。袁公河自东向西贯穿全镇，这里有山有水，盛产矿石，农产品资源丰富，是个富有灵气的地方。平原加丘陵的地形让全镇就像一个聚宝盆，其中镇驻地位于“盆底”。到了冬天，北面的丘陵会将外面的严寒挡住，让人感觉没有那么冷。自西向东绵延而来的莒五公路穿过镇驻地，向东二十里左右就到了五莲县境内。

单位里年长的同事曾经讲过这样一个故事：当年师范类大中专毕业生分配的时候，工作人员拿出乡镇名单让他们挑选单位，青年们看到“峤山”和“桑园”，猜想峤山一定是山区，桑园一定是平原，于是多数选择了桑园。没想到真正到了工作单位才发现，峤山不是山，桑园也不是平原。

小时候，我的老家真有一片上百亩的桑园，位于镇驻地桑园村西面的平原，我曾经和母亲一起去桑田里采桑叶。桑田的西面有条穿过村子的河，叫袁公河。那时候河水很清，大人们经常到河边洗衣服。当大人在河边的石头上用棒槌对着那些大件衣物敲敲打打的时候，我们小孩子早已在河中嬉戏了。在河中筑坝逮鱼是弟弟的拿手好戏，弟弟和他的小伙伴总是在水流比较平稳的地方堆起一个“V”字形的沙坝，中间用笊篱或者其他能够过滤水的东西张好，鱼虾进来一般是跑不了的。

秋天我们就上南山拾柴火，那时候家家都缺柴火。舅舅和几个人承包了南山上的一片山林，山上有栗子树，还有荆棘、茅草和洋槐等，姥爷负责看护。在荆棘遍布的山上，父母戴着皮手套用镰刀劳作，我和弟弟负责割茅草，休息时就到处逮蚂蚱、打栗子，大山总是带给我们那么多的快乐！姥爷住在山上的一间小石屋里，他给我的感觉就是一个和蔼可亲的山神爷爷，永远戴着一顶洗得泛白的帽子，他的膝盖处缀着几块补丁，脸上一直挂着慈善的笑容。在我的眼中，姥爷已经和大山融为了一体。

提到家乡自然风光之美，宝珠山是必须要说的。前年我和几个朋友一起去过宝珠山。我长这么大，不知道家乡竟然还有个宝珠山，而且不知道宝珠山竟然这么美！宝珠山的美是一种未被开发的原生态之美。当时是秋天，登山的小路上到处是厚厚的茅草，脚踩在上面，又软又滑。在一个水库的堤坝土路上，不知道是谁沿路种下了成片的格桑花，阳光下盛开的小花五颜六色，争奇斗艳，摇曳生姿。一霎间，我产生了幻觉：这是人间的美景吗？怎么从来没有发现过？山上的栗子刚刚收获，遇到间或有零星挂在枝头的，孩子们欢呼雀跃，如获至宝。

现在的桑园镇在几任党委及镇政府的领导下建设得越来越美了。每次回家，每当翻过大峪那道岭，眼前就展现出一幅精美的画卷——宽阔的马路两边是笔直的路灯，路灯后面是整齐的二层沿街楼，还有气派的政府大楼、漂亮的医院综合楼、美观大方的中心初中教学楼。新宇超市在镇上设立了连锁店，只要肯花钱，城里有的这里都能买到。

前几天，到五莲访友，特地转道老家桑园，发现家乡的变化越来越大。镇中心小学教学楼和中心幼儿园教学楼主体已经投入使用。全镇的社区建设如火如荼，基本形成规模，各个社区配套的卫生室、文化大院和幼儿园一应俱全，村中道路硬化，房屋规划整齐。沿途所到之处，各个村庄都在外墙醒目位置用规范的汉字进行精神文化宣传，敬老爱老、社会公德和家庭美德教育等标语随处可见。生活区都放置了带有“桑园环卫”字样的垃圾桶，各村的卫生条件大有改观。在芦家河社区，整个村街规划建设、绿化、美化得非常有品位。莲生湖的西侧建有九鼎文化广场，供群众休闲娱乐。大队院、派出所等单位的建筑典雅美观，各种议事机构一应俱全。如此偏远的村庄有如此高起点的规划，看得出这儿的村领导也是一个胸中有蓝图的人。从广场上宣传栏的内容来看，这儿应该刚刚开完一个全省的现场会。

桑园镇不仅山好，水好，人也好。

前段时间媒体报道了出生在莒县桑园镇的九〇后女孩崔久秀的励志故事。崔久秀，2014 年曲阜师范大学毕业后志愿前往新疆，被招录到喀什地区疏附县一个乡镇做社区工作。她迅速融入当地的工作和生活，和维吾尔族同胞们同吃同住同劳动，学会了维吾尔语和少数民族舞蹈。她带领维吾尔族青年办起了服装加工厂，申请开办了网络实体直营店，主营新疆特产，产品销往全国。她以一个个“微行动”，汇聚成强大的民族团结正能量，更好地促进了民族融合。崔久秀既是全国人大代表，也是莒县桑园人的杰出代表，她像沙漠里的灌木沙棘，有远大的人生理想和奉献精神，适应性和生命力极强，像挖掘不尽的宝藏，像一束光，给人带来温暖和向上的力量。她的经历也会激励后来的年轻人不断进取。

时光过得好快，眨眼几十年过去了，在外工作的桑园人，不论身在哪里，根永远扎在家乡，那份浓浓的乡情和对家乡的思念已经深深地浸没到了骨子里……

祝愿我家乡的父老乡亲一切安好！

## 只要多做那么一点点

爱花是女人的天性。自从同事小妹告诉我那个花店，我就忍不住迈向那家花店。夜幕降临，许多店门都关了，那个卖花的女子依然还在。看到我走来，她绽开了如花的笑颜，很耐心地帮我选花、修剪、插入瓶中。虽然已经满脸疲惫，虽然她的妈妈来电话催着回家吃饭，她还是耐心地告诉我：“回家先将花瓶冲洗消毒，然后滴入两滴 84 消毒液，加入适量的水，再将鲜花放入；要坚持每天换水、修剪花茎，否则花儿就会枯萎；百合的花蕊要去掉，否则会污染花瓣甚至衣物……”以前也买过鲜花，但从没有遇到卖花人如此耐心地讲解。听她温和周到的话语，心下暖暖，一再致谢，一路心情都是愉悦的。心下认定，以后买花就是这家了！

母亲的房子装修时，朋友介绍了一位改水电的师傅，工作质量说是县城数一数二的。刚开始还有些怀疑，但后来发现这个评价并非空穴来风。小师傅团队一共三人，年龄都不大，干活很利落。他们干活时先将防盗门用带有“石头水电”字样的门套套上，既防尘又宣传，小伙子们全部穿着工作服，戴着防霾口罩，干活的时候无比投入，把墙上的线切割得横平竖直，还选用国标的管线。好材料必然好价格，面对这样的好品质，追求质量的业主自然不会说什么。水电改好后，小伙子特别嘱咐："姐，等贴好瓷砖和我说一声。"厨房瓷砖贴完，还没等我联系他，小伙子来了，在每面墙上、每个插座的下方，都用一条红色的条带标注，上面带有"此处有水电管线"的字样。他和我解释，这样后面的家装环节就不会打错洞而破坏水电走线了。他工作如此精细，大家给他这样的美誉是名副其实了。

朋友的弟弟开装修公司，小伙子年龄不大却很有想法，只要业主提出，没有他造不出来的，他装修的几个店面风格独特，有保障的材质、匠心独具的工艺，给人留下深刻印象。每项工程干完他都会将工程垃圾清理得干干净净，用他的话说就是打造自己的品牌。因此，他的生意一直很好，人们口口相传，回头客甚多。

前段时间我参加了一个全县初中教学工作会议，会上一位来自乡镇初中的年轻女教师的发言给与会者留下深刻印象。这位女教师教物理，她的教学方法没有什么特别，只是在备课、上课、作业批改、考试等环节，以及师生关系等方面非常用心，比如对学生考试卷全批全改，在课堂教学上利用小组合作学习以强带弱，利用考试对错题加强分析。就这样，一个刚出校门七年的小姑娘就取得了许多工作多年的老同志都未取得的成绩。看到这样的年轻人，就看到了我县教育的希望！可见，一项工作的成功没有什么秘诀，关键在于责任心和工作态度。

前几年在乡镇学校兼职时，我邀请单位的一位同事给全校的学生和家长做一场家庭教育报告会。任务安排得有点急，因此我对报告的质量不抱很高的期望，没想到这位同事讲得非常精彩。他告诉我，为了准备这个报告，他加班到凌晨三点，想方设法找到当地的镇志，将当地乡镇考出去的人员信息都整理出来，为的是让这些学生对未来有更多的信心。听后，我不禁为之动容，从此对这位同事有了更深的认识。

胡适先生写过一篇文章《差不多先生传》，讲的就是凡事敷衍、得过且过的那部分人。凡事差不多就行,凡事糊弄,最后就死于“差不多”造成的恶果。记得有个故事,大意讲的是一个企业的 A、B 二人,毕业于同一所大学,同时进入这个单位,资历相当,能力似乎也不相上下。在单位的一次人事调整中,A 胜出了,B 很是不服,找到经理要说法,经理就安排 A、B 到市场上了解韭菜的价格,然后向他汇报。次日,B 将韭菜的价格报给经理,经理问有没有了解一下芹菜的价格,B 答没有,因为领导没有安排。而当经理问起 A 的调查情况,A 侃侃而谈,韭菜的价格、芹菜的价格还有其他几类蔬菜的价格都问清楚了,而且对近期几类蔬菜的价格波动及预期价格也都做了调查。经理对 B 说:“现在你应该找到你没有升职的原因了吧?”

工作中我们经常遇到这样的情况,有的同事工作认真负责,遇事积极想办法去解决问题;有的同志抱怨、推诿,凡事斤斤计较,成为不受同事欢迎的人,即使如此,往往还不自知。

人的生命是有限的,人的工作时间也是有限的,与其浑浑噩噩敷衍度日,为什么不认认真真地把每一天过好呢?物以类聚,人以群分,一个积极向上的人会影响和带动周围一批人,而一个马马虎虎混日子的人,他的周围也必定是这样的人。久而久之,这样的生活圈只会让他更加消极,既给家人朋友带来负面的影响,也影响自己的个人运势。

人生似乎很长,但是想来也短。来到这个世上,已过不惑之年,以后的人生轨迹基本定型,唯独对年轻人还是满怀期待。希望年轻一代不要做佛系青年,每天满怀激情地去努力,去奋斗,我们中华民族的振兴则指日可待!

## 碁山净土寺

在一个秋日的上午,随同县作协领导到碁山镇采风,其中一站是碁山镇净土寺。感觉净土寺是个有故事的地方,事实的确如此。

净土寺位于碁山镇政府驻地西北三公里处，又名碁山寺，距今一千二百余年，始建于唐朝太和年间，据说当时是为一位公主祈福而建。

车子停在一条乡间水泥路上，我们一行人踩着深深浅浅的脚印，顺着一条用脚步丈量出来的山间小路向一个小山坳里走去。走了五百余步，便可隐约看见石头房，踩着乱石小心下行十余米，眼前豁然开朗。两棵傲然耸立的银杏树映入眼帘，如果说浮来山上的那棵老银杏树是花甲之龄的话，这两棵无疑就是弱冠少年。初冬，地上铺满了一层金黄，但是树冠上的银杏叶还泛着一抹青黄，那是青春的色彩。年轻人说，这两棵银杏——雌雄两株，一棵结果，一棵不结，也算是夫妻树了。这两棵夫妻树在这个小山坳里默默相守千年，见过多少前尘往事，是是非非？

银杏树北面有一块石碑，高约四米，碑身已经有三道裂痕，用红绫缠着，下面有一个石龟驮着，顶部有两条栩栩如生的石龙纠缠在一起，隐约可见石刻“碁山净土寺碑”六个字。从碑文来看，这个石碑立于明朝嘉靖十四年（公元 1535 年）。看这个石碑的气势，应是皇家所立。

陪同讲解的八〇后年轻人姓刘，曾经是这个村的书记，他如数家珍地给我们讲净土寺的历史过往。据雍正时期《莒州志》记载，莒州外八景“山寺晚钟”指的就是碁山净土寺。一般的寺院都是晨钟暮鼓，而净土寺却是晨鼓暮钟，因此闻名。

关于净土寺，还有一个皇家故事呢。

相传，1644 年清军入关，对明朝皇族大肆屠杀。1646 年，为躲避战祸，明朝末代皇族宁阳王朱翊鏉携儿子及侄子共九人逃到净土寺出家为僧。宁阳王在青灯黄卷的陪伴下，时刻不忘反清复明之志。时间一晃过去了五年，在又一个新年到来之际，听到周围张灯结彩庆祝新年的鞭炮声，面对遥遥无期的复国梦，他郁闷不已，忍不住提笔写下了一副对联“清风扫地归净土，明月坠山入佛门”，贴在山门上。一时冲动为他引来了杀身之祸，原来清廷在巩固了统治之后，一直为找不到他们叔侄九人而寝食难安，对联一贴出，早有密探向官府进行了禀报。官府连夜派人捉拿他们，叔侄九人除了两个侄子侥幸逃脱，其余悉数被缉拿归案。可叹一代王爷韬光养晦多年，终不能完成复国之志，也许这副对联也是他对这种忍辱偷生生活的一个终结吧！

净土寺里面共遗留石碑十二通、和尚林两处，寺西有佛塔残基，原来的大殿佛像经过几个朝代的变迁及各种运动，已经不知所踪。在我县大力开发文化旅游的今天，净土寺无疑是一个值得好好挖掘开发的乡村旅游好去处。

碁山镇位于莒县西北部，虽然距县城有点偏远，但是几任党委、政府领导结合当地的地域特点，在乡村文化旅游方面大做文章。碁山镇西山旺的转秋千，已被纳入市级非物质文化遗产名录，褚家坡——初（褚）心公社打造得粗具规模，石头的房、石头的墙和高低蜿蜒的石板路让走惯了城市柏油路的年轻人有了一种探索的欲望，这象征贫穷落后的低矮石屋，修整之后成了乡村旅游一道亮丽的风景线。

# 写在女儿十八岁

亲爱的女儿：

时间过得真快，今天是你的生日，转眼你已经十八岁了。你就要告别天真稚嫩的少年时代，步入成年人的行列了，这是一个人一生中最重要的里程碑。

十八岁，意味着你享有了公民的选举权和被选举权，同时也要承担相应的社会责任和法律责任。成人，这两个字写起来并不复杂，蕴含的内容却丰富且深刻。其中最需要记住的应该是责任和担当。我们希望你做一个负责任、有担当的人，因为只有懂得负责任又有担当，才能被社会认同和接纳，成为一个真正受人尊重的人；其次，我们希望你能够成为一个拥有独立思维、积极向上的人，因为生活不都是鲜花和掌声，很多时候你会遇到荆棘和泥沼，希望你在成功的时候不被鲜花和名利困扰，在遇到挫折的时候能够内心坚定，依然对生活心怀感恩。

从呱呱坠地之日起，你带给了我初为人母的快乐。看着你一天一个变化，我内心充满了惊奇，感到何其有幸，能够见证一个生命的不断蜕变和成长！你第一次翻身，你第一次叫爸爸妈妈，你迈出人生的第一步，都给我们带来了那么多的欢乐。想起刚满三周岁的你挎着小篮子给住同一小区的爷爷奶奶送大包子，我站在家中目送你步履蹒跚地走到奶奶家，内心的那份喜悦无以言表。想起四周岁的你第一次骑着两轮车在文心广场转来转去，我比自己学会骑车还高兴。想起你第一次站在文心广场的舞台上在乘凉的群众面前大胆地唱出第一首歌，我手掌都拍红了，双眼含泪，为你的勇敢鼓掌。

见证着你每一步的成长，我内心温暖而柔软。

在陪伴你成长的路上，我们也走了很多弯路，毕竟我们都是第一次做父母，没有经验，很多地方做得不够好。由于奶奶和姥姥精力不济，照顾你的能力有限，你两岁半的时候就被送到了幼儿园。由于工作繁忙，我每次都是最后一个去接你，每当看到你依偎在刘奶奶怀里，眼巴巴地盼望着，我的心里充满了愧疚。

记得在你六年级的时候，学校组织演讲比赛，作为选手之一，你一再叮嘱我要记得来给你加油，我答应了，结果下午忙着赶一份材料，将这件事情忘了，等到想起来，你们的比赛也结束了。去接你时，你眼睛里有委屈、有失望。很多时候，我和你爸不一定能按时参加学校的家长会，但这有什么办法？我和你爸都是将工作看得比什么都重的人，很多时候也是身不由己。现在想来，内心充满了愧疚，我们不是合格的父母。

我们的关系是什么时候僵化的呢？好像是在你上初二的时候吧。有一次你的英语考了 96 分，满分是 120 分，班里 100 分以上的不少。英语老师告诉我时，我一下子着了急，就联系人给你辅导英语，你不拒绝，但是也不主动。补了一段时间的英语，成绩还是没有提升，英语老师也束手无策了，很有挫败感，后来我才想到你是在消极抵抗。记得你小时候挺喜欢学习，二三年级的时候，我看你精力旺盛，所以除了老师布置的作业，还额外给你找题加餐，做完一套再来一套，后来你就变得磨蹭起来，拖拖拉拉，现在想来你是消极怠工啊！虽然我是一名教育工作者，但是不懂教育心理学，这也许就是当局者迷吧，不知不觉错失了那么多良好的教育契机。后来你离开我们外出求学，似乎一夜之间长大了，懂事了，我们见少离多，母女关系反倒和谐了。

人生无法重来，也没有纠错的机会，我为我们曾经不当的沟通方式给你造成的伤害道一声抱歉，希望你能原谅我们！如果时光能够倒流，我一定争取做个称职的母亲，做你的好朋友。

好在你没有长歪，自理能力比较强，师生关系和谐，三观比较正，从不穿奇装异服，对人对事有自己的判断，不盲从，让我们很放心。

今年高中毕业，你就将踏入大学的校门，希望在这不到半年的时间里，你用上力气拼一把。在学习上任何人都帮不了你，在高考制度面前，每个学生的机会是均等的。一分耕耘一分收获，只要你付出了，努力了，也就无悔了，无论什么结果我们都接受。

何其有幸，我们能够成为一家人。能够做你的妈妈，我感到很幸福。即使过去在你成长的岁月中，我们对你有过很多的批评和责备，甚至有一些过分的苛求，那都是因为我们对你的期望太高，希望你能够理解。

我们怕你走弯路，怕你摔跤，总想将自己的人生经验告诉你，你虽然嘴里应着，但是我知道，你有自己的主意。记得你曾经说过，即便我们告诉你前面有个坑，你也会跳进去试一下深浅。是的，人生的经验不是纸上得来的，没有试错的人生不是真正的人生。好在你还年轻，即便错了也有机会纠正，今后的路要靠你自己走，父母会适时地给你提供建议，供你参考，我们更愿意做民主的、开明的父母。

女儿，在你今后成长的道路上，我们一直是你最可靠的精神支柱，并愿意做你最贴心的朋友和最亲密的伙伴。不论你走到哪里，不论你成功还是失败，我们都永远爱你，爱你最本真的样子。深深地祝福你！

永远爱你的爸妈

2014年2月4日

## 爬墙虎

后营街老教育局办公楼前有个小花园，小花园里有丛爬墙虎。每天我都要经过这丛爬墙虎，一天天，一年年，见证了爬墙虎的荣荣枯枯。

冬天的爬墙虎颜色是土褐色的，毫无生机，贴在墙上就是一张褐色的网，像一丛枯草。一次闲来无事，我站在那截矮墙前细细观察，发现爬墙虎细如钢丝的螺旋状触角已经牢牢地扎进墙里，尽管那堵墙看上去比较光滑，可一般植物难以攀附。

三月的春风吹皱了楼前的一汪春水，当池塘里的莲花还在睡梦中，小花园里的花儿已经在争奇斗艳了——典雅高贵的玉兰花、金黄热烈的连翘花，还有浓妆艳抹的海棠花。走过那段矮墙，细心的人们会发现，沉睡一冬的爬墙虎不知什么时候也悄悄地孕育起了一个个小苞，不几日，绽放出一簇簇褐红色的叶芽来。这些恣意绽放的叶芽，生命力是那样的旺盛，如同一个个成长中的少年浑身蓄满了力量，让你不能忽视它们的存在。

再往后半个月，这段墙就会穿上一件绿装，这些层层叠叠、郁郁葱葱的叶儿在风中摇曳生姿，满墙的绿色让人晕眩，让人不禁感叹它的生命力竟然会如此的旺盛！

爬墙虎的生命力是非常强的。我从小在农村长大，沟沿上、河坝边随处可见爬墙虎。它的藤秧上长满了触角，如吸盘鱼牢牢地吸附于某处。在农村，爬墙虎是非常不受欢迎的，这种植物所到之处，庄稼无法生存。农人在田间劳作，如不小心，很容易就会被它伤了腿脚，藤蔓所伤之处就是一道划痕，红红的，会洇出血来。如果想除掉爬墙虎，只用镰刀砍它的藤蔓是不成的，它很快又会长出来，只有从根上才能彻底除掉。

通过搜索资料得知，爬墙虎属多年生大型落叶木质藤本植物。夏季开花，花小，成簇不显，浆果紫黑色，与叶对生。花多为两性，雌雄同株。爬墙虎的根、茎可入药，有破瘀血、消肿毒之功效。我原以为爬墙虎是不开花的，没想到它开花，只是开得低调。

爬墙虎适应性强，喜阴湿环境，但不怕强光，耐寒、耐旱、耐贫瘠，已经成为很多地方不可缺少的一种绿化植物。公园山石、房屋墙壁，到处都可见它附着其上，起到绿化、美化、遮阳的效果。

秋天的爬墙虎叶子会变成橙黄色，成为秋日里的一道风景。当严冬降临，许多鲜花已入花棚，多数绿色植物经不住严寒的考验，纷纷失去了颜色，只有爬墙虎还在坚持与之抗争。等到最后一片叶子枯萎，它紧紧裹住自己的肌体，开始休眠。待到来年的春风吹来，一夜之间它将再次绽放生命的光华。

爬墙虎的一生，萌动，蓊郁，凋零，一如人的一生。在这大千世界中，生命来过，绽放过，即便最终走向凋零，过程本身就是一种美丽。

## 写给父亲

明天就是父亲节了，写过不少的文章，许多与母亲有关，写给父亲的文字却很少，然而我一直以来内心有一种冲动，就是想为我敬爱的老父亲写点东西。

父亲属狗，今年算来应该七十七岁了。父亲一生为人老实、勤劳、木讷少言，从我记事起，他就在外上班，从事机械维修工作，直至退休。

父亲出身贫苦。母亲是在姥姥的主张下嫁给了我父亲家。听我母亲说，当时父亲姊妹多，家里一穷二白，他是家中老小，爷爷在父亲未结婚时就因病去世。父母结婚后，奶奶跟着我们住，她有气管炎，不善理家，家庭的窘困可想而知。那时主要靠姥姥家的接济以及本家一个大爷的帮助,我家才渡过了难关。

父亲十五六岁时,经常饿得吃咸菜、喝凉水,以至于落下了一个“齁”的毛病。母亲嫁过来后,生活条件逐渐改善,父亲的“齁”病就慢慢好了。

两人结婚时,母亲二十二岁,父亲长我母亲两岁,在当时的农村已经属于晚婚了。那时农村的观念都喜欢男孩,父亲也不例外。他们婚后两年才有了我,当我降生后,父亲虽然有点失望,但还是非常努力地尽到了一个父亲的责任,只要一下班回家就会背着我。母亲常说:“你为什么长得高大?就是小时候营养充足。等生你弟弟的时候,你父亲到外乡镇工作,我一个人干活挣工分,吃不好饭。你弟弟生下来就瘦小,而且后期营养跟不上,所以长得小巧。”

小时候我与父亲总是聚少离多。我们家是亦工亦农家庭,父亲刚开始在本乡工作,后来被调到招贤镇,几年后又被调到县城,离家越来越远,家中的农活都是母亲一肩挑了。父亲每个星期六下午骑着自行车从县城往家返。每到这时,不等母亲吩咐,我就早早地来到街头,盼望父亲的身影。父亲慢慢地近了,将我抱上车,我们一起回家,那一刻是最幸福的。父亲插好车锁,我将父亲车上的布兜翻个底朝天,因为每次父亲都会给我和弟弟带点好吃的,像机器煎饼。四十多年前,农村很少见到机器煎饼,那种机器煎饼比现在的面包还好吃。等我渐渐大了,父亲给我从城里新华书店买英语词典,还有一些其他的学习用品,我非常珍惜。

父亲是一个心灵手巧的人,这给我们的童年带来了许多的欢乐。小时候家中有许多机械原理及制作方面的工具书,都是父亲用的。他用铁棍焊起一个长方体,下面安装上四个小轮子,里面焊一个凳子,为我和弟弟制作了小玩具车。我和小伙伴们经常推着玩。父亲还经常制作镰刀、锄头等农具,然后拿到集市上卖。除此之外,父亲也会木工活,家中的椅子、板凳都是他做的。父亲还经常搞些小发明,发明了花生剥皮机,将花生放到一个容器中,转动手柄将花生皮剥碎;还发明了一种剥玉米粒的小工具,就是将铁片用铳子铳成刺猬样，使上面的铁叶立起来，然后将铁片卷成玉米棒粗的筒子，铁叶在里面，将玉米塞进去，用手转动玉米，铁叶就会将玉米粒刮下来。父亲将这些小发明拿到集市上卖，非常受欢迎。父亲也喜欢读小说，我就是从父亲那儿读到的《荷花淀》《党费》《老水牛爷爷》等小说，虽然里面有许多繁体字，但当时已经上小学的我也能够理解个大概，这些故事是我的文学启蒙。

父亲老实木讷，有时候也很执拗，他常说的话就是吃亏是福。生活逼得母亲成了家里的主心骨，父亲在家庭决策方面甘愿放权，一心一意挣钱养家。我和弟弟的一部分性格遗传自父亲。小时候我或弟弟犯了错，母亲打我们，我们打死也不跑。母亲一边打一边掉眼泪，事后和邻居说："这两个孩子性格太拗，跑了我也就不打了，可就是不跑，还不就得多挨打。"

父亲在单位从事了一辈子的机械维修工作，由于老实肯干，他得到了大家的认可，每年评选先进都少不了他。有一次父亲单位调工资，多数都是长两级工资，只有几个人可以长三级工资。大家投票，父亲就占了一个名额。父亲凡事不争不抢，但是什么好事都少不了他的，因为大家不希望老实肯干的人吃亏。父亲带出来的徒弟很多，没有一个说他不好的。

父亲和母亲的结合当初也许仅仅是一种家庭出身的结合，没有多少感情成分。刚开始由于生活的窘困和观念的不一致，父母经常吵架。在我模糊的记忆中，他们有时半夜吵架，莫名其妙被吵醒的我便在床上哭。懂事以后这种情形越来越少了，因为父母聚少离多，不等产生摩擦，父亲很快就离家去上班了。但是我经常听到母亲抱怨父亲不会心疼人，不会关心人。

父亲是一个比较简单的人，不懂得浪漫，不会甜言蜜语，心中有爱也不会表达，这也许是母亲所不喜欢的。但是不管怎么说，这一辈子，五十多年的婚姻，他们也这样磕磕绊绊过来了。特别是父亲退休以后，两个人在一起久了，如同一个人的左手和右手，好像谁也离不开谁了。记得有一次，母亲高兴地说，她身体不舒服，父亲竟然也懂得关心，嘘寒问暖，母亲说没想到老头子现在也会疼人了。前几天父亲胃不太舒服，母亲很紧张。我们陪着他去医院做胃镜。还好,仅仅是胃溃疡,也是他小时候留下的病根儿,没什么大碍。挂了几天液,父亲就急匆匆地出院了。

将近八十高龄的父亲上墙爬屋还是那样灵巧,他和母亲在田间不停劳作。我让他们少干些,父亲却说:“不累,闲着才难受呢!”我的父亲,一个典型的新中国基层劳动人民,勤恳、善良、忠诚、不求回报。就是有着像我父亲这样的人做基石,社会的地基才会打得稳,打得坚实。

明天就是父亲节,谨以此文献给天下可亲可敬的父亲们!

## 云南之行散记

很久以来,就有一种走出去的冲动,有一种声音在心底呼唤:出去!一定要走出去!难得今年孩子走进大学校门,又得单位领导成全允许休假,加上同学的邀约,我终于抛下一切,在2014年10月的一个早晨,和同学一起从青岛流亭机场出发,乘着东方航空公司客机,经过三个多小时的飞行,顺利抵达昆明。同学的弟弟阿友已经在机场等候多时,我们马上就要开始历时七日的七彩云南之旅了。

我们此行的主要目的地是西双版纳。美丽的西双版纳一直是我心中向往的地方,记得三十年前看过的一篇文章说:西双版纳醉人的绿啊,如果你的眼睛近视,只要在西双版纳待上一个月,视力一定会恢复正常。

中午到达昆明,接机的友弟说带领我们去品尝一下正宗的云南过桥米线。友弟说,米线于昆明人就像煎饼于山东人一样,是生活中不可缺少的一部分。一顿米线下来,胃里舒服极了。一行四人到宾馆稍事休息。

次日一早,匆匆用过早餐,直奔西双版纳。从昆明到西双版纳要经过玉溪市和普洱市的地界。出了昆明,路上大雾,车子跑不快,太阳出来后,雾逐渐消散。走了不久,前面的路越来越窄,最后只有两个车道,右侧是大车道,左侧是小车道。周围都是高耸入云的山峰,我们走的路就是蜿蜒在这群山中的一条带子。玉溪的新平到普洱的宁洱段最为难走，到处是盘山路和涵洞，急转弯特别多。我们内心惊叹于人类的伟大，在群山中凿出这样一条生命通道，同时也明白了为什么短短的五百公里路却要用九个小时来走。沿路各种警示牌、限速标志，一般都是要求时速不超过每小时八十公里，最高不超过一百公里。在昆明至西双版纳的途中，由于下坡路特别多，每隔百十米就有一个人为打造出的紧急避险带——人造一个上坡，里面铺满沙子，供刹车失灵的车辆紧急避险用。我们发现这儿的大货车特别守规矩，超车后，马上变道回归。友弟说："这儿的按规则行驶都是用血的教训换来的，这边的路，外地司机是绝对开不了的。凡是路上出事的，都是外地司机。本地司机都知道这些路的厉害，没有敢超速的。"

越是向南，越发现路两边的热带植物多了起来。香蕉树、椰子树、棕榈树，看上去美得不得了。

啊，西双版纳，我来了！

旅游的目的就是放松，在观赏美景的同时，品尝当地的特色小吃是必须的。友弟在此之前已经做足了功课，说朋友介绍可以到曼听小寨吃烧烤。西双版纳比昆明热多了，气温将近三十摄氏度。我们住下之后，洗了热水澡，换上夏天的行头，向曼听小寨出发。

西双版纳属于热带雨林气候，炎热潮湿。这里主要是少数民族聚居区，人们的皮肤多数黧黑，女人的衣服都是紧身长裙，男人女人都能歌善舞。这里与缅甸、老挝、越南等国家接壤，住在边界的人们可以凭边民证来往，所以语言和风俗都相互受到影响。这儿的好些地名都挺有意思，前面喜欢冠以"曼"字，比如曼听、曼巴、曼丽等，充满着异域风情。

夜晚的西双版纳非常美，灯光投射在高大的棕榈树上，到处是斑驳的光影。汽车行驶在街上，非常有秩序，没有抢道的。在一个红灯前，我们看到汽车都在停车线五米之后的位置停下，原来离红灯近的那条线是为非机动车和行人准备的，后面的线才是机动车停止线。在这里，非机动车和行人优先。我们不禁感慨城市管理者将对弱势群体的关怀放在首位。

我以为曼听小寨是个傣族寨，没想到是一家位于西双版纳一条繁华街道旁边的烧烤摊。

吃罢饭，一行人来到所住酒店后面的休闲一条街，那儿有酒吧、茶室，也有小吃店，夜晚的街灯将这里渲染得特别斑斓。

沿着台阶下去，是一条约六米宽供行人步行的石板路。路面很干净，路旁有一些绿化树和灌木。外面就是河滩地，河滩地上种植了橡胶树、芭蕉树、椰子树等热带植物。河滩向里延伸就是宽阔的澜沧江。想象中的澜沧江汹涌澎湃，没想到这里的江水是如此的温柔沉静，也许是西双版纳迷人的景色让它陶醉了吧。路上间或有行人走来，他们都在静悄悄地享受这夜晚的宁静，这里没有高声喧哗，也没有人在路面上摆摊设点售卖东西。澜沧江边的夜晚是如此的静谧……

第二日我们准备体验传统傣寨风情，要去的地方是景洪市的橄榄坝。橄榄坝那边有个傣族园，最理想的安排是在傣族民居住上一晚。

早上九点出发，十一点左右我们一行到达傣族园。临近十二点，一位身材丰满圆润的少妇来了，她就是我们要等的朋友——玉老师。玉老师在附近的镇子上教书，专门从江那边渡过来接待我们。玉老师很热情地领我们进去。走了十几分钟，玉老师的娘家到了。她的娘家在一栋傣族风格的竹楼上。玉老师的父母事先不知道她回家，并不在家，可能是下地去了。稍坐片刻，她带我们去吃饭。转过一个街角，大概五十米，就到了她的表姐家，她的表姐开了一家餐馆，已经忙开了。

我们坐在餐桌旁，饭菜很快依次上来，纯粹的傣族风味。没有什么大鱼大肉，满满一大桌子菜，和在曼听小寨吃的烧烤风格相似，只是多了汤、野菜炒鸡蛋和菠萝紫米饭。一桌美食勾起了我们的食欲。她的姐姐拿出自酿的白酒，依次给大家倒上。玉老师是傣族人，她告诉我们这里管帅哥叫“猫哆哩”，管美女叫“哨哆哩”。我们请她的表姐一起坐下。她的表姐看上去非常爽快，端起酒杯碰一下之后向我们喊“水—水—水”，都是去声。玉老师解释，水是这里最神圣的东西，这样喊就包含着欢迎、祝福的寓意，是他们傣族的祝福语。于是我们也跟着喊。不一会儿玉老师的父亲来了,年轻、有修养的一个人,他也是这样祝福我们。同学Y觉得挺有意思,就让我录了下来。

饭罢,玉老师带领我们去看泼水节表演。沿途有两位老人在展示他们一种快失传的少数民族文字,说中央电视台曾经报道过。

玉老师带领我们看了里面的歌舞表演，因为昨晚在西双版纳看过顶级的勐巴拉娜西歌舞表演,所以感觉这里的表演逊色很多。我们一路走过去,发现沿途的傣寨风格也有些不一样，从房子的建筑风格就可以看出家底殷实与否。有的竹楼很新,上漆很亮,屋顶上面覆着蓝色的小瓦,看上去宽敞漂亮,下面停的轿车有的还很高档,一些农具也放在竹楼下面。我问玉老师,不用担心丢了吗,她笑笑说,不会的。

下午四点我们已经基本逛完了傣族园,考虑到次日返回昆明的时间很紧张,晚上要订机票,还计划次日到野象谷游览,于是让友弟转告玉老师我们当天下午返回景洪。玉老师有些意外,以为招待不周。我们再三解释才打消她的疑虑。

回程路上,一路感念玉老师的热情与淳朴,大家都觉得她在单位的人际关系一定非常好。回去的时候,路有所不同,沿途是澜沧江,很窄,不好走,下面是陡峭的悬崖。友弟开车将我们送回西双版纳所住酒店。

出来多日,大家开始有点想回去了,女伴L每次吃饭就想山东煎饼,吃不惯南方的米,觉得它们生长期短,味道一般。

第三日早晨八点半左右,我们退房,开始返程。途中经过野象谷,就顺便去游览了一下。从野象谷出来,时间已经下午四点半。返程的路千折百回,友弟开得很快,时速最低每小时八十公里,最高达每小时一百三十公里。大家都累了,在车上迷糊起来。友弟开了大概两个半小时,也很累,哥哥Y主动提出他开车,在一个服务区,兄弟俩换了位置。

归程的路很难走,天色黑下来,更要加倍小心,沿途见到许多提示牌——“此处事故累计死亡一千人!”“前方加水站,大车请务必停车加水”等。由于这些高速路多数建在崇山峻岭之间,沿途供建设服务区的地方非常少,很长时间才能见到一个服务区。友弟说，只要遵照警示牌的提示，一定会大大减少事故的发生。

在返程的路上，我们发现沿途查车的站点特别多，不明白为什么在道路如此窄的地方还要辟出一块区域做临时检查，多危险啊。大家猜想这些临时检查点可能主要为了缉毒。

车子继续前行大概一个小时，从玉溪高速口下来，时间已近晚上十点，我们在路边找到一个准备打烊的小餐馆用了点餐。一个热心肠的下夜班的小伙子将我们带至温泉度假村大门口，我们一行人下车，对他千恩万谢，遗憾的是身边没有什么可以送他的。他摆摆手，走了。在里面办好入住手续，晚上十一点半了，大家都累极了，想着快点休息，希望一觉睡到自然醒。

第二天，大家都还念叨，怎么这边的人就那么好呢。

归程的那天下午，友弟的爱人小陶给我们准备了云南名菜全菌宴，大家大快朵颐，最后和友弟殷殷告别。

别了，昆明！我还会再来的。

晚上八点五十的飞机，到达青岛流亭机场时已经是凌晨两点，踏上齐鲁大地，我感觉踏实极了，回家的感觉真好！

有句话说得好："要么读书，要么旅行，身体和灵魂总要有一个在路上。"读万卷书，不如行万里路；行万里路，不如阅人无数。边行走边体味人间百态和风土人情，增长的阅历和见识自然是困居斗室感受不到的。

# 人生三悟

不知不觉间，人生的路程已经过半。鬓角华发渐生，岁月刀削斧凿般在脸上留下了无情的痕迹，身边的人和事很少能够在心中掀起波澜，朋友圈在不断精简。开始喜欢独处，无人时静静地听一首舒缓的音乐，默默地品上几杯茶，内心恬淡安然，对人生也多了几点思考。

## 关于圈子

人活着，就离不开和人打交道，身边衍生出各种圈子，有工作圈、朋友圈、同学圈和闺蜜圈等。交往目的不同的这些圈子将似乎没有多少血缘关系的人联系在一起。

因工作建立起来的圈子一般会随着工作岗位的调整慢慢淡了联系，也有因工作原因彼此投缘，建立了深厚的个人感情，长久地保持良好的友谊。

朋友圈中的人则三教九流，成分复杂——有的可能源于一场饭局，有的只是点头之交，也有的因是朋友的朋友而认识。时间一长，虽然电话簿和微信圈的联系人不少，却怎么也记不起某些人的容貌。于是当收到清理微信僵尸粉的信息时，我会定期删除不常联系的微信好友。

同学圈的关系较一般的关系似乎更亲密些。即使毕业多年，不常联系，因师出同门，一旦见面，直呼同学之名，不论贫富贵贱，总是多了几分亲近之感。但是随着生活环境的不同，每个人的际遇不同，除了在学校的那点趣事偶尔可以拿出来晒一晒，共同的话题也是越来越少了，如同浅水鱼和深水鱼很难有共同的交集。

闺蜜圈是每个人最私密的圈子，一般是经过岁月淘洗一遍遍筛选下来的。志趣相投，爱好相近，有共同的语言，在一起交往没有什么顾忌，可以随心所欲。很多时候，一个话头提起，很多话题就跟上。除了小时候一起长大的同学玩伴，闺蜜也包括在不断成长过程中新结识的朋友。有个描述叫作“白首如新，倾盖如故”，说的就是这种感觉。相识虽晚，但是一见如故，这种感情最值得珍惜。

## 关于贵人

一生中会遇到形形色色的人，有的会对你的运势产生举足轻重的作用。在关键时候拉你一把的人，无私地帮助你、欣赏你、提携你的人，都是生命中的贵人。贵人可遇而不可求，很多时候可能是前世的因才修来今世的果，有的也可能是家族中几辈人的福报修来的。生命中遇到贵人，是一个人的福分，要学会感恩惜福。贵人也喜欢帮助那些懂得感恩、积极上进的人。

我们每个人来到人世间都在修行。在人生的十字路口，我们都会遇到形形色色的人。每个人的成长都离不开贵人指路、小人砥砺。不论是贵人还是小人，都值得我们感恩，因为他们都教会我们许多生活的道理。

我们每个人在接受别人帮助的同时，也会有意或者无意地帮助别人，这个时候我们就会成为别人生命中的贵人。爱出者爱返，福往者福来。接受别人的帮助和馈赠，然后将这份爱传递出去，这个社会才会更温暖。

人生不易，没钱、没权、没人脉，活得就艰难。看过吃了上顿没有下顿的人家；见过因大病负债累累、临近离世对未成年孩子的那份牵挂；见过父母离世后、姐弟携手共渡难关的困窘……政府、社会给予了很多救助，但很多时候还是要靠自救。若一个人的精神垮了，一味地靠施舍，一味地抱怨，甚至生出仇视社会的扭曲心态，这样活着的每一天都是煎熬。

## 关于包容

我们每个人从来到这个世上，就要做好吃苦受累的思想准备。没法选择出身，但是我们可以选择如何走好每一步路。人活着会遇到形形色色的人，有的人喜欢你、欣赏你；有的人和你气场不和，就是看你不顺眼。有个三分之一定律，说的就是有三分之一的人喜欢你，有三分之一的人讨厌你，还有三分之一的人对你抱着无所谓的态度，因此我们每个人无需去刻意地取悦谁，做好你自己就好。

随着年龄的增长，突然对身边的人和事更加理解和包容。曾经我们很难理解身边的人为什么会做出那样的事、说出那样的话，但是换位思考之后，就明白了人的性格和认知决定了他的处事方式，因而，对他人就多了份包容和豁达。

生活实苦，无时无刻不在藩篱之中，放过他人，也是放过自己。

红尘滚滚，人生起起伏伏。在生命的这趟列车上，身边的亲友来来去去，在不经意间，有的人掉队了，甚至我们还没来得及好好告别，就再也不会遇见。珍惜吧，珍惜现在能够抓得住的一切。我们没法控制生命的长度，但我们可以拓宽生命的宽度。努力一把，才不枉来世上走一回。

## 古村柏庄

在一个夏日的上午，我和先生回到了久别的桑园老家，并顺便去柏庄古村一游。

柏庄村位于镇驻地东北部三公里处，北依围子山，西靠袁公河，东与栗园村毗邻，南与寨村接壤。据莒县志记载，明洪武初年，原住民从五莲街头泥峪子村迁来，见此地有一株大柏树，遂将之命名为柏庄村。柏庄村至今已有六百余年的历史，2019 年被列入第五批中国传统村落名录。

我们从镇驻地沿着省级湿地公园袁公河流域驱车向东，欣赏着沿途的美景，大约十分钟车程，就到了柏庄古村。

柏庄是一个有着千余口人的村子，老村居住区占地面积一百二十六亩，为明初所建，共留存传统乡土建筑九十八栋，部分保存完好。由于旧村未进行统一规划，加之地势不平，年轻人结婚都在村东盖房，久而久之，就形成了新村和旧村两种布局。新村红瓦白墙，成趟成行；旧村高低不平，道路蜿蜒崎岖，错落有致。石头的墙、石头的房、古树、窄窄的胡同、吱吱呀呀的石碾、倚着石墙晒太阳的老人、一条从东北向西南蜿蜒穿过村庄的溪流，以及上面用石板搭建的几座三孔石桥，承载了所有记忆中乡愁的元素。

沿着村子西南角的石桥步行约五十米，一个古朴典雅的院落映入眼帘。赭红色的大门、灰白相间的石墙、灰色的石瓦、高高挑起的飞檐，还有庄重的延伸至远处的连廊，这应该就是桑园镇政府用引进项目资金对柏庄村进行改造提升的项目了，镇政府本着“修旧如旧”的原则进行了保护性修复。

院子围墙东面是一条一米多宽的小路，路的东侧是穿村而过的小河，河沿上的杨树枝叶繁茂,有的一搂多粗。踏着石板小路缓缓徐行约五十米,迎面是一块高约两米的影壁墙,正中嵌了一块圆形牡丹图案的装饰石,两边是用小片的青瓦搭成的方形漏窗,其余部分用各色的窑砖填充。影壁墙的四周种了许多竹子,为整个环境增添了几许雅意。

墙的后面有一个干净整洁的院子,很明显,院子经过了整修,铺了草皮,栽上了竹子,然而石头的房和石头的墙与旧时的村居没什么区别。推门进去,里面却是别有洞天,室内有一张席梦思大床,橱内是酒店式的睡衣,所有酒店用品一应俱全,低调而奢华,看来是为做民宿旅游准备的。周围很静,空气很温润。

在村中沿河漫步到了村子的东西主街——中心街,它是用散乱的石板铺就,有些年头了。一个石碾在路的一侧,每位游客到此,习惯性地都要上去推一推,目前它仍被村民照常使用。

在石碾对面,隔河相望,有几家商铺,比如洪福酒家、山城板面等。店铺旁边的石墙上有一张带党徽的图片,上面有"乡村振兴合伙人"的字样,还带有合伙人的名字和照片,设计独具匠心。

六月的天说翻脸就翻脸,夏雨说来就来。不一会儿,风急雨骤,我们匆忙跑到一个雨棚下面躲雨,静听穿林打叶声。旁边的绿植和纷杂的灌木在雨中摇曳生姿,雨中的古村更有一番韵味。

漫步村中,村民很少见,游人也不多。偶尔有几位六七十岁的老人聚在一起聊天,有的托着一个大烟袋,我们徜徉其中,仿佛穿越回了二十世纪七八十年代。那时候时光过得很慢;那时候肩挑手扛;那时候电视没有普及,获知外界信息的渠道就是听有线广播或者收音机;那时候汽车很稀罕,骑辆大金鹿自行车都是一种奢侈;那时候家家大门敞开,邻居随便串门;那时候物资很匮乏,快乐却很简单……

柏庄村不仅风景优美,还是一个有着红色基因传承的村子。1938 年 10 月,中共鲁东南特委进驻柏庄村;1939 年 5 月,中共莒县县委随八路军山东纵队二支队移驻柏庄村;1947 年秋至 1948 年春,解放战争时期我党三大银行之一的北海银行(中国人民银行的前身)曾在柏庄村驻扎印钞。石碾的东面一户人家的门楣上,书有“中共鲁东南特委机关旧址”字样;河的对岸一户整修后的大门口,书有“北海银行柏庄印钞厂旧址”几个字,这两处旧址都由莒县人民政府于2021年5月所认定。

除了主街道路稍宽一点儿,主路北面的巷子都是一米多宽,两边都是一人多高的红石墙,这让我不由得想起戴望舒的《雨巷》,期待胡同里袅袅走出一位打着油纸伞的姑娘……

随着城市化进程的加速,空心村越来越多。年轻人适应了大城市的生活节奏,也为了下一代能有优质教育资源多在城市买房。渐渐地,农村只剩下和土地打了一辈子交道的老人在留守。

一个村庄,一条河流,一间石屋,几条小巷,一段残壁,一定会让你追寻到梦中的那份记忆和乡愁……

· 张成莲 ·

散文

# 漫步沭河岸边

三十八年前，父亲带着我们一家老小从江南那美丽的海滨城市搬回了阔别多年的故乡——莒国古城。

当年的家乡,没有一条像样的街道,没有一条平坦宽敞的大路,更不见那高耸入云的楼房,映入眼帘的是一片萧条和荒凉。而今的莒国古城,已焕然一新,今非昔比了。

漫步沭河岸边,映入眼帘的是丛丛的青绿和满树的花朵。当春天的风还摇曳着三月的风铃,杏花已经被时光淡去了一抹粉红。那妩媚动人的花在杨柳婀娜多姿的抚摸下,争奇斗艳地盛开着:桃花红得似火,迎春黄得娇艳,玉兰开得奢靡,一簇簇,一丛丛,像赶趟似的争先恐后地装点着这春天的沭河。

春日的暖阳照在脸上、洒在身上暖洋洋的。前面有一对正在散步的老人在河岸边闲聊着,话语飞入我的耳畔:"你看看这里变化有多大啊！过去的沭河两岸是沙土堆积的拦河坝,杂草丛生,荒无人烟。遇到暴雨季节,河上的小桥无法行走,河水冲击大坝,有时还会有致命的危险。看看现在的沭河岸边,鲜花盛开,河坝之上道路宽阔,高楼大厦耸立如林,这里已经成了全城最美的居民区。特别是修了橡皮坝、建了沭河公园以后,各种游乐、运动的地方比比皆是，来这里健身、打拳、练剑的人络绎不绝。你看，那河水清澈透底，能照出人的影子。”我禁不住上前搭讪：“大爷，出来散步啊？”老人很健谈，应道：“是啊，我们天天来。你看，这里空气好，景色美丽，令人流连忘返。我们住在这附近，天天享受着天然氧吧，舒服着呢！经济发展了，工资提高了，人们的生活水平今非昔比，听说今年的税收收了十几个亿呢！”我听着老人谈到了经济发展，谈到了税收收入，心里格外愉悦。得知老人是从教育口退休的，我心想怪不得他对国家政策、经济发展、生活水平谈得头头是道……

放眼望去，一座座桥梁横跨沭河，特别是那最长的廊桥，有着“最长的廊桥”之称。莒安大桥位于莒县浮来东路东首，全长七百五十米，宽度二十五米，单跨三十米，共二十五跨，设计为过廊式景观桥，工程总投资一亿三千万元。这也是莒国古城继钱家村大桥、岳家村大桥、刘家河口大桥、官河口大桥之后，贯穿沭河东西的第五座大桥，成为连接老城区和沭东新区的重要交通命脉。走在廊桥之上，欣赏着古色古香的古城建筑，吟咏着那文采飞扬的楹联，看着眼前这美丽的景观，一种淡淡的忧伤爬满了心窗。我多想把这美丽的风景永远定格在春天，可是多少风景就这样在匆匆而过的时光中渐渐地变成了回忆，多少繁华就这样在奢靡的背后渐渐地归于平静，多少故事就这样被不断前行的脚步渐渐地忘却，多少情怀就这样被凡尘俗世困扰慢慢地归零。人生就是这样，在日复一日的匆匆中，不断地来，不断地去，慢慢地变老。

走着，看着，听着，想着，禁不住想起了很多年前父亲趟过沭河、扛着自行车过河收税的情景。父亲是一名税务工作者。当年跟随父亲回到家乡时，我曾多次抱怨家乡没有父亲所说的那么美、那么好。三十多年前，家乡的沭河是何等的荒凉。沭河的桥又窄又矮、高低不平。每当雨季到来，沭河的水就会漫过整个桥面，令人无法前行。当年父亲常常教导我说：“别小看我们的税收职业，那可是国家的经济命脉。有了这强大的税收，家乡将来一定会被建设得美丽富强。”可惜父亲英年早逝，没有看见这高楼耸立、道宽路平的美丽家园，没有看见这四季如春的沭河两岸，没有看到美丽的廊桥……此时此刻，我很想对远在天国的父亲说："爸爸，如今的家乡确实美了，您看到了吗？那美丽的花海万紫千红，高楼耸立如林，河水波光粼粼，此时的家乡更胜南国的万里风情。"

漫步沭河岸边，我和时光赛跑。我用年轻向上的心态和不再年轻的容颜，留住那散落的光阴，平平淡淡地生活。不张扬，不矫情，静静地在岁月的长河里捡拾被浪花冲刷的贝壳。那些不经意间的小小的感动，那些在流光岁月中一直陪伴我、鼓励我并让我不断成长的人，那些用心经历的故事，是整个人间最美丽的芬芳。漫步沭河岸边，看着那一座座高楼大厦，看着那一道道美丽的风景线，我铭记父亲的谆谆教诲，告慰父亲的在天之灵——如今的莒国古城已是一个充满阳光、祥和美丽的家园。

漫步沭河岸边，依旧走在前行的路上。我观望着，思索着。"妈妈，我要去坐飞天轮！"一声稚嫩欢快的喊叫声，不由使我寻找着声音传来的方向。转身望去，不远处一位年轻的母亲带着一双儿女，正向着沭河儿童游乐园走去。在那里，有五颜六色的美丽滑梯、形象各异的秋千、神秘莫测的"大黄鸭"和儿童及少年均可娱乐的各种设施，是孩子们开心愉悦的家园。在那里，那些莲花般的梦想刚开始发芽，那明媚的阳光正照耀着每一个被阴云笼罩的日子，那绿意盎然正不断涌现出新生的希望和梦想，也注定会在蓄满的激情中扎根沃土，不断成长、成熟，最后涅槃成莲。阳光下的沭河，春风轻轻地掀动着历史的书页。阳光下的莒国古城，税收取之于民用之于民。古城的道路、桥梁、楼房、生活，靠每一个纳税人真诚地奉献积累。众人构筑起的这座税收金字塔，让我们看到了梦想、阳光和莒城美好的未来。

行驶在宽广的银杏大道上，看到沿途新建的学校、车站、医院等服务机构都已落户沭河之东，身心格外地放松。这是新兴的沭东之城，"生活向上，城市向东"的理念已深入莒县人的心中……

# 读书是一种幸福

读书是一种幸福。高尔基曾说过:“读书,这个习以为常的平凡过程,实际上是人的心灵和上下古今一切民族伟大智慧相结合的过程。”曾经的我还不明白这句话的含义。而今,在读过一些书之后,我明白了。书的意义不仅在于它是人类智慧的结晶、进步的阶梯,还在于它是人类的精神食粮。

读书是一种幸福,尤其读一本有价值的书,或者读自己喜欢的书,因此读书就要有选择了。选择一本好书,就像选择一位良师益友。在我们穷困潦倒临危遭难之际,书给我们以安慰和勉励;在我们悠闲愉悦欢乐喜庆之时,书陶冶我们的性情。以我之愚见,读书的幸福大抵是基于此吧。

也许书中没有“黄金屋”,也许书中没有“千钟粟”,但是,书籍依旧是精神追求者的宠儿。因为,读书不仅仅是一种需要,更是一种性情的愉悦。读书的感受,如同春日扁舟里的放歌,夏天绿荷边的垂钓,晚秋田野里的喜悦和丰收,寒冬炉火旁的倾谈……书,它是心绪的慰藉,是灵魂的交响曲,是生命的落脚处。

幸福的表现形式有很多种,读书的幸福只是其中之一,但是我以为读书的幸福的特别之处在于它是与先贤的灵魂对白。独坐窗前,听窗外细雨如丝,品书中人生百味——如“小楼昨夜又东风,古国不堪回首月明中”的无奈与悲愤;“卧薪尝胆数十载,三千越甲可吞吴”的坚韧毅力;“羽扇纶巾,谈笑间,樯橹灰飞烟灭”的洒脱与超然;“万卷古今消永日,一窗春晓送流年”的闲适与悠然……书中的行行文字,仿佛一片片美丽的音符,奏出一曲深邃而悠远的天籁。

画船听雨,深巷杏花,天光云影,野渡舟横。书中的美景三分入画,七分羽化。书中的流水一半凝魄,一半散氲。捧读朱自清的散文,我们会遗忘悠悠经年,看淡世事沧桑。红尘烟雨之中,寻求一夕宁静,体悟陶潜记忆中的世外桃源和谢灵运心中的田园山水。不知不觉，我们恍若泛舟九曲碧波之上，春江花月，赏景品茶，心无尘染，怀拥空明。

古人云："登山则情满于山，观海则意溢于海。"读书亦是如此，在浩瀚书海中遨游，总能眼观山光与水色，耳闻蝉声与鸟鸣，鼻嗅花草之芳香。于是，书打通了我们与大自然的界限，更让我们体味到龚自珍"落红不是无情物，化作春泥更护花"的无怨无悔，品味到易安"一种相思，两处闲愁"的缠绵思念，感悟到温庭筠"一叶叶，一声声，空阶滴到明"的无限惆怅……在书中，幸福是洒脱，是自然，是恬淡、宁静与安详。

读书是一种幸福，难怪古人云："布衣暖，菜羹香，诗书滋味长。"

# 青春在"税"月中闪光

时光荏苒，转眼间，加入税收这个大家庭已三十余载。回想毕业之初，少年踌躇满志，意气风发。"二十学窗战果赫，一朝立身作新丁。回首来路花似锦，而今迈步从头越。"在三十多年的税收生涯中，我经历了机构分设、税制改革，又见证了国税、地税两家合二为一的历史性时刻，这些都将成为我永远珍藏的美好回忆。无论历史的长河怎样流淌，我都将初心不改，为实现最靓丽的"税务梦"勇毅前行。

"税"月如歌，一路走来，其间的点点滴滴，每一位经历过的税务人都难以忘怀。蓝色青春，不悔"税"月，热血铸就中国税务。税制已发生了天翻地覆的变化，从手工填票到网络开票，从上门收税到网上申报缴税，从专管员管户到专管员管事，从单一的片区管理到专业化管理，再到今天的"专业化+属地+行业"管理，这些转变，带给民众的是快捷便利的服务，是真诚、执著、细心、严谨的"一次办好"。在执法中服务，在服务中执法。一路走来，税制变迁、收税生涯的履历充实了我的人生、我的岁月，慢慢地也改变着我，让我有了一次次的进步，而这一切都源于内心一个坚定的理想信念和一份责任。

一朵鲜花，要有根茎作基，才能十里飘香；一座高山，要有大地作基，才能巍峨挺拔。而我们税收事业，根基是什么呢？那便是“为国聚财，为民收税”的神圣使命，那便是“忠诚事业、忠诚团队、忠诚理念，饱含激情、恪守信誉、勇于担当”的责任理念。

税之源，国之脉。一笔笔税款，就如一点一滴的墨汁和颜料，在中国共产党的妙笔下绘成一幅华夏巨龙腾飞的丹青画卷。在画卷中，我们看到航天英雄们在九天之上与嫦娥共舞；在画卷中，我们看到华夏南北高铁贯通，交错纵横；在画卷中，我们看到“辽宁”号航母在祖国的领海中航行巡护；在画卷中，我们看到“两不愁三保障”下百姓们的生活美满幸福。“位卑未敢忘忧国”，一个个平凡的税收工作者，便是这幅画卷的研墨人。虽然没有惊天动地的业绩，没有宏伟壮丽的诗篇，但我们始终以青春的激情履行着自己的责任，在平凡的岗位上默默地奉献，为巨龙腾飞的每一幅画卷上添墨加彩。

以铜为镜，可以正衣冠；以人为镜，可以正品行。君可见，蜀汉丞相诸葛孔明，鞠躬尽瘁，死而后已，只手将那蜀天补；君可见，长眠雪域高原的好干部孔繁森，半生与藏族同胞们共甘苦；君可见，党员身份永不退休的杨善洲，坚守信念绿染大凉山，穷尽一生书写为民情；君可见，新冠疫情中的每一个美丽的白衣天使，挥洒青春为人民……历史的长河中，那些熠熠生辉的名字，那些忠肝义胆的事迹，家喻户晓，世代传唱。与这些高大的灵魂相比，我与我的同事们的事迹是那么的微不足道，但是那些触手可及的闪光点，那些细小平凡却折射出税务人高尚情怀的事迹，给予了我真实的感动。

有一位与我并肩收税的老同事，他犹如一匹不知疲倦的骏马，积极进取，尽职尽责，奋斗不息，几十年如一日，用实际行动谱写了一曲动人的青春之歌。有一位年轻的同事，她九年多来与出口退税这条“高压线”为邻，不为名利所扰，不为金钱所动，责任第一，从严把关，生命如歌，事业如命，用奉献赢得肯定,以真诚获得尊重。有一位同事,他无私奉献,甘于平凡,勤学苦练出佳绩,辛勤耕耘铸税魂,奋勇拼搏于税收第一线,淡泊名利塑人生。就是有了像他们一样千千万万个税务人的共同努力,才有了税收事业今日的辉煌。酿得百花成蜜后,为谁辛苦为谁甜。当铮铮誓言与平淡乏味的工作相融,当一腔赤诚化为百般柔情,我明白了:光荣,在于平淡;伟大,在于漫长。“衙斋卧听萧萧竹,疑是民间疾苦声。些小吾曹州县吏,一枝一叶总关情。”责任重于泰山,唯有在自己平凡的岗位上,将每一件平淡乏味的小事做到尽善尽美,我们才配得上这身蓝色税服,让那一抹税务蓝永远那么纯净、亮丽。

青春有限,而奉献无涯。岁月终将带走青涩年华,但最火热的激情将铸就税收事业的永远年轻。没有豪言壮语,看不到丰功伟绩,我愿做大海中的一滴水,沙漠里的一棵胡杨,在极其平凡的岗位上,忠于职守,塑造幸福人生。回首自己的选择,我无怨无悔;面对未来的挑战,我将痴心不改,更加执著。

国之重任担在肩,栉风沐雨任劳怨。青春无悔献蓝色,共托中华一片天。

## 秋天的思绪

我喜欢品一杯香茗置于窗前,执一卷《宋词》伏于灯下,听风梳竹梢、雨敲荷塘。在雨后的黄昏,独倚楼台,慵懒地欣赏着理查德·克莱德曼的《秋日的私语》,任思绪随着这美妙的钢琴曲飘荡在秋日的天空里……

秋日的天空,深邃、高远,宛如安详沉思的智者,在悠扬婉转的笛声中引领你感受秋日的情怀。我喜欢秋天,秋天本来就是闲适恬淡、充满遐想的季节,是放飞思绪、泛滥情感的季节。在这个季节里,你可以高歌低吟、浮想联翩,你可以欣喜万分、踌躇满志、豪情满怀,也可以喟然长叹、怅然若失、百感交集。是峰回路转、柳暗花明的怡然自得,还是千折百回、山穷水尽的黯然失色，完全在你的梳理与调整之中。自鸣得意、目空一切，有些小人得志的无知与浅薄，而孤芳自赏、怨天尤人，也只能愁肠百结。

每到秋季，怀旧与愁绪接踵而至。自古以来，文人就给了秋太浓厚的悲情色彩，仿佛生命中一切的暗淡、无奈、悲哀，都只在这缤纷的季节里。

秋天，总是让人的心胸感到宽阔一些，总是使得我们的眼界那么遥远、那么深广。大脑所思考的深度和广度也前所未有地发生了变化，让人感到一切都是那么舒服和开朗。

秋天是深刻的，好像浓香的酒，好像深情的歌，其富含的深邃哲理总给人们深刻的思考。我们从秋天中得到了很多，收获的是果实，不仅包括物质的，还有精神的。当然这也是收获爱情的好时候，你看那漫山遍野的红叶，不就证明了这点吗？

一年四季中我最爱秋天。爱秋天的天，高远而纯净；爱秋天的风，清新而凉爽；爱秋天的雨，绵密而飘逸；爱秋天的色彩，缤纷而绚丽；爱秋天的气氛，成熟而迷人。

秋天的美是成熟的，它不像春那么羞涩、夏那么外露、冬那么内向；秋天的美是理智的，它不像春那么妩媚、夏那么火热、冬那么含蓄。秋天，象征着成熟，意味着丰收。

秋天，比春天更富有欣欣向荣的景象，也比春天更富有绚丽的色彩。当一个人感到孤独时就会寂寞，但是只要怀有爱心就不会永远寂寞。如果心是寂寞的，就是身处灯红酒绿、车水马龙的城市，你也是孤独的。这时，你可以来到一个幽静的山谷，那儿有小溪在静静地流淌，野果在悄悄地长大，鸟儿在自由地歌唱，树木在悠然地滴翠，天空是那么纯净，空气是那么新鲜，在这种环境中，人的心情就会沉静下来。感受大自然带来的那种纯真、纯美和纯情，你会重新感受到充实、平静和幸福，这是生命中一种高品位的境界。

一说到秋天，心中油然想到李清照的“红藕香残玉簟秋”，想到南唐后主李煜的“寂寞梧桐深院锁清秋”。从柳永的“对潇潇暮雨洒江天，一番洗清秋”，到欧阳修的“夜深风竹敲秋韵，万叶千声皆是恨”，秋天总是以凄凉幽婉的形象进入眼帘。古今的文人墨客无端地赋予秋天太多的伤感。秋，便成了心愁，成了千百年亘古难解永远无法释怀的愁结。“潇湘妃子”林黛玉的《秋窗风雨夕》，更是将秋愁推向极致：“秋花惨淡秋草黄，耿耿秋灯秋夜长。已觉秋窗秋不尽，那堪风雨助凄凉！泪烛摇摇爇短檠，牵愁照恨动离情。谁家秋院无风入，何处秋窗无雨声？罗衾不奈秋风力，残漏声催秋雨急……不知风雨几时休，已教泪洒窗纱湿。”还有谁比得了她呢？读来已然字字啼血、声声含泪了。虽然都是秋愁，却也是“别有一番滋味在心头”啊！想必，这大概算是秋愁的尽写，不谓绝后也堪称空前了。我等何以再怨秋、悲秋呢？

“春恨秋悲皆自惹”“才子佳人空自悲”，其实，心境的好坏本是与季节无关的，只是秋天更容易使人缠绵悱恻、心有所思。读不懂秋日的韵味，就少了些生活的诗意。

漫步于乡间的小路，走在新翻耕过的散发着泥土芳香的田垄，听草际鸣蛩、惊落梧桐，看远山如黛、落日熔金，赏“落霞与孤鹜齐飞，秋水共长天一色”。炊烟袅袅，渔舟唱晚，清澈的河水轻扬婉转叮咚作响，一路欢歌流向远方。身临其境，悠然间神清气爽、阴云尽散，心境豁然开朗。此时，若真有牧童的短笛萦绕耳际，那或许是你梦回故乡的田野山庄，在烟云水墨里流连忘返了。至此，你何愁之有，何忧可叹？

你即便生活在繁华的都市，也尽可以领略浓浓之秋韵。

秋天，是收获的季节，是金黄的季节，同春一样可爱，同夏一样热情，同冬一样迷人。你播种了爱情就会收获思念，你播种了理想就会收获希望；友情收获的是理解和表达，亲情收获的是无尽的牵挂。你耕耘了就有望结出硕果，你努力了就会有所收获。仰望秋日的天空，心就会变得透彻、明亮和深刻，如一轮明月、一泓清潭、一缕和风。

思秋的情怀，不尽然就是凄清和哀怨，即使是秋愁，至少也可以使人有所思、有所想，进而能有所悟。在这个满眼物欲、人心不古、喧嚣浮躁的尘世里能独善其身、洁身自好、泰然处之已是难得至极，如果再能以“淡泊明志，宁静致远”的心态笑对人生，或许你就会步入更高的人生境界。这可算是我在秋日里的收获，也可能是秋日的天空给我的馈赠。思绪像落叶般飞舞，我独坐窗前，静静感受秋的气息……

## 快乐就在你的眼前

行走在下班回家的路上，夕阳西下，暮霭的柔光映射着疲惫的街道。忙碌的城市依然在忙碌，霓虹灯在闪烁，街道上车水马龙。我们依然生活在钢筋水泥的丛林里，每天都是在公式一样的规律中忙碌。心积满了疲倦的尘埃，步履也总像灌了铅一般的沉重。也许尘世太过于繁华，总是让人有种想逃离的感觉。

这时，一群下了班的民工骑着自行车从我身边驶过，他们穿着褪了色的工作服，衣服上沾着斑斑点点的水泥浆，嘴里还随意哼唱着不知名的歌曲。我发现他们的歌声是发自心灵深处的，欢乐、嘹亮且粗犷。突然间我被那乐观的态度所感染，这个浮躁的季节还会有如此快乐的一群人，真是难得啊！此时此刻的他们是大街上最美丽的一道风景线。我想，他们回到家里，喝着妻子斟好的小酒，吃着几个可口的小菜，酒足饭饱后，往床上一躺，鼾声如雷，保准没有城里人那些失眠的“嗜好”。

我们每个人都希望自己能天天快乐，然而往往事与愿违，总是觉得快乐难以寻找。看到这些快乐的民工，我渐渐读懂了快乐的意义——快乐其实就在眼前，只是我们不曾发现。我突然感悟到快乐其实不需要寻找，它就来自每个人的内心，要靠自己去搜寻。我的文友“小鱼儿”曾给我留言：快乐是自己给的，快乐与否全在自己的心情。是啊！人之所以不快乐，就是因为活得不够简单，刻意追求理想中的完美。可是，现实生活中没有真正的完美，否则就不叫娑婆世界了。

关于快乐，我们总有着太多的诠释，却永远都无法找到一条固定的轨道。其实，简单才是真正的快乐。那些民工为了生存四处打拼，他们没有时间去多愁善感，没有时间去无病呻吟，更不会拿着钱财去挥霍。他们是快乐的，却不懂怎么诠释快乐；他们是满足的，因为他们没有奢望生活过多的给予；他们是简单的，不用在人前掩饰什么。其实他们乐观的态度，就是对快乐最好的诠释。

每个人生命所能够背负的重量是有限的。学会为生活的包袱减负，放弃一些欲望，放弃一些利益，轻装上阵，就会与快乐结缘。用平淡的心态去看待和欣赏生活，就会发现生活是多彩的，生活是快乐的，生活是美好的。快乐的种类有许多，只要你用心地发掘，也许一句轻轻的问候、一个不经意的微笑、一条祝福的信息，就会使你感受到无比的快乐。

快乐就是这么简单。

## 永不言愁的婆婆

婆婆今年已是一位九十一岁高龄的老人，但她依旧豁达开朗、乐观向上，整日乐呵呵的，从不言愁。

婆婆的故事，真的是三天三夜也说不完啊。

她和我公公结婚已经整整六十九年了，一生养育了七个儿女。嫁给公公，她无怨无悔。虽然不识字，但无论是对待老人，还是教育儿女，她都遵从道德和礼尚的原则——对待老人，她有礼有道，始终以孝为先；对待儿女，她慈祥耐心，从不打骂孩子。

婆婆一生饱经沧桑，从二十一岁嫁给公公，就过上了那种食不果腹、衣不蔽体的艰难生活。婆婆吃了大半辈子苦，没有享过什么福。

婆婆那写满沧桑的脸上，每一条皱纹都是一个故事。

用“三寸金莲”来比喻婆婆的小脚一点儿都不为过，因为她老人家穿十八码的鞋子都显得大。而今这样的鞋子，无论是在商场还是在个体专卖店都很难再买到了。1996年姨婆婆从长沙回来途经上海时给婆婆带了许多小脚鞋，婆婆至今还穿着呢。

从解放战争时期到新中国成立后，公公在外夜以继日地工作着，婆婆在家既要照顾她的公公婆婆，又要抚养大大小小的儿女，过着衣食不周、艰难困苦的生活。那年月，婆婆的婆婆——我的老婆婆封建、守旧，对待婆婆从不客气，更别说疼爱了，稍不顺心就不给婆婆好脸色，甚至打骂。对此，婆婆总是逆来顺受，从不抱怨。

婆婆孝敬长辈所做的事情，说出来恐怕年轻人会以为我在编故事。这些事若不是公公告诉我，我也以为是传说呢。婆婆三十八岁那年，老婆婆得了胃癌，做手术需要输血。那年月，医疗条件极差，别说是没钱了，就是有钱，医院血库里的血型也不全。婆婆毫不犹豫，毅然决然地为老婆婆输了五百毫升鲜血。那是怎样一种精神啊！婆婆没有文化，但是她懂得孝为先；婆婆只是一个身高不足一米六的瘦弱女子，但她懂得她是大嫂，必须带头先上。后来谈起这件难忘的大义之举时，我问婆婆为什么当时不用公公和其他兄妹的血，他们不都是O型血吗？婆婆说："我是大嫂，他们都还年轻，特别是你爸爸当时在外工作忙，抽了血会影响他工作的。"多么朴实的语言，多么可亲可敬的人啊！那年月，恰逢国家三年困难时期，婆婆献完血，别说是吃点营养品，就连口饭都没的吃，连口汤都没的喝！回到农村老家，别说粮食了，就连草根、树皮都被吃光了。婆婆告诉我，抽了血后，她的全身都肿了。在那种情况下，婆婆拖着羸弱的身体，还要伺候手术后的老婆婆，为她洗衣做饭，忙上忙下，无怨无悔。

婆婆六十六岁那年，我的丈夫发生车祸，导致右小腿粉碎性骨折，整条腿打着石膏，直板板地躺在床上不能动。他被伤痛折磨得抑郁忧烦、夜不能寐、食不甘味。婆婆看在眼里，疼在心上。有一天，婆婆让我给她买支笔，让她儿子教她写字。于是，我给婆婆买了彩笔和本子。丈夫开始教婆婆写字，这样一来，丈夫分散了注意力，减轻了伤痛，紧锁的眉头慢慢舒展开了。我给买的本子婆婆舍不得用，她说这本子太好了，用了太可惜。婆婆在一些废纸盒、废纸片上学写字，学得很快，有时一天能认识四五个字呢。丈夫先教会了婆婆写自己的名字——张玉兰。婆婆高兴极了，说活了这么大年纪才知道自己的名字写起来这么好看。公公是文人，看见他们娘儿俩学得开心，风趣地说："张玉兰六十六岁学文化，笑得脸上乐开花。"此时此刻，我才读懂了婆婆的心思，她不是要学写字，她是在用一种深深的母爱潜移默化地帮助儿子走出困境，走向新生。婆婆使丈夫不再忧郁、不再烦恼、不再消极，丈夫紧锁的眉头展开了，开始爱说笑，开始看书学习，他食欲大增，消瘦的脸庞也有了血色和光泽。

婆婆没有文化，却有着如此高的境界。

在我生病手术的日子里，婆婆常常劝我说："人这一辈子啊，谁没有个磕磕碰碰、大病小灾的？吃五谷杂粮，哪有不生病的？我知道生病是件很痛苦的事，可是孩子啊，你多往好处想，想想你赶上了好社会，咱有好条件，咱不怕啊！咱不但有钱治病，还能请专家来看病，多好啊！咬咬牙，一切病痛、一切艰难困苦都会过去的，好日子就在前面等着我们呢！"婆婆的谆谆教诲给了我战胜病魔的勇气，让我重新朝着阳光升起的地方前进。

当年，我抚养一对孪生儿女遇到困难时，婆婆安慰我说："不用愁，有小不愁大！"婆婆告诉我，当年她一个人在家一手拉扯着七个孩子，白天下地干活儿，晚上回来还得在那昏暗的煤油灯下缝缝补补。那真是吃了上顿没下顿，连个帮忙的人都没有。可是，这不都挺过来了吗？婆婆告诉我，无论多苦多累，她就是想着、盼着孩子总有长大的那一天，等孩子长大了，她就可以享福了。

如今，婆婆儿孙满堂、四世同堂，在快乐、幸福地安享着晚年。每当高兴的时候，她老人家还会唱上几句周姑戏。

祝婆婆健康长寿、幸福快乐！祝天下所有的母亲平安、健康和快乐！

# 痛苦并快乐着

工作之余，我终于可以安静下来，坐在电脑前敲上只言片语，带着心中少有的欢欣，记下一天的税收工作日志，记下明天需要报送的数据，记下我身边的碎语琐事，以慰藉我多日荒凉的心。

我被迫躺在病床上，被迫在家里“囚禁”了大半年。那段时光，对我来说是一段灰色的日子。想想手术后的痛苦，想想手术后想做事而又不能做的感觉，心中便涌动着阵阵失落的痛。当我走下病床，能做力所能及的事情的时候，便感觉快乐和幸福笼罩了一切，痛苦随之烟消云散了。

漫步走到窗前，打开窗户，让金色的阳光快意跃进我的屋子。天晴时，我独爱一室日光照耀，踩着阳光的影子，穿梭在家的角落，在细碎烦琐中体验劳动的快乐。走上阳台，偶尔会看见两只麻雀呼哨相伴掠过窗前，那一开一合的翅羽恍若划开了一片冬日暖阳，心底瞬间生出莫名的喜悦。轻轻活动一下，喝一杯温开水，然后再喝上一杯牛奶，吃上几片芝麻饼干，顿感精力倍增。

从阳台返回室内，叠被，洗漱，喂鱼，再去书房打开电脑，搜寻一首老歌，点击音乐，携一抹轻盈，以笑靥开始尽情挥洒我的琉璃时光。

走进厨房，盘点需要采购的必备食物。看着厨房稀少的食物，心中顿感愧疚。

儿子和女儿都在外地读大学，寒假和暑假的时候才回来，所以平时只有我和丈夫在家吃饭。步出家门，穿行在大街小巷，如同扬起快乐的风帆驶进一片光的海洋，阳光下的风景显得格外亮丽旖旎。多日没出门，光秃秃的法桐枝干在冬日的照耀下有些凄凉，路边有积水的地方竟然结了冰。看样子寒冬真的来了。我正沉浸在一片明媚的景色里，此刻手机突然响起——哦，是好友打来的电话，咨询网上办税需要的程序和如何办理纳税申报等问题。

吃过午饭，我闲下来又坐在电脑旁看看新闻、听听音乐、玩玩小游戏，然后登上QQ，有时还和儿子、女儿视频聊聊天，那真是别有一番情趣在心怀啊！侧耳细听音乐《荷塘月色》——哦，有清脆、悦耳的滴水声音，那种似小雨点敲打荷叶的声音。伴随着轻柔的乐曲，似有在月光之下翩翩起舞的欢快之感。

总喜欢在这样的氛围里畅想，思绪和意念渐入佳境时，沏一杯香茗，馨香氤氲整个房间，心底犹如靠近一片花的海洋。美哉，生活！忽然一个回神，仿佛看到朋友投来的眸光，似秋水盈碧，若幽兰烟波，好像有话要告诉我。亲爱的，此时此刻，是否是你在传递着无声的牵念之音？若不是，为何总会有一种暖暖的心动充盈着我最柔软的心底，像呼吸空气那样自然、温馨！

微寒的风吹来，晾晒的衣服轻轻摇摆着，空气里回荡着淡淡清香。我喜欢在阳光明媚的日子里，将洗好的衣服挂在阳光下晒干。在阳光下晒干的衣服有一股淡淡的橘柚的清香，让人能嗅到阳光的味道，细细体味着流年的静美，在喜忧间感知感怀。即便逝去的光阴如水轻漫，没有新意，也需要尽力对待。

夜晚，一片属于自己最悠闲、最充裕的时光，安坐、静读、静写，一杯香茗，一首曲子。字里行间丝绒般的柔软抚摸心底，所有的感动和美好如潮起潮落，不倦不殇。指尖轻舞般敲打着这些琐杂的字句，平淡的日子仿佛就变得生动起来。

匆匆行走，诸多美好，虽来不及细说但从未怠慢。拾起生活的美好，初春、笑声、安宁、祥和，如一杯红茶沁脾、入胃、生暖！

人生中，无论谁都会遇到失意、失败，甚至陷入绝望的境地。尽管谁都不愿意面对绝望的境地，但当我们不得不面对时，不妨告诉自己，绝望的境地也没有什么可怕的，因为这世界上没有绝对的绝望，绝望中也有希望。只要坚持不放弃，绝望中的希望就会最终转化为看得见的希望。很多时候，我们眼中的绝望，不过是冬天的树在等待合适的温度、光照和水分，这种境地往往会激发你巨大的潜能。

我终于又穿上了这身蓝色的税服，回到了我告别多日的工作岗位。我热爱我的税收工作，心中永远挚爱着这身税务蓝！

## 留在记忆中的物资交流大会

一个时代一个缩影，一段岁月一段故事。历史的长河千回百转，尽管跨越了两个世纪，但是总是难以忘怀那些留在记忆里的东西。

二十世纪八十年代初，商贸流通相对落后。在那个计划经济向市场经济转变的特殊时期，热热闹闹的县城物资交流大会成了人们生活中一件大事，对民众来说是一种期盼、一种希冀。通过交流农副产品、牲畜家禽、服装布匹、瓜果蔬菜和五金百货等物资，一年一度的物资交流大会给民众提供了一个各取所需的丰富的物资供给平台，这无疑是一件好事，因此忙了一年的人们都期盼着交流盛会的到来。

交流会是有顺序的，先从各个乡镇开始，最后一站才转到城里。当时我参加工作不久，还在乡镇税务所，转完了十里八乡的会，心里总是期盼着进城赶会。进城帮会的人员，要择优选择年轻力壮、业务棒的，还得手脚勤快。年轻人都盼着能选上进城帮会，来证明自己的实干能力。

物资交流大会转到县城就是十二月份了，天气已经变冷，凉飕飕的小风吹在脸上挺疼，像小刀刮，让你的头总想往大衣领口里缩。我从小在江南长大，总是适应不了家乡这种寒冷气候，一到这个季节，手和脚上都长满了冻疮，暖和过来后痒痒得难受。尽管天寒地冻，来城赶会的人还是络绎不绝。到交流会那几天，天刚刚亮，人们就起来梳洗打扮，穿上好看的衣服便出发了。此时正逢年关，也是置办年货的时候，车水马龙，人流如潮，无论是商贩还是赶会的大人孩子，都兴致高昂、喜气洋洋。小孩子被父亲高高地举着，小小的风车被紧紧地攥在手里，红红的脸蛋洋溢着幸福的微笑。

从乡镇一起相约出发的男男女女、老老少少，三个一伙、五个一群，推小推车的、开手扶拖拉机的、骑自行车的、赶毛驴车的、步行的，有说有笑地奔走在通往城里的道路上。一到城里，大家或摆摊、或购物、或看戏、或走亲访友，挤进人群转眼间就不见了踪影。

当时的物资交流大会主要以现在的青年路为中心，靠南的一条东西街道是现在的浮来路，靠北的一条东西街道是现在的文心路，形成一个大大的“H”形商贸综合体。

各个乡镇来的供销合作社、个体工商户把帆布大棚扎得连成一大片，中间用大木棒隔开，拉上一块布帘遮住。大家相互照应，互相信任。

大棚里卖什么的都有，针织百货、鞋帽布匹、家具电器、男女服装、烟酒糖茶，琳琅满目，应有尽有，令人目不暇接。大家都是奔着卖货、购物而来，所以交流大会上很难买到吃的食物，而且整个县城只有一个饭店，叫大众饭店。

头几年交流会时，摆摊设点的主要是各乡镇的供销社、百货公司、农机公司等经营部门。后来随着个体工商业的发展，交流会的规模更加壮大了。临时搭建的售货棚一个接一个，商品的种类愈加丰富，沿街单位门口的人行道也被小商小贩占用了。在交流会上，大家都能买到平时难以买到的东西，物美价廉。无论摊位大小、地段好坏，无论是时令商品，还是积压货物，五天的展会时间都会卖得所剩无几，商家赚得盆满钵满，老百姓买得心满意足。

物资交流大会期间，其余热闹的地方当属莒县电影院、莒县影剧院和城东南的戏台。两个电影院能坐上千人，影片连着播放，看电影的民众人山人海。由于乡镇没有固定的放映场所，老百姓来县城一趟自然少不了补上这一课。售票处挤满了买票的人，一张电影票两毛钱，场场爆满。县城东南的小树林里还搭着戏台，节目内容以山东吕剧、临沂柳琴、民间周姑子戏、京剧唱段为主，其中我最喜欢的是《李二嫂改嫁》《小姑子贤》《白蛇传》等。我们收税小组里也有喜欢听戏的，有一天下午三个人相约，偷偷地去听了一场《李二嫂改嫁》，听入了迷，差一点儿忘了在五点前必须赶回税务所交税票的事。这些文化元素的加入，为交流大会增添了一道亮丽的风景线。

物资交流大会是中国改革开放后社会经济发展的一个产物。它的诞生，与计划经济时代的物资短缺、交换不畅、交通不便分不开。物资交流大会这个每年一度的载体，能尽可能地满足人民群众物质和精神方面的需要。随着市场经济的飞速发展和商品品类的极大丰富，物资交流大会已经作为时代的缩影，成为我们这一代人抹不去的记忆。

## 莲心·莲语

一直觉得，莲花，是一种寂寞的花。

远离喧嚣的岸，亭亭立于涟涟清波中。每一茎绿梗之上通常只绽放一朵，独舞枝头。并蒂莲开，是难得一见的幸福。

前世，也许是一朵莲，静静地微绽于幽幽的水中央，听风轻轻拂过，看雨绵绵洒下，望月皎皎升起……收敛着自己素净的花瓣、清幽的芬芳和满怀的情思，无所谓悲欢，无所谓牵挂。

有时也会有淡淡的忧伤、淡淡的落寞，却心静如身下的一池碧水，任岁月悠悠，自笑对红尘。莲觉得，这样的日子也不是不满足的。

时光的长河无声地流淌到那一个午后，很偶然的，一阵清风经过莲的身畔。也许是倦了歇一歇，也许是读懂了莲的风姿，也许是再续前世的夙缘……

风停住了他轻轻的舞步，为莲。

凝视着风的眼神，感受到风的温存，沉静千年的莲心泛起了丝丝涟漪。

每一个白日，风陪着莲赏人世美景，看着莲笑颜盛开；每一个静夜，风伴着莲倾心而语，拥着莲甜甜入梦。

莲醉了，满怀的柔情为风流溢，满心的依恋为风萦系……

莲觉得，从来没有过这样的默契、这样的甜蜜、这样的心动。

不知道过了多久，也许只是一刹那，莲从美丽的梦中醒来，惊慌地发现她的风不见了，不再有温馨的微笑，不再有贴心的陪伴……

莲哭了，晶莹的泪滴落在深深的碧波里。天是一样的天，水是一样的水，莲却回不到从前的恬淡岁月，时时怀念凭风起舞的快乐。依然有风不时掠过或者偶尔驻足，莲却把自己的心深深藏起，独自品尝那苦苦的痛。

也许，莲，空心、苦心。一生，注定是寂寞的……

# 冬夜三部曲

## 读一本好书

夜色已晚，窗外北风呼啸，有风铃清亮的撞击声传来，我凝神静听属于自然的音韵。安谧的冬夜最适宜阅读，我便选了一本散文集，展开书页，沉浸在作者慧心传达的深刻意境中。

细品书中真味，心神悠然其间，深深领悟着书中的一丝丝情怀——那易感敏锐的心灵散发出的浓郁的人性芬芳。阅读可以放松情绪，带来喜悦和充实感，这是一种满满的收获。

手机铃声忽然响起，敲碎了一屋子的静谧。是朋友打来的，她说夜晚真无聊，电视又不爱看，问我怎么打发时间。

我告诉她，我坐在沙发上，喝着自己采摘、泡晒后炒制的桂花枸杞茶，读一本好书，读得忘乎所以。手机那端传来笑声："原来你很会享受！"

享受？是的。身自由，心自由，就是享受。

## 听一曲好歌

夜晚一人独处，有音乐做伴，也不寂寞。音乐的旋律，总在牵动我的心绪。

音乐，最适合在静静的夜晚细细聆听。小提琴的流畅、钢琴的律动、萨克斯的柔美，似将自己投入一个世外桃源，流泻的乐声舒爽了每一根神经，涤荡心底尘埃。

我喜欢不同的歌星演唱，虽然他们音色迥异，却同样以充沛的感情诠释，用歌唱技巧把每一首歌唱得韵味十足，深深地打动了听者的心。

在歌声中，我的神思不由自主地飞扬。我想起了往事，想起了求学时与爱人曾经有过的快乐时光，不由得泪水涌满眼眶。

如果一种陶然的沉醉、一种能让自己轻易获得的快乐便是生活的享受，那么试着把自己投入这个冬日的夜晚吧。

### 喝一杯绿茶

夜晚，与友人相聚，喝茶聊天也是一种享受。一杯绿茶在手，三五知己围坐，海阔天空，无拘无束，兴趣盎然。浓茶喝淡了，谈兴却不减，常在笑声中一再问，时间怎么过得这么快。

在安静的氛围里，我们轻轻地谈，浅浅地笑。只因为谈得投机，所以任何语言的表达都是快乐的沉醉。

喝茶可以一杯接一杯，喝完了再加，茶喝淡了，友情却更浓了。

细细品茗的同时，也许我们可以了解到，有限的是人生，无限的是精神的享受、是美的享受……

喝一杯绿茶，与美丽馨香相伴，我们的心灵也会美丽起来。

## 雨夜愁眠忆江南

风轻轻地刮，雨幽幽地下，凝结成缱绻的风景。放眼望去，细雨宛如颗颗大小不一的水晶球，飘落在路边的银杏树上、冬青草上以及不知名的小花上，以美妙的落姿，勾勒出“一帘幽梦”的景致。

看，楼前的银杏树越发的青翠，嫩绿的青叶吐露着顽强生机，路边一些不知名的小花愈显得娇艳，于微风中低吟浅唱，翩翩起舞。

夏天的雨忽然细，忽然猛。小雨细柔之时，好似一个婉约含蓄的女子，怀一脉柔情，研一池墨香，一笔一画描绘着淡烟疏雨的莒国古城，以一首绝句的韵律，平平仄仄诠释着或忧伤、或明媚的心情，淋湿了诗心，醉美了柔情。她倾国倾城，不食人间烟火，羞了桃红，绿了银杏叶，迷了胭脂雪，秀了花月夜。此刻，无需万语千言，只要闭上双眼，静心聆听，默默感受。而大雨猛烈的时候，“狂风卷急着乌云”，如汹涌的波涛侵袭着你，让你睁不开眼睛，步履难行。遗憾总在心间，宛如生命中总有一些唏嘘的空白。

我这个爱做梦的人，素来都钟情于夏天这诗情画意的雨季，爱它的忧婉缠绵，恋它的一弦一韵，恰好借此夏雨，让心灵赴一场灵魂的盛宴，受一次洗涤教化，任翠绿的时光老去。恐怕，唯有这样的时刻才是完完全全属于自己的！我可以毫无顾忌地抛开世俗的纷扰，卸下思想的包袱；可以毫不畏惧地以吾手写吾心，将片片凌乱复杂的思绪，一同丢进雨中，淡入烟雨里。眠着唐时的风花，噙着宋时的雪月，穿梭在诗词的梅苑里，若可以，我愿一梦不醒。

几多欲诉无人懂的秘密，唯有雨知。

几多相拥离别的无奈，唯有雨懂。

雨儿呀，你若不来，我又怎么能洗去满怀的清愁？唯有雨寂。文心广场上，几多大理石板上人影清瘦，雨夜深深寻旧梦的惆怅，唯有雨怜。芸芸众生，来往皆是客，聚散总随缘，谁也不是谁的谁。谁也不用因一个熟悉的背影而停留，谁也不会因一次偶然的擦肩而叹息，谁也不能因一种莫名的心情而责备，因为你不是我，又怎能知我心、明我意，而我又怎能怪罪你？于是我想啊，这满怀的无奈、忧虑和辛酸，唯有雨知道。

这烟雨迷蒙的天气，最是使人伤怀，惹人思念回忆，叫多少天涯客吟诵着那句悲戚的“落花人独立，微雨燕双飞”；又让多少闺中人哀叹着那“梧桐更兼细雨，到黄昏、点点滴滴。这次第，怎一个愁字了得”；又使多少观景人咀嚼着那深邃朦胧的“南朝四百八十寺，多少楼台烟雨中”，再次于浊世中寻找那香烟缭绕的楼阁寺庙，寻觅那杜牧笔下《江南春》的明媚与迷离。

我又梦回童年的江南，江南的雨淅淅沥沥下个不停。只有被汽车鸣笛惊醒的那一刻，才会惊觉自己早已陶醉在这过去的、千百年前的梦里。这雨啊，不时地溅在脸上，却是别有一番滋味在心头。这雨啊，依旧是款款柔情，轻痕抚心，让人一见便欢，一念便喜。这雨啊，依然是如梦般迷离，似烟云般缥缈，让人既神伤又期待，既欢欣又惆怅。

我在想，这世上有没有那么一个人，与我心相通、梦相连，有着似雨般的品性，如雨般的清逸，对于江南有着宿命般的眷恋？若有，请告诉我，让我们一起在这纷杂的尘世中，寻觅那座云水禅心的庭院，一道修篱笆，种菊花，吟诗品茶。无关风月，无关人心，无关人世间的尔虞我诈；只关你我，只为真心，只为那一片真情。

流年过往，我们每个人何尝不是在这场风雨的虚妄里跋涉，在真实的生活里笑着哭着，哭着笑着。一蓑烟雨，一帘幽梦，于无声处倾听着凡尘落素。人生总会有许多无奈、失望和寂寞，有许多憧憬和彷徨，苦过了才深知甜蜜，痛过了才懂得坚强，傻过了人生才会成长。有风有雨的日子，承载了生命的厚重。人生，原本就是风尘中的沧海桑田。

## 期盼人生永远是春天

站在温暖的阳光下，挥别过往的时光，和阴霾说一声再见，踏进充满诗意与阳光的春天，和美好深情地相拥。深深地期冀着，每一个梦想都像春天萌发的新芽一样，越长越旺。我们坚信，一米如风的阳光，一生未央的幸福，会在一场春雨中、满园春花里，向我们走来。

从第一声啼哭到如今知天命的年纪，人生之路，坎坷曲折，如浮萍飘零，似流水落花，在风风雨雨中一路喜乐哀歌。几多风雨，走不出流淌泪水的岁月长河；几多欢歌，也留不住每一次幸福的匆匆路过。

人生的蹉跎岁月，赠予了我们丰富的阅历与经验；酸甜苦辣的多味生活，留给了我们生活的浓烈与五味杂陈。平凡的生活中，月缺是画，月圆是诗，花开是美景，花落是首歌。用一种好的心态去看待，每一种拥有都会变成幸福。我们都希望自己生活中春天常在，一路有鸟语花香、色彩斑斓。

我们也曾年轻过，也曾拥有过花枝招展的岁月，也在春天里做过梦。那时的我们，不知道春天的万紫千红，是来自春天里的和风细雨；那时的我们，每当听到莺衔晓色啼深树，看到燕掠春阴入短墙时，只感到春天里的一切都是那么温柔，那么动人惬意！春天，在每一个花开的地方，默默地数一段人生的匆匆岁月，然后安静地微笑，只为等待那一个花儿绽放的瞬间。

生活的美好，在我们的期待中，一点一点地接近我们。喜欢大自然的美丽芬芳，喜欢人间的烟火气息，让平淡的人生充满诗意。走在春天里，脚下是松软的泥土，头顶上飞着小鸟，身边是飞绕的彩蝶，暖暖的阳光使我们的身心舒爽。初春的那一抹阳光，会给我们淡淡的温暖；春天淡淡的清风，会抚平我们心底的波澜。春天，我们会遇上最好的自己！

期盼春天，无论是景、是情，都需要我们用心去感受，用灵魂去感悟，就像是品一杯清茶，喝下去的味道不是别人说出来的，是自己品出来的。因此，我们都应做好自己人生的舵手，迎着明媚的春阳，沐着暖暖的春风，滋润着细细的春雨，前行。风来了，只是一道道涟漪，终究会归于平静；雨落了，只是一片片涌动，终究会落幕成寂；云过了，只是一道道风景，终究会成为记忆。心中的阳光，永远会指引我们脚下的路，心中有春情，眼中就能看到春景，整个身躯被春意包裹，春之盎然，情之盎然，心之盎然！只有心中充满阳光，热爱生命，感恩生活，珍视手中的年华，才会在岁月中微笑，踏着坚定的步伐，坚强勇敢地面对人生的风雨，义无反顾地走在人生的道路上。如果我们尽力做到素心静韵、简单安然，一定会有我们期待的春暖花开！

## 茶缘情深

走进浮来青茶园，宛若进入了仙境。这里空气清新，云雾缭绕，最先映入眼帘的便是那高大的青铜像——一代茶祖吴理真。我不由得想起母亲讲过的关于吴理真的爱情传说和母亲年轻时的茶缘情结。

今年春天的一个周末，我们和往常一样去看望母亲。一进门一股淡淡的茶香扑鼻而来，母亲正悠闲地用她那古朴的茶具在沏着绿茶品味着。一看见我们，母亲激动地喊着："来得真是时候，快来尝尝！这是你弟弟刚给我买来的浮来青茶，味道真好，不亚于福建厦门的碧螺春。"看见母亲开心的样子，我们都高兴起来，一边品着茶，一边畅谈，诠释着茶与人生。喝茶如人生一样，或浓烈或清淡，都要去细细品味。人生在世，总想争个高低之分，殊不知人生苦短，功名利禄来来往往，炎凉荣辱浮浮沉沉。一份淡泊，一份宁静，深入细致地品茶，就像品味漫漫人生一样，酸甜苦辣咸五味杂陈。谈着说着笑着，大家自然就把话题说到了去年秋天参加中国西部散文学会在浮来青旅游度假区举办的文学活动……

母亲喜欢喝茶，也能品得出茶的味道。因此，我们姐弟几人外出学习或者旅游，都忘不了给母亲带回全国各地的茶叶。品着浮来青茶，母亲的心情格外好。边喝边聊，母亲打开了她的话匣子，绘声绘色地给我们讲起了茶祖吴理真与羌江河神的女儿玉叶仙子的爱情故事。

据说吴理真的父亲是一位农民中医，认识许多草药，在当地行医小有名气，家中收入还不错。可是，在吴理真十岁时，家中突遭变故，父亲在采药时不慎坠崖身亡。从此，吴理真小小年纪就挑起了家中的大梁，与母亲相依为命。有一天，吴理真的家乡雅安忽降暴雨，陇西河水陡涨，沿途冲来许多水草和木柴。经常拾柴火的吴理真急忙披上蓑衣，戴上斗笠，冒雨赶往河边打捞，不一会儿捞起的柴火就堆成了小山。突然，吴理真发现河畔杂草丛中有一条鱼儿蹦蹦跳跳。这是一条小鱼儿，被河里杂乱的草缠绕着，无法脱身入水。吴理真便将小鱼儿拾起来放在手心里，看见小鱼儿神色凄然，似乎有涟涟泪水盈满眼眶，顿生怜惜之心，将小鱼儿放回河中，放了它一条生路。

相传这条鱼就是河神的女儿玉叶仙子。后来她来到蒙顶山上与吴理真相爱，河神知道后大发雷霆，活活拆散了他们。玉叶仙子逃出了河神府，来到蒙顶山上化作一座山峰，与吴理真厮守相伴。现在，蒙顶山上最高处的玉女峰，相传就是这位仙子的化身。

母亲喜欢喝茶由来已久。她年轻时候跟随从军的父亲来到海防前线厦门,海岸边的水有股咸咸的苦涩味道,难以下咽,从那时起母亲就养成了喝茶的习惯。

常常听母亲讲述她年轻时在家乡种茶的故事。父亲持怀疑态度,说茶只能在江南种,在老家种不活的,气候不行。母亲说:“你在部队不知道家乡的情况,那是毛主席号召将南方茶引到北方去的,历史上叫‘南茶北引’!”母亲虽然只有小学文化,但喜欢看书读报,有时说起话来还上纲上线的。母亲说,那是二十世纪五十年代末六十年代初,还未出嫁的她和其他党员一起,在我当支部书记的姥爷带领下,参加了夏庄镇马坡岭开山劈岭种茶的劳动,经过几天的努力,种下了一片绿油油的茶树林。后来母亲结婚后便跟随父亲去了江南。小时候母亲经常对我们讲起,她常在梦里见到家乡的茶园,但是直到1978年父亲转业后我们一家才回到家乡。

六十多年过去了,母亲第一次品到浮来青茶时,便赞不绝口。当得知浮来青茶产于山东浮来青茶业有限公司,生态茶园就在夏庄镇马坡岭时,母亲非常激动,说什么也要去看看浮来青茶园。

走进浮来青茶园,母亲简直不敢相信自己的眼睛。站在吴理真青铜像前,她一个劲儿地问我们,没走错吗?这哪里是当年的夏庄茶园,这分明就是江南。是啊,这里的变化真是太大了,荒岭变仙境,处处云雾缭绕,不亚于江南的美景。母亲问,这一眼望不到边的茶园,得有多少亩啊?同行的小姑娘告诉我们,山东浮来青茶业有限公司的前身是山东浮来青茶厂,是在山东“南茶北引”唯一的茶叶研究机构——临沂地区茶叶试验研究站基础上组建的。公司现有生态茶园三千亩,基地茶园一万亩,于2008年通过有机食品认证,是一家集科研、生产、栽培、加工、销售、示范、生态观光、茶文化体验、餐饮服务于一体的企业。

园内空气清新,氧离子含量极高,茶在林中生,林中长好茶。良好的生态环境,孕育了上好的茶叶品质,色泽翠绿油润,汤色清绿明亮,叶底嫩绿鲜活、清香诱人,冲泡时香气悠长,滋味浓醇甘爽,经久耐泡,余味回肠,无杂质、无污染。看着这一片片的绿茶，母亲还告诉我们，采茶的时候一定要把手洗干净，不能沾染任何异味。炒茶的学问就更多了，母亲说："炒茶分生锅、二青锅、熟锅，炒茶锅用板锅砌成三锅相连的炒茶灶，炒茶扫把用毛竹扎成。叶子在锅内旋转，开始慢慢地搓卷成条，透发热气。炒至条索紧细，发出茶香，约三四成干，即可出锅。炒茶的步骤分为杀青、揉捻、炒茶、堆积、烘干和筛选六大类。"我们纳闷母亲怎么懂得这么多茶道，原来母亲年轻时在江南茶厂做过临时工。

走进浮来青茶园，母亲仿佛年轻了许多，满脸的笑容如开花的茶树。一段茶缘，温暖了耄耋之年的母亲心扉；一杯绿茶，重拾了母亲的光阴流年；一段往事，激发了母亲对茶的追忆。细细聆听母亲的回忆，那洒落了一地的茶缘写满了亲情。

· 李洪敏 ·

散 文

# 让世人认识莒文化

前天,《父母课堂》杂志的一位编辑来电话向我核实通讯地址,给我补寄六月份的样刊。当她把“莒”读成“营”时,我不禁偷偷地笑了,立即纠正读“jǔ”,那边一时尴尬了。莒是莒,营是营,它俩怎能一样呢?几年前我写过一篇小杂文《一群愚蠢的老师在兢兢业业》,除在《内蒙古教育》上刊发了,网上转得较多,可是我看到标题下的通讯地址,顿时哭笑不得。“莒县”直接变成了“吕县”,也许哪位好心人以为我敲错了字,世上哪有“莒”这个字?于是“莒县”就变成了“吕县”。

笑过之后,心底不免生起一丝失落。因为名不见经传,才不被别人认识啊。可是,我们的莒文化真的是名不见经传吗?同属山东三大文化的齐文化、鲁文化已经名扬天下,为什么独独我们的莒文化,还是这样的遗落于世间不为外人所知?更何况,我们的莒文化不仅有比甲骨文还要早的象形文字,而且从原始部落开始一直延续至今,甚至对齐文化、鲁文化的起源和发展做出了巨大贡献,对中华文化的繁荣和发展也起到过非常重要的作用。

我想,其中的原因除了莒文化的发掘晚于齐文化、鲁文化,还有我们这些莒国的后人在莒文化的宣传挖掘上不足。如果人人都能像苏兆庆馆长那样热爱莒文化,人人都能熟知我们自己的莒文化,时间久了,外人自然知晓了。

身为莒国后人，我了解莒文化也是近十年的事情。加入县作协时，我认识了一位朋友，她向我推介莒文化，我才知道原来我的出生之地是这样一个值得我自豪的地方！读了那么多年的书，除了知道有一棵四千年的银杏树盘踞浮来山，山下有座定林寺，寺里有座校经楼外，其他一概不知。不识刘勰是何许人，不知《文心雕龙》在文学批评史上的地位，更不晓得“毋忘在莒”的来历，想来多么惭愧。所以，现在在我的语文课堂上，只要能够扯上莒文化，我一定要说上两句。譬如，最近在讲陈寿的《隆中对》，讲到其中一句“每自比于管仲、乐毅”时，我就给学生简述乐毅伐莒的故事。

时代在发展进步，有我这种思想意识的人已经很多了。所以，现在很多学校也让莒文化作为校本课程走进了校园，小到幼儿园，大到县城高中，旨在向学生普及莒文化。县委县政府更是大手笔，近年不断地加大投资力度，改善我们的居住环境和条件，提升城市的文化内涵，打造风景旅游与文化旅游的名片。

几年的时间，曾经垃圾成堆、臭气熏天的沭河，被改造成美轮美奂的湿地公园。今天的沭河公园已经成为我们莒县的一个招牌，也是莒县的天然“会客厅”。如今古城的改造和建设工程已经全面铺开，如火如荼。不久，一个古色古香的新城新貌将呈现在世人面前。

去年秋天，我在莒安大桥的西端竟然遇到了三辆旅游大巴，心中顿时充满了自豪感。激动之余，好好瞅了几眼旅游大巴，好像来自潍坊。我知道，这个季节，他们是来欣赏千年银杏的黄叶，然后看看有着“最长的廊桥”称号的莒安大桥，顺便在沭河公园里休憩。我还在想他们是否去了莒县博物馆？那个地方值得一看。

今年又到秋天了，满街的银杏叶已经在慢慢地变色。很快，浮来山上的那株千年银杏树又会上演千万只黄蝴蝶翩翩起舞的画面，估计又会吸引不少游客。

其实，不管怎么说，毕竟莒文化与齐文化、鲁文化鼎立，总有那么一些知识面宽广的客人从各地慕名而来，只是规模不成气候，显得寥落。从去年的旅游团规模来看，莒县的旅游名片已经做得不错了。身为莒县人，自然是自豪的。

自豪之余，我们也希望莒县在打造旅游这张名片时，不是一味地仿古，而要在文化上下功夫，挖掘古文化，开拓新文化，提升城市文化内涵。这样的旅游开发才能长久，经得住时间的考验。

# 日照，和你一起成长

1989年，日照升格为地级市，这是日照迎来机遇开始大力发展的一年，因此，也是让日照人值得铭记的一年。

于我个人来说，这一年也值得纪念，因为这是我人生命运转折的一年。在这一年里，我冲破重重障碍，过了校选、镇选、县选、终选四次考试，最终以应届生的身份考上了小中专，进了师范学校。

从此，我成了乡村教师中的一员。我的生活质量与祖国教育的大环境息息相关，更与日照市的经济脉搏息息相关。三十年，是日照市告别贫穷、落后，向文明、先进发展的一个过程。我是见证者，也是受益者。

1992年毕业后，我去镇上当了老师，虽然告别了父辈面朝黄土背朝天的生活，但是日子也好不到哪里去。清贫一直是教师的代名词，那个年代尤其严重，工资低不说，有好长时间，乡镇教师只能收到工资的前五项，连吃饭都成问题，靠家里接济才能生活下去。

在这闭塞的校园里一住就是十多年，很少有机会外出。偶尔由于教研，能去市里参加活动，我都要费心劳神，先要头天下午赶去车站坐车，晚上住宾馆，才不会误了第二天的教研活动，活动结束后再住一晚，才能赶回来。哪像现在这么方便，早晨开车赶过去，下午开车赶回来。

或许，潜意识里过够了这种闭塞的生活，2004年的秋天，我像着了魔一样，得不到任何人的理解支持，一意孤行地去县城里买房子。

那年，我们的月工资是三百多元。我把家里的积蓄翻出来，只有六千元，两人辛辛苦苦工作了十多年，就攒了这六千元。那年，乡镇还没有通公交车。想要在城里买房子，是一个既遭人嘲笑又遭人羡慕嫉妒的想法。而我，不管怎样，非得在县城里买房子，我想在县城里拥有一套自己的房子，让女儿去城里上学。

老公不反对也不支持，公婆怕连累坚决反对，我母亲说我疯了，哪来那么多钱！这些，我都不管。那年冬天，我把还在上幼儿园的女儿扔给老公，自己带着一支笔、一个本子，跑遍了县城大大小小的工地和房屋中介，有时天晚了，干脆就住在城里的亲戚家。

本子上密密麻麻地记满了我打听来的购房信息——有新房子、二手房，我把莒县房地产行情摸得一清二楚。

临近岁末，终于敲定了房源。接下来的大问题是，怎样把十一万元的房钱凑出来。因为是二手房，需要先交齐钱，过户后才能贷款。

十一万元，这可不是个小数目啊！我和老公兵分两路，他回他家，我回我家，想办法去了。公公最终答应借两万元，大姑姐借给我们两万元，而我父母刚刚给弟弟买房子不久，一屁股债。即使这样，父亲二话没说，领着我去亲朋好友家借钱。那钱借得真是辛苦，一千元一千元凑来的。

皇天不负苦心人，我们终于凑齐钱，买下了这套房子，也为此背上了沉重的担子。当时贷款五万元，我们既要还房贷，还要还借来的钱。我和老公的工资合起来七百多元，三百元还房贷，剩下的要过日子和还钱，捉襟见肘是肯定的了。难怪女儿童年的记忆里只有苹果和大白菜。

这样艰辛的日子过了几年，从 2007 年开始，教师的工资有所提高，日子稍微宽松了一点儿。2010 年，为了上下班方便，我们贷款买了一辆汽车。又经过几年发展，我们终于算是有房有车的人了。特别是有了汽车，出行方便了很多。在周末或者是假期，我们经常开着汽车去海边游玩。再去市里参加教研活动，可以早晨走，下午就赶回来了。

可是，日子还没安稳几天，2012 年，在听了无数次父亲想拥有自己的房子的想法后，我有了换房子的决定。

当年，父母是和我们一起搬到城里来居住的。那时弟弟已经在城里安家了，弟媳妇给父亲找了一份门卫的活儿，就把母亲也接了来。那些年父母一直是租房子住的，在城里住得年份越久，父亲越想拥有一个属于自己的家。

我在脑子里反复思量如何解决这个难题，虽说由民办教师转为公办教师的父亲有了稳定的工资，但是由于这些年一直供我们兄妹三人上学、成家，花光了家底，父亲并没有多少积蓄，而且他已经退休，贷不出房款。2012 年，家庭经济稍微有了好转，我决定替父亲完成他的心愿，把我们的房子转给他住，我们再去买一套新房子。我和老公商量，他没有意见，又和我哥我弟商讨，最后定下了这个方案。

于是，我们还没有过上几天好日子，又开始了拮据的生活。小房贷、大房贷，还有车贷，一齐压在了肩上，后来把小房贷提前还了，还剩下了两贷。这两贷加起来每月五千多元，有时候还完贷款，剩下的钱就不够过日子。好在我很早就学会了用信用卡来接济，我手中有两张信用卡，每月盯着还款的时间，最大限度地在可以免费的日子里使用它。信用卡让我避免了求人的尴尬。那年侄子考上了大学，我用取现的方法，提了信用卡的钱，包了红包给他，虽然有手续费，但总比求人好得多。

拮据的日子让我学会了精打细算，但是如果没有后来这几年工资的突飞猛涨，没有乡镇教师地位的提升，我们恐怕也难以渡过难关。

就在换房后不久，随着国家政策的变化及市里经济的迅猛发展，我们乡镇教师不仅能够按时按月收到发全的工资，还有了乡镇补贴和第十三个月的工资，这些在以前想都不敢想的事情如今都变成了现实。凭着这些，我们很快脱了贫，再也不用过上顿白菜下顿白菜的日子了。

有时候，回想起来那段艰难的岁月，不免有些感慨，虽然苦点、累点，但是我们都达成了自己的心愿，就值得了。不过，我还是很庆幸赶上了一个好时代。

前两天去沂水县一位同学那儿玩，席间，她老公开玩笑说我同学怎么当

说是一炮打响。

如今，三年过去了，龙山镇又有了怎样的变化？北上涧的桃花又会开得怎样？今年的桃花节又会有怎样的亮点呢？我充满了期待。

当车子沿着335省道东行至龙山镇北上涧村的路口时，当年川流不息的一幕又呈现了。颜色不一的轿车、面包车、摩托车、电动车……一起挤在如长蛇蜿蜒的村道上，队伍的中间还不时夹杂着一些徒步的游客。有几位心急的朋友吆喝着下车徒步，那边过来带队的熟悉情况，告诉大家不要着急，离主会场还远着呢！反正汽车是必须要开过去的，不可能扔在路上。

虽然离主会场还远着，但是万亩桃花却已经不间断地呈现在路的两边。坐在慢如蜗牛的车上，细细地欣赏着桃花也是很相宜的。随着桃花面积的递增，主会场终于到了，远远望去，人山人海。小道两边，摆满了各种小摊，吃的、穿的、耍的，一应俱全。在会场南面，“千人同绘美好家园”的活动早已经开始了，一大群早到的孩子趴在画布上正在专心致志地涂鸦。旁边，现场烘焙、制作的六米长大蛋糕正等着剪彩切分呢！

大家一下车，都各自忙着观景、拍景去了。主会场旁边已经化好妆的演员在候场。有的穿着旗袍，有的穿着古装衣服，她们撑着江南特有的那种太阳伞，穿行在桃花林中，别是一道美景，真是“人面桃花相映红”。

我正在忙着观景时，被一个同行的朋友叫去台下坐着，开幕式要开始了。挤到台前，看到台下自东向西前后摆了几排座位，不由得偷偷地笑了。还是沿袭首届桃花节的作风——就地取材，这些座位都是用麦秸秆子做的，也算是废物利用了。

不同的是这届桃花节的主题和以往两届不一样了。以往两届打的都是“旅游富市，建设特色小镇”的口号，这届桃花节是旅游搭台，文化唱戏，以“品桃花盛宴·筑书香人生”为主题，并且围绕这个主题，开展了“全城寻找学习锦鲤”“带本好书来漂流”“你选书，我买单”“千人同绘美好家园”等一系列文旅活动。这些活动不仅为全民搭建了阅读平台，还倡导了乡间的文明礼仪之风，弘扬了传统文化。

都说物质决定了上层建筑，龙山镇第三届桃花节已经不再专注于单一的旅游致富，开始更多地关注民众的精神生活，由原来的“建设特色小镇”变为“建设文旅农融合发展的特色旅游强镇”。这一方面体现了新一届领导班子的长远发展目标，另一方面也体现了龙山镇这几年的经济发展已经有了质的飞跃，已经有足够的能力让老百姓享受精神财富带来的愉悦。

看着眼前漫山遍野的桃花和桃花林中人头攒动的热闹场景，我不由得想起了崔护的那首名诗，不过，我比崔护幸运得多了，因为：

那年那月龙山行，人面桃花相映红。今年今日如约去，桃花依旧笑春风。

## 我家的后花园

二十多年前，当我还是学生时，我没有想到人们口中俗称的“东大河”，会成为莒县的名片；十多年前，当“东大河”摇身一变成为莒县最大最美的湿地公园——沭河公园时，我没有想到几年之后，这里会成为我家的后花园。

在踏入县城上学前，我对这里的一草一木都是陌生的，因为我是来自农村的孩子，鲜有进城的机会。后来，进城里上学，听同学说县城东边有一条很大的河，人称“东大河”，是莒县最大的河。源于对未知事物的好奇，于是，在夏天的某个下午，我和几位同学骑着自行车去看这条大河。

因为路途不熟，也没有找到一条正儿八经的路，大家七拐八绕地好不容易才找到了它，发现它不过就是一条比我们村子里的河大一点儿的大水沟。夏季里面的水倒是不少，可是堤岸上泥泞得很。看后，觉得索然无味，于是打道回府，又在一片片坑坑洼洼的桑树地里，迷失了方向。好歹，一路打听着在天黑前很狼狈地回到了学校。此后，学生时代再也没有去过这里。

工作后，认识了老公，才知道“东大河”的学名叫沭河。在他的带领下，在春、秋季节又来过这里。那时，河水很少，很多地方由于挖沙变得坑坑洼洼，河床上垃圾遍地。除了一些常见树木，也没有什么风景。

在女儿上小学的那年，我们把家搬到了城里，距离沭河近了很多，偶尔会带着她到沭河边上玩，此时的沭河污染更严重了。特别是在店子集桥的西南头，常年有人在此晾晒鸡毛、鸭毛，臭气熏天。再往西一点儿，是一片长满芦苇的低洼处，我们没有想到此后这里还会修建高楼大厦，也没有想到后来能住到这儿。

2005 年我们搬来县城，当时选择了某个小区的二手房，一方面是因为经济窘迫，一方面是这儿的地理位置好——典型的学区房，小学、初中、高中都有，而且在小区西边不远处，还有当时全县最好的休闲场所——文心广场。这儿承载了女儿童年的欢笑和梦想，也是我们下班后得以休憩的一个安乐窝。

我常常在晚饭后，围着自家小区外围溜达。北边有粗壮的银杏树，南边有茁壮的法国梧桐，于闹市中独自走在树下，有一种参禅的感觉。有时候，一家人也去西边的文心广场玩耍。可是，渐渐地我就不满足于在这些地界散步了，人太多，闹得慌！

我骑车去东边沭河逛逛，那个时候，只知道城市向东发展，来了以后，才发现这里大变了样。原来，县里开始在这儿筹建沭河公园，而且已经有模有样。

我立即喜欢上了它，在周末、假期里，我成了沭河公园里的常客，带着女儿在沭河边上放风筝，陪着老公、女儿一起在水里捞鱼摸虾。老公喜欢捕鱼，家里的渔网，大的小的都有。我们一家经常开车光顾这儿。

不过，相比较而言，我一人来得更多。因为那个时候，我喜欢锻炼，在周末、假期的早晨或者下午，我喜欢一个人到沭河公园跑步。那个时候的文心广场人满为患，而还在建设中的沭河公园人少，幽静极了。特别是彩虹桥以北的地段，沿河居民稀少，更显得僻静，也是我的最爱。

我大多数时间骑车来，偶尔地会跑步来，毕竟这儿离我家有点远。那应该是我人生中最美好的一段时光，工作上有激情，生活上上小学的女儿还不至于让我操过多的心。我除了把大把的时间用在网络教研和自己的博客打理外，很多的休息时间都泡在了这儿，在曲径通幽的小道上随意地跑步，累得气喘吁吁，然后坐水边冥想，或者漫无目的地散步，在寂静中享受一个人的独处。

我从小喜静，这儿与我是非常相宜的。春有繁花，夏有浓荫，秋有浓雾，冬有飞雪，不同的季节，给人不同的遐想。早有朝霞相伴，暮有夕照相随，不同的时段有不同的趣味。建设中的公园还保留着原始与文明混搭的味道，朝夕相处中，我见证了这里一草一木的变化和成长。

小家居住了几年后，一来经济渐好，二来想腾房子给父母住，便有了换房的想法。于是，我领着女儿在小县城里东跑西看，最终选择了现在的居处，不觉搬来已经三年多了。

最初，由繁华地段搬来这荒凉之处颇为不适应，特别是生活上不方便，卖生鲜的超市几乎没有，我们不得不常常开车奔回老地方买瓜果蔬菜。疲于应付生活，也就顺便懈怠了沭河公园，距离它如此之近，搬来的第一年竟然鲜有光顾，更别说隔窗眺望了。

后来，周围生活设施渐渐齐全，连我们楼下都开起了超市。随着城市向东发展，我们这儿很快也成了繁华地带。生活方便了，慢慢地就淡忘了老地方，慢慢地就适应了新家。有日，坐在窗前敲打文字，累了，抬眼一望，沭河风景尽入眼帘，立即勾起了漫步的欲望。哦，近在咫尺的沭河公园，我与你为邻了。

从前，我就喜欢站在自家的阳台上，眺望窗外之景。相比之下，老地方的景色单调多了，现在我面朝沭河，四季风景不断。还是寒风料峭时，窗外滨河路东连翘夹道的小路，自南向北一路黄了过来，铺天盖地。连翘还未谢尽，桃花、樱花、梨花、紫叶李花，还有树下有名字的、没有名字的各种草儿花儿，又竞相开放，花海无边，美景尽享。叶子伴随着花儿疯长，很快，稀疏的枝条密实起来，在公园里散步的人影淹没在花和叶的海洋中。这时，夏来了，繁荫浓密，蝉鸣鸟啼。窗外的沭河河面格外地宽阔起来，碧波盈盈，颇有南方大河的韵味。这种芳草萋萋、树木遮天蔽日的景观，一直持续到晚秋，所以，窗内的我，能有很长的时间享受这绿的世界。等到冬天来了，树叶凋零后，窗外的沭河公园立即变得疏朗明亮起来，人们在小道上散步、嬉戏，我都一目了然。

在家累了或者倦了的时候，走出小区南门，穿过马路，爬过堤岸，就进入了公园。离我家最近的一段亦是最繁华的地方，白天休闲的人多，晚上也是最热闹的。有广场、有金沙滩、有栗子园、有健身器材……往南是观鸿桥、音乐喷泉、莒安大桥，特别是音乐喷泉，乐声悠扬，所绘之景栩栩如生，是最聚人气的地方。临近的莒人广场上，有摆摊的，有吊嗓子的，有散步的，更有采用多种形式锻炼的人群。

如果嫌太吵，可以穿过彩虹桥，去公园的北面。尽管这两年沿河开发了不少的房产，多了不少的居民，可无论是白天还是夜晚，这儿还是给人静若处子的感觉。晚上要是出来散步，鉴于太静，一个人是不敢来这儿的，但如果有老公陪伴，两人相偎坐在河畔上，迎着星星点点的亮光，观河水，观天象，抑或是拉家常，都是很相宜的。

已经经过三期建设的公园实在太大，南北长十多公里，即使天天泡在这儿，也难以一次从头走到尾，或从河西边走到河东边去。所以，除了漫步，还可以骑着里面的共享单车，自南到北地来个串游。头顶蓝天白云，驰骋于林荫小道，感受着两耳飞过的风儿，听着悠扬的鸟啼声，看着向身旁不断退后的各种各样的树、花、草，想想都是一种美的享受。

去年夏天，我和老公去河边捕鱼，转了一圈也没有捞到几条。后来在回家的道上，遇到一群汉子在橡皮坝不远处的水面上摸鱼。不知道啥原因，以前这儿蓄的水特别的多，深不可测，那天竟然都放干了，只剩下深些的坑里有水，鱼儿都滞留到这里面了。老公丢掉了手中的网，直接在浑水中摸起了鱼，然后扔到一边，我跟在他屁股后面捡鱼。后来，我丢掉了矜持，也挽起裤脚下了水。鱼儿劲头很大，稍不留神，就从手心里溜掉了。我兴奋地尖叫着。从小就爱捕鱼的我，俨然回到了童年。那天中午，烈日炎炎下，我们捉了十多斤鱼，人晒得黢黑黢黑的。不知道今年是否还有这样的机遇。

每次去公园里散步，停车场上都停满了汽车，看他们还要舟车劳顿地来这儿玩耍，我心里就油然生起一种优越感。有一天晚上，在人流中溜达，听到一个女人在向朋友炫耀，说她现在在自家的天井里散步，我突然心领神会地笑了。

沭河公园，这个经过了十二年的建设且还在继续建设打造的地方，不仅仅是国家AAA级旅游景区，是县里的会客厅、大花园、观景台，也是我家的后花园了。

## 天无百日雨，人无一世穷

谁能想到，小时候村子里最穷的我们，兄妹三人成年后不仅都落户于城市，还帮父母买了楼，让他们搬到了我们身边。

小时候家里真穷，受穷的原因有两个：一是父亲是民办教师，十元八元的工资根本养不了家；二是我们兄妹三人都上学，三个人的学费是一笔不小的开支。当时在村子里让孩子都上学的人家真的不多，特别是像我一样的女孩子。回想那段时光，感受最深的一个字就是“穷”，因为穷，让我成长的岁月里多了一些刻骨铭心的记忆。

我初中是在离家有五六里路的一所乡镇联中上的，没有条件住校，就来回跑。那时候，多数同学家里都有自己可以骑着上学的自行车了，而我没有，只能一日几次地来回步行。上学的路上要经过邻村的一条小河。清清的河水哗哗地向东流着，一年四季不断，宽宽的河面上有几块可以让路人踩着过河的石块。每天，我们就是踩着这石块从河的一面跨到另一面的。那是一个深秋的早晨，我和几个同学一起回家吃早饭，一不小心，我摔倒在小河里。从水里爬起来，全身已是湿漉漉了，飒飒的秋风吹在身上，让我寒战不断。回到家里，父母都下地干活去了，我翻箱倒柜却找不出一件可以替换的衣服，一人在家嚎啕大哭了一场，饭也没有吃。看看时间快到了，我擦擦眼泪，穿着湿漉漉的衣服又去上学了。

小时候家里穷，而老天也像有意作对似的，冬天格外冷，雪更是三五天一场。在雪天里赶路，母亲做的棉鞋不是被雪掩埋住了，就是被雪水泡湿了。看到同学们穿着雨靴，既不用担心鞋子被雪掩盖着，也不用担心雪化后路上泥泞，我心里非常羡慕，但是从来不对父母提起。我从小比较懂事，知道家里穷，所以从来不向父母要什么。一天我的大姨夫到我家里来做客，正赶上纷纷扬扬的大雪下个不停。看着外面已经落了有一尺厚的雪，我非常发愁，到邻居家里借靴子，也没有借到。大姨夫掏出十元钱，让我买双靴子穿。钱被父母接着了，但是并没有给我买靴子，父母用它买了粮食。那日和母亲闲聊，聊起大姨夫，她还提起这件事，满脸的愧疚。我知道那不是父母的错。

好在贫穷没有压垮我的意志，更让我有了改变命运的信念。在物质极度贫乏的时候，我从来不和同学们比吃穿。我知道自己是班里穿着最差的那一个，但是我也知道自己是班里成绩最好的那一个。考虑到家庭情况，我在1989年初中毕业后上了一所师范。

1992年是我们一家人的幸运年。我师范毕业，父亲由民办教师转为了公办教师，工资一下子翻了几番。虽然，那个时候哥哥还在上学，家里还欠着外债，但是父亲已不再愁眉苦脸，因为我们正赶上了国家开始重视教育的大好时机。1993年，教师法颁布，其中规定“教师的平均工资水平应当不低于或者高于国家公务员的平均工资水平，并逐步提高”。2006年，国家新修订的义务教育法明确规定：“教师的平均工资水平应当不低于当地公务员的平均工资水平。”自2009年1月1日起，我国在义务教育学校率先实施绩效工资，确保义务教育教师平均工资水平不低于当地公务员的平均工资水平。

这两年教师的工资更是得到了大幅度的提高，教师的社会地位也在逐年提升，当年的“臭老九”也成了“香饽饽”，如果家里人有当老师，全家都引以为豪。如今，我父亲退休在家，经济上早已打了翻身仗。哥哥和嫂子在东营市一所大学任教，我和老公也是教师出身，我们家成了地地道道的教师之家。

岁月虽然无情，能带走时光，却带不走人的记忆。想想过去，看看现在，我们的时代确实发生了天翻地覆的变化。就拿农村来说吧，农业大多机械化了，农业税不用交了，种粮食还有补贴，公路村村通了，自来水家家有了，上学不交学费了，农民有合作医疗了……

天无百日雨，人无一世穷，托现在政策的福，我们没有理由不好好珍惜现在的生活。

## 二月二，炒糖豆

我想对于小孩子来说，过节时印象最深的莫过于吃的东西了。儿时的我，要盼的除了元宵节的面灯，就该是二月二的糖豆了。

二月二，龙抬头。元宵节时放到粮囤里的龙灯，这时就可以拿出来吃了。可惜经过半个月的搁置，它早已风干，嚼不动了。我最多是好奇地把玩龙灯一会儿，早没有吃它的欲望了。我要盼的是母亲炒的糖豆子，喷香喷香的。

每年二月二的头天晚上，吃过晚饭后，忙碌一天的母亲才会把提前挑选好的花生放到锅里炒熟，然后凉透。等母亲做好糖豆的时候，往往是大半夜了，我们小孩子是熬不到的。二月二那天，一睁眼，就麻溜地穿好衣服，找糖豆吃了。我们一边吃着糖豆，一边站在院子里看着母亲端着簸箕用里面的草木灰画一个粮囤，中间放上五谷杂粮，美其名曰“围仓”。据说围仓预示今年粮食大丰收，传达了人们盼望有一个好收成的愿望。画完粮囤，母亲再用草木灰围着宅子的墙根撒一圈，一边撒，一边念叨“一把灰，两把灰，蝎子蚰蜒死到堆”。传说这样一来，即使墙根有这些害虫，也不会伤着孩子，小孩子可以放心玩耍。

看着母亲做完这些有趣的事后，我们兄妹就怀揣着自己分得的那份糖豆，高高兴兴上学去了。去了学校，朋友们糖豆都放到一起，品尝，然后评出谁家的最好吃。好的糖豆，不仅味好、色好，还要成整块且结实。母亲炒的总是略胜一筹。

长大后，我向母亲讨教炒糖豆的妙招。母亲说，炒糖豆的好孬关键在于把握熬糖的火候。糖熬得太轻，做出来的糖豆不仅发黏，而且不能成型；熬得太重，不仅色黑，而且味苦、不好吃。那么如何拿捏好熬糖的火候呢？母亲又说，熬糖之前，先找一个碗，里面盛上凉水。等锅里的糖熬到一定时候，就用筷子蘸一下糖水，让它快速地滴到碗里。如果糖水在碗里立即成一个点状，说明熬得正好，此时把炒好的花生放进去搅拌均匀，然后把它们倒出来，摊平，凉透，再切割，就是上等的糖豆了。如果糖水在碗里散开，说明还不到火候，还要继续熬。当然了，这时候，火一定要小一点儿，勤往碗里验证着，把糖水熬过了头可就没办法补救了。照着母亲说的这个方法，这些年，我从来没有把糖熬煳过，且恰到火候。把炒好的糖豆捎到单位里，同事们都夸我的手艺好。

有年二月二前，和同事交流炒糖豆的方法。她说，熬糖之前，在锅里放上油，然后再把糖放进去，熬出来的更好。我半信半疑，因为以前母亲教导，炒糖豆不能用油锅，所以每次炒前，我都要把锅洗了又洗，防止因为有油而糖豆粘不到一起。回家后，我决定尝试一下，没有想到这样熬出来的糖一样好，且糖豆更香了。

以前喜欢用红糖熬糖豆，后来发现把红糖和白糖掺和在一起，红糖少一些，白糖多一些，做出来的糖豆有琥珀色的颜色，不仅养胃，而且养眼。

那天，女儿吃着过年时剩下的熟花生，突然无限向往地对我说："妈妈，再过几天才可以吃到糖豆？"我心里偷偷地乐起来，又一个馋丫头诞生了，我分明看到了自己当年的影子。

我一直以为，无论社会怎么变化，生活怎么进步，一些传统文化还是要流传下来才好，那是孩子一生中最美好的梦。所以，再忙，再累，这些节假日的美食，我都会做给孩子吃，而不是从超市里买。因为，梦是买不到的。

# 记忆中的那座小院

踏上工作之路的第一个驿站是我家邻村的一所小学，刚师范毕业的我，被分配到了这儿教书。

学校在村子后面，另有两个村子的学生也挤在这儿上学，校舍就有些紧张。村前有一所当年知青曾经住过的小院，也被用来当了校舍，安置了两个班，分别是四年级和五年级。我就在这个破落的小院里开始了我的教学生涯。

身为教师的父亲，把我托付给他的好朋友张老师照看。那时，张老师已经五十来岁了，头发花白，经常戴着一副老花镜。他的个子不高，背稍微有些驼，因为太瘦，两颊凹陷，颧骨显得很高，说起话来慢声细语，而且，不笑不说话。

小院很小，有两间矮矮的堂屋。西面的那间是四年级教室，东面的这间是五年级教室。另外，在院西边有间偏房，破乱不堪，连个门也没有，里面还堆放了好多的柴草。自然，也就没有所谓的办公室。

张老师一人教着五年级的所有课程。我来之后，他在教室的后面，用砖头撑起一条条案，算作了我和他的办公桌，以前他一直是在讲台上办公的。

第一周上班时，我心里老是忐忑不安，担心张老师会让我上课，我可还没有胆量站在讲台上啊。可是，一周、两周……好几周过去了，张老师一直没有说。我每天到校后的任务就是和班里的学生一起听他讲课。别看他平日里说话声音不大，讲起课来却是声如洪钟、抑扬顿挫。他一边讲着，一边打着手势，讲得投入时还会眉飞色舞。多年的教学经验加上丰富的人生阅历，让他的课上得别具特色，那群调皮孩子用不了几分钟，准能安顿下来，我也像他的学生一样听入了迷。我尤其喜欢听他的语文课，在传授知识的基础上，他恰到好处地给学生以人生启迪。我现在上课也不拘泥于课本，喜欢联系学生的生活实际拓展，引导他们思考一些人生问题，应该就是受张老师的影响吧。

这样的日子，我自己也记不清过了多久。只知道自己先前惧怕讲台的感觉，就这样在听着张老师讲课的日子里，一点点地消失了。甚至在他来晚了或者有事耽搁了的时候，我都会主动地站在讲台上给孩子们讲上一会儿。“我想上课”这个愿望，慢慢在心里滋长，我就像一只吃不到桃子的毛猴那样心急火燎。我把这个想法告诉了父亲，父亲说张老师怕我紧张害羞，所以所有的课一直自己扛着呢。

终于可以站在讲台上正儿八经地讲课了，心中竟长长舒了一口气。那天，我不仅没有了实习时的那份紧张和狼狈，反而格外兴奋和激动。连张老师坐在后面听课，我都没有惧怕。

张老师讲课时，我坐在后面听。现在，我讲课了，张老师也坐在后面听。有时候，他一边批改着作业，一边听我哪个地方讲得不透，或者教材把握得不好，课下都会随时地给我指出来。他虽是一位有资历的老教师了，却从不摆架子，有不会的问题，也会向我请教。

记得有一次，张老师在课堂上领着学生学习刘禹锡的《石头城》：“山围故国周遭在，潮打空城寂寞回。淮水东边旧时月，夜深还过女墙来。”当时，我坐在教室后面给学生看作业，他突然问我：“李老师，这个‘女墙’是什么意思？我自己还不清楚呢，你给大家解释一下，行吗？”当着全班学生的面，他的态度是那么诚恳。

就这样，在张老师的扶持下，我的教学生涯顺利开始了。

虽然那个冬天很冷，我们的教室兼办公室里并没有取暖设备，寒风还不时地透过墙缝进来肆虐，但是张老师父亲般的呵护和学生们朋友般的情意，让我倍感温暖。

第二年的秋天，中心校的业务校长下来听我的课，一下就听中了，不久我就调离了这儿。

如今，我已经成长为一名中学高级教师、语文学科带头人。这些年，我也带过不少年轻的教师，每次都悉心地指导、呵护他们，如同当年的张老师。

时光荏苒，一晃十多年过去了。昔日的课堂、昔日的小院都还历历在目。只是那座小院早已不复存在了，张老师也早已退休安享晚年，可是，我还会在梦里时时忆起那座小院，忆起我和张老师一前一后在教室里上课的情形……

## 难舍那一盏面灯

新年刚过，广场上、大街上又在忙活搭台子、扎彩灯，准备过元宵节了。不知怎的，红红的灯笼挡不住我对儿时元宵节的怀念，尤其怀念母亲亲手蒸制的那些面灯。

儿时的元宵节，最大的一项任务就是送灯。由于送灯的地点不同，做灯的材料和式样也不同。送到郊外和坟地里的灯，都是用青萝卜或者胡萝卜刻成的，圆圆的，没多大意思。而点在自家门口和庭院里的灯则比较有讲究，母亲大都会用面蒸。

农历正月十四的晚上，母亲提前用酵母发好面，最初用的是地瓜面，后来条件好了，改用白面。十五那天早饭后，母亲就搬出面桌，开始劳作。先把整个面团揉好、醒好，再开始做灯。一年有十二个月，就先做十二盏灯。面团很小，捏成酒盏的模样，根据月份不同，每个“酒盏”就有了从一到十二不同数量的“耳朵”，等到十二月份的那盏灯做好，满身都是“耳朵”了。接着再做一盏天地灯，天地灯用料多一些，样子是长长的，可以燃三个灯芯。又做一对狗灯，放到大门外看门。最好看的是龙灯，每年母亲都会蒸一对龙灯。先用一根长长的面团做成龙身，用刀划出一道道龙纹，捏出龙头，从饭帚上拽上两根草棒做龙须，用两粒红高粱做龙的眼睛，然后母亲拿来一盏带“耳朵”的灯，围着它把龙身盘起来，一条栩栩如生的龙就摆在眼前了。龙灯蒸好后，要放到粮囤里。要是赶上母亲高兴，她还会捏一个癞蛤蟆灯，放到房梁上吐金钱。看母亲做面灯是我最高兴和快乐的时刻，因为我可以拿一个面团在一旁肆意而为，想做成啥样就做成啥样，要是在平时，会被呵斥为糟蹋粮食。可惜，我手笨，做啥啥不像。最后在我的央求下，母亲会用我玩够的面团捏一对小燕子或者小兔送我，把我乐得屁颠屁颠的。

面灯做好了，里面再放上一粒豆子，然后放到笼上蒸。蒸灯是母亲的事情。临近掀锅盖时，我就等在一边，看看我的小燕子或者小兔子变样了没有。母亲并不急于把它们从锅里拾起，等到蒸汽散尽，她会仔细地查看那些带“耳朵”的灯里存了多少水。如果一只“耳朵”的灯里存水多，就说明这年一月份的雨水多，依次类推。我不知母亲这种判别雨水的方法灵验不灵验，这不是我们小孩子关心的事情。

我关心的是等到晚上把这些面灯插上灯芯点燃，在家里的每一个门口点亮它们。灯芯是从岭上拔来的灯笼草，油是我们平常吃的花生油，最初点燃并不容易，一旦点着，就很旺了。

调皮的小孩子是有的，门口的狗灯容易被偷走，要不时地盯着。记忆中，我家在胡同的最里面，交通不便，没丢过狗灯，倒是我顺手牵羊拿走过邻家大娘家的那对“小狗”。现在想来，淘气的我在那时该不知道要挨大娘多少的骂呢！

面灯燃完之后，就收起来。这些灯，除了龙灯，元宵节过后就由小孩子吃了。不过，女孩是不能吃的，据说吃了会长胡须。但我想没有一个女孩会抵挡住诱惑，我就曾偷吃过。

而那对龙灯要等到二月二“龙抬头”的时候才能吃，此时，它早已风干，嚼不动了。

如今，人们的生活好了，面灯早已被集市上出售的各式各样的灯所代替，可是儿时面灯所带给我的那份记忆和欢乐却没有什么能够替代。

## 清明记忆

二十世纪八十年代，鸡屁股就是农民家里的“小银行”，鸡蛋一般是舍不得吃的，因为家里的油盐酱醋都要靠它来开支。但是，有一天可以例外，那就是清明节。我们这儿的风俗，清明是要吃鸡蛋的。

每年的清明节前，我也会和小伙伴一样，用粗劣的毛线把鸡蛋络子早早地编好，把鸡蛋放到里面将其挂在脖子上炫耀一番。但是，我从来不敢把鸡蛋拿来和别人的碰，因为我心里明白络子里的鸡蛋是从炕房里换来的，怕碰。

那时，身为民办教师的父亲，一个月两元的工资（后来升至四元、八元）根本就养活不了我们一家人。除了教书、种地，为了生存，父亲还兼职做过泥瓦匠，烙过烧饼，做过粉条，卖过豆腐。做得时间较长、收益较好的算是和爷爷、二伯父合伙开的炕房。所谓的“炕房”就是孵小鸡的场所。农人家里养的小鸡，都是从炕房里买的。

炕房设在二伯父家的东堂屋里，里面有三个大小不一的土炕，上面密密麻麻地铺满了三层鸡蛋。俗话说，“鸡鸡鸡，三七二十一”，这二十一天里，一炕两千多个鸡蛋，要经过大炕、中炕、小炕、窥摊四个阶段的孵化，每一阶段的温度不一，为了保证每一个鸡蛋受到的温度均衡，就需要人工不断地翻蛋。白天翻三次，夜里翻三次。那么多的鸡蛋，蹲在炕上翻过来翻过去，该是多么枯燥和辛劳的事情。要命的是，父亲白天还要去村里的小学上班。这期间该有多辛苦，只有父亲自己晓得。

年景好时，一个春天会暖八窝小鸡；年景不好，也要暖个六七窝，所以一到暖鸡的时候，整整一个春天，我们白天晚上都见不到父亲，吃饭见不着，晚上睡觉也见不着。有一年，父亲恰巧教我们班级。晨读时，我们在下面读书，疲惫不堪的父亲坐在讲台上就打起了鼾。有学生偷偷地笑，已懂事的我却倍感心酸。尽管如此辛劳，父亲从来不耽误教学，所带的科目一直很优秀，是我们镇里公认的好老师。

或许是“近水楼台先得月”吧，每年的春天，我们家得以在清明节放开肚皮吃一顿鸡蛋。清明节的头天晚上，父亲会从炕房里端回一大盆子毛蛋，那是母亲拿家里好的鸡蛋换来的，一个好蛋换两个毛蛋。

端回来的毛蛋有两种：一种是散了黄还没有形成小鸡的，我们叫它“罐子蛋”；另一种就是真正的毛蛋，里面有了小鸡的模样。父亲和哥哥喜欢吃毛蛋，我觉得吓人，只吃罐子蛋。罐子蛋，外表上略比好鸡蛋乌涩一些，也易碎；

炒着吃，口味倒不错，有的蛋清还格外硬，很有嚼头。

这样的清明，我们过了一年又一年。1992 年是我家的幸运年，先是父亲由民办教师转为了公办教师，接着我从师范毕业，尽管哥哥还在上着高中，但是家里的经济条件一下有了很大的改观。父亲也不用再辛劳地暖鸡，可以专心地教书了。

后来，家里不养鸡了，可是鸡蛋却没少吃，甚至吃腻了。我曾经去烧烤摊上吃烧烤过的罐子蛋，没了当年的那种味道。

如今，父亲已经退休了，可是他享不了清福，自己找了一个又一个的活儿。我们劝他，他却说："这比当年暖鸡时幸福多了，再说，现在的钱这么容易挣，为什么不挣呢？"

唉，操劳一辈子的父亲啊，穷日子过怕了。

## 麦黄时节

墙外的麦子又黄了，站在楼上向北望去，一片片的，泛着金灿灿的浪头。没事的时候，我喜欢静静地俯视着它们。看着看着，心头会不断地涌起一段甜蜜而又有点酸涩的记忆。

小时候，家里的麦子真多啊！常常会种七八亩地，然而没有什么先进的生产工具，靠的都是一双手。种小麦相对来说容易些，因为家里养了一头小毛驴，它可以帮我们拉力。可小毛驴不会割麦子，所以每年一到收割麦子的时候，不是一个"忙"字就能形容得了的。

身为民办教师的父亲特别的忙，起早贪黑、忙里偷闲地干农活。而在外边上学的哥哥，没有麦假，不用做农活，弟弟还小，跟在地里只会调皮捣乱。长年累月，能够站在地里的似乎就只有我和母亲。

一户人家种七八亩地的小麦，别说放在现在不少，当时在我们村里也是数得着的。我常常想，或许是因为小时候父亲挨饿挨怕了，等分田到户后，就拼命地种粮食,不光小麦种得多,其他作物种得也不少。

种了这么多麦子,由于人手不多,每年我们都是村里第一户开镰收割的,也是村里最后一户收割完的。南坡的地不是很好,又跟不上水,往往熟得早一些,我们一般就先从南坡开始。其中有一块地三亩多,一到这块地干活,我就愁得慌,干半天,也不见少。

等到收拾好了南坡的几块地,北坡的小麦也都快掉头了。北坡也有两块,其中一块在庙东头,一亩多,老长了,那真是一眼望不到头啊。有一年,我们在地西头干活,放在东头地边的手推车被偷了,我们都没看到。等到收割好这块后,就剩种家地那块了。

这时你再放眼望去,前几天望不到边的金黄麦浪,只剩下光秃秃的麦茬了。而整个北坡也就只有我家的那一块麦地了。每年收割这块地时,我都胆战心惊。我不怕跟在父母身后起早贪黑,也不怕毒辣辣的阳光炙烤,我就怕一边割着,一边从麦地里"嗖"地蹿出个老鼠,或者"沙沙"地爬出条蛇。这是我一生最怕的两种动物。

而我家那挨到最后的一块麦田,往往是田野里所有大大小小的生物的藏身宝地。那里边,有蛤蟆、老鼠、蛇,当然也少不了野兔。可是那蹿出来的野兔除了吓我们一跳,也别无用处,我们从来没有逮着过一只。倒是那些蛤蟆、老鼠、蛇,让我心有余悸。

每次,我都跟在父亲或者母亲屁股后头割小麦,让他们先把这些吓人的东西赶走。尽管小心翼翼,还是难免会碰到,因为藏在那里面的动物实在太多了。有一年,我的弟弟恶作剧,把一只青蛙扔到我身上,我一边尖叫,一边蹿出好远,魂儿都吓掉了。

收割完小麦,还要打场。要把捆起来的麦垛子一个一个地用铡刀铡去根部,然后再用打谷机打。那一座座小山似的麦垛,真是一个体力活儿。

有一年,我已经上师范了,家里还是种了六七亩小麦。那年的天气格外坏,老是阴雨不断。我们把小麦收割到麦场里,好不容易轮到了一台打谷机,来不及把小麦的根部铡掉,趁着天还没有下雨,父亲决定就这样把小麦打了。那次恰巧哥哥也在家，我们兄妹三人、父母，还有一位邻居帮忙。麦子太多，而且麦秸太潮，我们从晚上八点多一直忙到了凌晨三四点。那是我终生难忘的一次打场，弟弟累得用头拱麦垛，我则在心里一直祈祷着那打谷机快点坏了，我们好休息休息。时隔多年了，那晚的忙，那晚的累，还记忆犹新！

后来，随着我和哥哥陆续考学，父亲转成公办教师，家里的地越来越少，这样辛劳的日子也就结束了。

如今，二十多年过去了，那种刀耕火种的日子也一去不复返了，因为农业机械化已经基本普及，种再多的小麦也不用愁收割了。

## 三月三，风筝飞满天

阳春三月，虽然还不时刮点儿冷风，但柳条在乍暖还寒里已吐出了新绿，风中不断地飘来歌声：又是一年三月三，风筝飞满天，牵着我的思念和梦幻，走回到童年……

天上飘起了各色的风筝，走出家门，望着天空中那些色彩斑斓、模样俏丽飞舞着的精灵，我的心里又泛滥起一股莫名的情绪，是激动，是落寞，还是……无从说清，因为它勾起了藏在我心底里的那个久远的画面。

一个春风拂面的晌午，暖暖的阳光铺洒在绿油油的麦田里，一个挎着篮子的小女孩正埋头在自家麦田里拔草。许是长时间的劳作让她感到了疲倦，她站起身来，自然地举起右臂搭了个“凉棚”仰望那蔚蓝的天空。突然，在那一碧如洗的晴空下，一只美丽的大鸟正朝这边飞来。小女孩惊讶地张大了嘴巴，因为她从来没有见过这么美丽的鸟儿。那只大鸟展开硕大的翅膀飞呀飞呀，翱翔在小女孩的上空，忽左忽右，忽上忽下，好像稍一用劲就可以把它捉下来似的。

小女孩忘记了手中的活儿，放下竹篮，迈开双脚朝那只大鸟追去。而那只大鸟好像故意在和她嬉戏，时远时近地诱惑着她。时近四月的天，中午的阳光已带着火辣辣的味道。汗水顺着脸颊流下来，衣服都湿透了，她仍然没有放弃的念头，在原野里追逐着那只大鸟狂奔。忽然，前面出现了一条小河，河水哗哗地自北向南流着。她来不及思索河水的深浅，更来不及脱掉鞋子，就一脚踏进了河水，连裤脚都湿透了。她毛毛躁躁地蹚过小河后，却蓦然发现不远处的沟坎上站着两个孩子，和她一般大，正注视着她，一根线穿过他们的手中，飞舞在半空里。她突然明白，这哪里是一只大鸟，分明是他们放的风筝罢了。疲惫到极点的小女孩一下子瘫软在地上。从此，那份狼狈和尴尬，还夹杂着些许的失落，就像一幅工笔画一样细细地画在了小女孩的心里……

那个小女孩就是我。那是我第一次知道这个世界上竟然还有如此美丽的风筝。在那个贫穷的年代，能够填饱肚子就不错了，哪里还敢奢望什么！

成年后的我，每当柳条舒展的春日里，风筝飞满天的时候，总是不自主地回想起那个在烈日炎炎下有着夸父逐日般精神的小女孩追赶大鸟的画面，回想起那只飞过我童年天空的风筝，莫名的情绪就在心里泛滥开了。

没有风筝相伴的童年，是多么的遗憾！为此，我一直耿耿于怀。

所以，我给女儿买了好多好多的风筝，有美丽的花蝴蝶、苍劲的老鹰、修长的蜈蚣……鼓励她放，甚至陪着她放。要知道，我是多么希望女儿的童年能够五彩缤纷啊！但女儿表现得是那么漫不经心。

有次我实在忍不住，就给女儿讲了我当年追逐风筝的故事，女儿淡淡地说那都什么年代的事了。是啊，没经历过贫穷的女儿是理解不了我们这代人的情感的，因为他们从出生便被幸福包围着。

尽管如此，我还是每年给女儿买各色各样的风筝，牵着她去公园、去河畔、去田野里放风筝。我把风筝放得老高老高的，牵着线跑来跑去，女儿自顾自地采花、捉虫。有一次，看我玩得如此开心，老公说："其实，所谓的陪孩子放风筝，不过都是大人们借机来找回自己的童年罢了。"我一怔，环视四周，可不是，大多数的风筝线都牵在大人手里呢！

去年三月的一个黄昏，我在沭河公园的沙滩上漫步，置身于放风筝的人群，又莫名地感到了孤独，我再也不能像以前那样牵着女儿的小手一起放风筝了！因为女儿已经去上大学了。

要是我一个人牵着风筝在放，估计要么会被人家认为矫情，要么会被认为精神出了问题。可是，我是真的好想再去尽情地放一次风筝哟！

## 那棵发财树

家有一棵发财树，已有好几年了。

最初，它是一棵很羸弱的小苗，老公不知从什么地方淘换过来，觉得养在楼上不合适，就放到了父母租住的小院里。

父亲也是爱花养花之人，小院不大，被他弄的花花草草占满了，我们走路都得躲闪。更奇葩的是，小院是硬化地面，父亲为了养花，就在堂屋前右边的角落里堆积了一个很大的土堆，在上面养花养草，还见缝插针地把一些小的花盆挤塞在里面。土堆外，再堆积一些半大不小的花草守卫着。

发财树初到这个小院时，个子不高。花盆不大，就被父亲当作了“护卫”，安排到了土堆的外围。谁知道，它一点儿也不认生，在父亲的精心照料下，撒开脚丫子使劲地长着。我对花草向来不感兴趣，父亲养的这些花草，我很少有叫上名字来的。可是，我每几天去一趟父母家，父亲都会不经意地说上一句：“那发财树又长高了！”“是吗？”我漠不关心地敷衍一句，还是很少用心看上一眼。

后来，连一向讨厌父亲把小院弄得满满的母亲也开始不经意地说：“这发财树真能长啊！”我走过去看，可不是嘛！一年的光景，活脱由一个襁褓中的婴儿发育成了茁壮的小伙子，不仅个子高，还粗壮，叶子油亮而肥硕，一副恣意生长的模样。因为占道，父亲不得不给它换了大一些的花盆，并且把它挪到了土堆中间。

想不到，这一挪窝，它更来劲了。要土有土，要水有水，要阳光有阳光，凭啥不长啊！很快，它就占据了土堆的半壁江山，不仅抢占了父亲养的一些小花小草的地盘，而且还高过了院墙。父亲就一遍一遍地唠叨，后来，老公同意把发财树的枝头剪掉，它又开始旁逸斜出了。也许，它觉得这么好的条件，不好好地生长，会辜负了什么。

去年秋天，我们搬了新家，父母也搬到了楼上，发财树就跟着我们来到了新家。可是，老公没有我父亲照料花的那份细心，虽然给它换了一个新盆，但盆里的土壤少得可怜。阳台有晾衣架，它个子高，碍事，只好把它放置在客厅。就这样，少了肥沃的土壤，少了灿烂的阳光，它一改先前那旺盛的模样，不久，就变得病恹恹的了。它不再活泼，不再张扬。后来，叶子生了病，它被老公喷上了药，挪到了楼梯上，在阴暗的角落里孤独地待了好长时间。

我心里有些担心，也有些惋惜，曾经那么旺盛的生命也许就凋零了。挨过雾霾重重的冬日，走过暖暖的春天，一天，我不经意间抬头，发现发财树又开始冒出新芽了。在树中间的枝丫和树的顶端都有纤细的嫩芽，渐渐地越长越大。我原以为，没了舒适的环境，它会死掉。想不到，它忍受委屈改变了自己，改变了容颜，竟然活了下来。

这让我想到了南方与北方的植被，由于雨水的多少和热量的不同，南方的草草木木多活得酣畅，活得肆意，活得淋漓；而北方的花草多活得憋屈，活得拘谨，活得卑微。往往同样的一种植被，生活姿态也会因南北地域有天壤之别，可是，不管怎样，它们都会适应着环境，努力地活着。

树犹如此，人何尝不是这样呢？

## 摘不到就摘不到吧

单位的小院里有一棵无花果树，枝干粗粗的，已经有十多年了。

小院不大，它靠西生长在西屋和堂屋的夹道里。夹道并不宽，老公又在它旁边栽了一棵银杏树。好歹它俩都比较谦逊，从来不争肥争水，长得都还算茂盛。

银杏树用劲长高了枝干，高过了无花果后，才开始试着旁逸斜出。无花果却在高过西屋的屋顶之后，攒足劲开始向四周伸展枝节。只是因为向西的方向触到了院墙而不能尽情伸开，向北因遮挡了堂屋的窗子而被老公砍掉，向东伸展又有碍于走路，也不能伸得太放肆，无奈之下，它围着主干发展了一圈之后，其余的力量都攻向南边和西屋的屋顶。

西屋是平屋，虽然不大，但是屋顶一马平川，可以任无花果的枝叶自由地伸展，于是大多数的无花果也都跑到平屋顶上了。以前，等到它们成熟了的时候，我都会搬来梯子爬上爬下地摘取，也没有觉得有多么困难。今年秋天，由于少雨，无花果格外大、格外甜。每天中午下班后，我就围着无花果树打转，站在板凳上摘取已经熟了的，下午带回城里给女儿吃。透过枝叶的缝隙，我看到那些长在平屋顶上的无花果已经熟了不少，眼馋得很，心里却对爬上爬下有了莫名的畏惧。

这几年把家搬到城里后，很少再打理这个小院子，一任里面的草木疯长，西屋的前面陆续长出一棵葡萄树、一棵竹子。它们少了人的约束，如同脱缰的野马，尽情地长起来，现在都远远地盖过了西屋的屋顶，这就给我爬上爬下地摘取无花果带来了很大的麻烦。另外，随着年岁渐长，身体少了份灵活，心理上对很多事情也多了份畏怯。

可是，每天看到那些硕大的无花果，不摘，总觉得心有不甘。一天中午，我鼓鼓劲，搬来梯子，从密匝匝的枝叶缝隙中好不容易爬上了西屋的屋顶，摘了一些熟透的无花果。下来时，因为手里拿着无花果不方便，不小心被枝条划伤了小腿，搬梯子时又伤了手指。

下午回家，饭桌上我谈起摘取无花果的不易时，女儿突然说："妈妈，为什么非得都摘下来呢？摘不到就摘不到吧。"女儿的淡然让我大吃一惊。

收拾完家务，躺在沙发上又想起女儿的话，忽然觉得好有生活哲理。岂止一树的无花果我没有必要全部摘完，生活中也有很多很多的"无花果"，我也会摘不完的！欲望太多，纠结就多，快乐自然就少了。我要做的就是摘取离我最近的、我所需的就行了。而随着年岁的增长，也要学会放下，有些曾经拥有的东西，不一定再适合我了。

这样想想，觉得又释然了，摘不到就摘不到吧！

## 消　夏

伏案于窗前，忽听到阵阵蝉鸣，不由得停下笔，将头探出窗外。浓浓的绿荫里，我觅不到蝉的影子，可是蝉声却让我一下子穿越了时光，回到了先前我们住在学校时的那段日子。

夏日的夜晚，人们都喜欢走出家门纳凉。城里人喜欢走到大街上，逛夜市，到广场上跳跳舞；乡下人喜欢凑成堆，聚在街头闲侃；而处在乡村中学的我们，也自有特色的消夏方式。

吃过晚饭，人们陆陆续续从自己的小天地走出来，来到学校西边的操场上。有拿着手电筒的，有端着小盆的，有提着个空瓶的……老老少少悠然而来，不一会儿，就能凑够三四十人。刚开始的时候，这里一团，那里一簇，各谈各的天，孩子们凑在一起玩着闹着。晚上八点钟左右，灯下的甲虫(方言叫“瞎眼撞子”)也赶来凑热闹了，人们也跟着忙活起来。干啥？捕捉甲虫呗。俗话说灯下黑，还真不假。有手电筒的在灯下捉，那儿地面是黑乎乎的，没手电筒的在远处的灯光下捉。每当这个时候，人们各忙各的，少了份轻松，多了份紧张，生怕一放松，都让别人捡去了似的。特别是小孩子，每晚捉完之后都要比一比，看谁捉得最多。如果你在场，看到这忙碌的景象，我想你也很难禁得住诱惑。看，那几位原本站在一旁不屑一顾的男士，最终也跟着忙活起来。晚上九点钟，甲虫少了，人也累了，大家陆续地散了，只留下几个意犹未尽的还在打扫着“战场”……

每天晚上，各个家庭似乎约好一般，按照钟点儿做饭，赶着点儿走出家门，忙碌在这灯下，倒也成了一道风景。

等到阳历的七月上旬时，另一种小昆虫的出土，开始吸引人们的视线，那就是知了龟（蝉的幼虫）。

一到这个时候，甲虫渐渐少了，人们的兴致也渐渐淡了，又掀起了捕捉知了龟的高潮。我和老公可是捉知了龟的高手。我的看家本领是早捉，每晚七点半左右，我早早拾掇好家务，带着手电筒、空瓶子上“战场”。这时正是知了龟从土里钻出来的高峰。有时一棵树上能同时找出五六只，多的时候，刚找完一遍，再回过头来，树上又爬上一两只。找到知了龟的那份兴奋，不亚于在战场上捉了一个俘虏。我每晚找到八点半多就收工了。这个时候，老公开始准备行动了。他喜欢晚找，每晚九点左右，准时行动。不过他比我多了一样工具——一根长长的竹竿，因为这时候逃过封锁线的知了龟都爬得老高了，并且多数已经蜕了皮。

才五六岁的女儿比我们还积极，每次吃完饭，她总是第一个跑出去。我和女儿喜欢在我家西边操场的小树林里找，这个地方知了龟多，并且草少，没有蛇。但去这个地方找的人特别多，每次能有十多个人同时行动，远远看去，一明一灭的灯光如同萤火。一棵树一晚上要被照几十遍。即使这样，还是会有很多知了龟得以逃脱，爬到高处蜕皮。这点可以从老公那里得到印证，他每晚找到的总是比我还多。老公喜欢到校园东边伙房旁的那片树林里找。那个地方杂草丛生，晚上很是吓人。据老公说他就曾多次遇到蛇，因此我和女儿不敢去，别人也很少光顾，看来，还是胆小的人多。

这样连续几个夜晚都熬到十一点多才睡，白天就瞌睡，我训斥老公，不要再去找这破玩意儿了。可是时针一指到九点，老公就如同着了魔一样，说啥也不听了。

每晚捉完了知了龟，全家就津津有味地点数，一只、两只、三只……这时，腿疼、眼疼、脖子疼……一切疲劳仿佛都消失了，就像刚打完胜仗在清点战利品那样兴奋。躺下之后，意犹未尽，再和老公谈点捉知了龟时的小笑话，颇为开心。

可惜，这种田园生活不久就远离了我们。买房热的大潮也席卷了我们单位，年轻的教师们都陆陆续续地搬到城里去住了。在女儿要上小学的那一年,我们也搬离了镇上的小院。

如今的校园,夏夜再也没有了昔日的热闹繁华。人非,物也非了。当年我们领着学生亲自栽下的那些大树,早被砍伐,操场周边只剩下凄凄的荒草和羸弱的小树苗。

窗外蝉声依旧,可是我知道此蝉非彼蝉,此我也非彼我了。我所怀念的那段时光,是永远也回不去了。

## 到什么山上唱什么歌

这是一条穿过林子的僻静小路，是从我家去母亲家徒步最近的一条道。我常常在清晨或者黄昏,独自穿越它。

一日清晨,再次经过,隐约听到后面有自行车行近。这是条乡间小道,路面狭窄,还不平坦。我若不让道,对方就很难通过。于是,我向路边挪了挪身子,侧身而立。

很快一个小伙子骑车过来,穿着蓝白相间的校服,高中生模样。只见他一手扶着车把,一手拿着个啃了半边的苹果,对我行注目礼,神情漠然,不慌不忙晃悠悠地从我面前骑过。看着他这么目空一切的姿态,我的心中立即升腾起几分不满:我凭什么给你让路?

走了没几步,丁零当啷的,我身后又传来了骑自行车的声响。我心里想:这回可不管了,咱各走各的道。可是随着声音越来越近,我还是不由自主地又侧身立在了路边。这回骑过的是一位年长的老者,他骑到我跟前时,笑容可掬地说了声谢谢。

不知怎的,老者过去之后,我先前对那位毛头小伙子的不满一下子消失了。我突然想,要是再过去四五十年,这个镜头重演,那个不再年轻的小伙子,说不定也会像那位老者一样慈祥了。因为,这四五十年里,什么样的青涩不会被岁月的风雨催得成熟呢?

脑子里一下子迸出了这些日子我一直在纠结的问题:“假若十多年前我已如现在这般思考问题,又会怎样? ”

最近,我站在奔四的门槛上,总是喜欢回望过去。也许在外人看来,我现在的人生也算小有收获。可是随着年岁的增长、视野的不断拓宽,越来越觉得自己曾经走过的路有太多的遗憾! 想到年轻时曾经因为不明方向白白浪费掉的时光,因为冲动盲从而屡屡走过的弯路,因为无知浅薄而在世俗中显露的幼稚,便常常扼腕叹息。

十多年前,我不是也像那位毛头小伙子那样目空一切吗?可是十多年后的我已经是如此的谦卑了。

又记起十多年前和老公的一次远行。家里让我俩去东北拜访在那儿的亲戚。我俩很高兴地领命,因为可以趁机旅游一趟,多转几个地方。

临走时,我俩吃的穿的捎了满满两个大包。公公提醒说带这么多的行李出门不方便,何况你俩还打算旅游。可是,我们却固执地认为行李中的每一件东西都用得着。出门后,才发现公公的提醒是正确的。我俩转战济南、沈阳再到抚顺的亲戚家,回来时,亲戚又给了两个包让我们捎带。结果,我们大包小包地带着行李去北京游玩,路上差点累死,光看行李就看累了。

回来后,我俩叫苦不迭。公公在一旁笑着说:“很多时候,即使别人的意见是对的,不亲身经历还是不相信。下次就有经验了。”

是呀!很多情况下我们的亲人、朋友都会以过来人的身份劝诫我们做某事时要注意什么,我们大都口是心非地答应了。直到某一天真的应验了,才记起亲戚朋友的好,可惜错往往已经犯了。尽管如此,下次面对亲戚朋友的劝诫,我们依然我行我素。

这就是人生,固然,我们可以汲取他人的经验教训,甚至,从自己不断的反思中也可加以归纳借鉴,但在什么阶段做什么事情,在什么年龄有什么性格,每人有每人的轨迹,不同阶段有不同阶段的酸甜,这是无法改变的。正如先前从我身旁过去的那两位,少年有少年的轻狂,老年有老年的稳妥。

想到这儿，我忽然释然了，我为什么老是纠结于过去呢？到什么山上唱什么歌。我要做的就是把眼前的路走稳走好，才是重要的。

## 那片海棠

那片海棠，生在校园的东边，郁郁葱葱，枝繁叶茂。

每年春来，校园里的各种花次第开放，尤其这海棠，最是引人注目。一来这海棠花开得比较早，算是校园里的报春使者；二来这海棠树密匝匝地占据一方，花多势众，也是校园里气势最盛的花。

海棠花有两种颜色，一种粉白，好似少女羞涩的红云；一种纯白，颇具漫天雪舞的神韵。两种花各有风采，逞妍斗色。刚刚嗅到春的气息，树上的嫩芽就迫不及待地探出了头，花朵也你挤我我挤你地抢占枝头，你含苞待放，我花蕾初绽，它迎风起舞。空气里飘荡着的香气也不甘示弱，甜丝丝地撩逗着师生的感官，沁入心脾，引着大家不由自主地走到这花海前，驻足观赏一番。

秋来，海棠树上就挂满了红得透亮的小灯笼，晶亮晶亮的，风摇不散。好奇的人过去采摘一个，轻轻一咬，不由自主"呀"的一声，酸涩得慌忙吐出口来。等到暮秋或是初冬，再把那小灯笼摘来品尝，沙沙软软的口感甜甜地滑过舌尖，别有一番风味。要是没有鸟儿来啄或者孩子来摘，这些果子能挂到隆冬时节，不过那时它们都成了饱经风霜的老太太。

我是一个粗心大意的人，向来对其他东西观察得不够仔细，唯独对那片海棠格外地上心。记不清是在哪一个春天，我驻足在那片盛开的海棠花中，一边吟着"枝间新绿一重重，小蕾深藏数点红"，一边嗅着花香，深深陶醉在花海之中。忽然发现，在这近百棵的海棠中，有的繁花朵朵压弯了枝头；有的枝叶散开，繁叶当中藏着那么一两朵小花；更有甚者，枝繁叶茂，一花不展。我不禁陷入了沉思：同样的海棠，同样的栽培，为什么会大不一样呢？

正是因这发现，以后的日子里，我对那片海棠格外地关注了。不久，海棠花落，结果。有的果多，有的果少，那不开花的自然一个果子也没有。或许是出于职业的习惯，观察到的现象让我联想到了学生，那些海棠树，多像坐在教室里学习的学生啊。那些不开花的海棠，在秋天里看到人家硕果累累时不羡慕不后悔吗？

今年春天，海棠花又如期开了，在我驻足观赏的时候，我的学生欢喜雀跃地伴着下课铃声一齐拥到我的眼前，或闻或探或触，兴奋地欣赏着这一园的海棠。我赶忙抓拍他们在海棠花下的身影。望着这些青春洋溢的孩子，我突然想，不知他们看到这些海棠花后，有何感想，何不让他们以此为题写一篇周记呢？

后来，还真的就有几个同学写得不错，文采飞扬；还有的同学，心思和我颇同，由这海棠想到了即将中考的自己。看着这参差不齐的写作水平，或深沉或流畅或枯燥的稚拙可爱的习作，我忽然释然了。何必纠结于海棠花开得繁盛还是稀落呢？世间万物，皆有差异，树犹这般，人亦如此，又何苦去纠结它花多花少，开花不开花呢？只要能健康地生长着就好了。

近日，我又路过那片海棠，繁花早已落尽，那绿油油的叶子一股脑儿长出来。我惊喜地发现，在一片葱绿当中，又有几朵小花羞怯地掩藏在那密不透风的海棠叶里呢。

突然记起一句俗语："花开有时，只是早晚。"

## 山不过来我过去

那日我在办公室里办公，忽听隔壁教室里面有吵架声，赶忙过去一看，一个年轻的班主任和学生纠缠到了一起，旁边还有学生的家长在不断地哭诉。我们赶紧把这位班主任拽到办公室里面，然后找来年级主任，好歹平息了这场恶战。

原来班主任发现这个学生老是玩手机，并且把手机带到了教室，于是就通知了他的家长，逼迫这个学生把手机交出来，最后学生恼羞成怒，当着家长的面打了班主任。

后来我和这位年轻的班主任交流，告诉他这件事没有酿成恶果已经是不幸中的万幸了。假如那个学生在教师和母亲的逼迫下纵身跳楼，不就坏了！这样的事情，媒体又不是没有报道过。

其实，我们当老师的在一生的教育生涯，不，每一届的学生里，都会遇到一些难以管教的学生。这些因为父母管教不当或者因为家庭问题而缺少温暖的孩子，一旦进入学校，都是烫手山芋。不管不行，但要是管出事来，也是吃不了兜着走。

可是，教师的职业要求你不能不管学生，这就逼着我们教师要掌握学生的管理艺术。老教师基本都明白一个道理，千万别在课堂上和学生杠起来，不管结局如何，最终吃亏的一定是教师。可是，年轻教师不行，往往血气方刚，你不是牛吗，我就非得让你低头。结果这一杠，就要出问题，要是学生打了教师，教师只能闷头受着；要是教师打了学生，那么处分和官司就来了。

我自认是教育行业里比较称职的老师，跌爬滚打了这么多年，即使冷眼看了那么多老师受屈受冤的案例，我的良知也没有泯灭。我还一直崇尚着王阳明的“致良知”学说，无论遇到什么样的学生，我还是不放弃，还是敢管。

但是，我最初的管教方法也如同上面那位年轻的班主任那样，想靠老师的威严逼学生就范。有一次，我在班上训斥一个非常顽劣的学生，谁知，七年级时还非常温顺的他，只隔一年，就性情大变，竟然在我的训斥中扬长而去。他走出课堂后，我没有去追，可是当时的心也是七上八下，担心得要命。后来，他回来主动找到我承认了错误，我俩促膝长谈，化解了矛盾。这件事给了我很大的教训，我还以此为案例写了一篇文章《千万别和青春期的孩子较劲》。后来，我在管理学生中慢慢地总结出了自己的教育规律，那就是——山不过来我过去，学会对学生让步，学会给自己找台阶下，往往会收到事半功倍的效果。

我任教的学段是初中，在三年的成长中，大多数的孩子会经历青春叛逆期，易怒易冲动。有些孩子表现得轻一些，有些孩子表现得重一些。对那些表现严重的学生，后来我不再在课堂上教育他们，即使他们犯了严重的错误，也是课下单独解决。找一个合适的时间，把他叫到办公室里谈，谈他的青春期，谈他面对的问题，让他从根上认识到自己犯了哪些错误，然后和他探讨改正的一些策略或者方法。很多老师把学生叫到办公室里站着谈话，而我都是让他们坐着，平等地、面对面地交流，而不是一味地训斥，大多数学生心里都能够接受。

当然，对待这样的学生不能一蹴而就，他们的毛病很多，也不是一时就能改的，只能慢慢地去帮他们纠正。但是，当他们在发怒时，千万不要去招惹，等其恢复平静再谈。那天，我在语文课上讲析诗歌，一个易怒型的学生在开小差，我呵斥了他一声，这个学生平日里不让人说他，他的父母都不敢多言。他立即很生气地把书一扔，趴在桌子上，不学了。要是在我刚毕业那会儿发生这事，我会立即把他叫起来，那样双方恐怕就僵持了。现在，我了解了他们的心态，看到他那个样子，就微微笑了一下，没去理他，自顾自讲我的课。过了一会儿，他情绪平稳了，又趴在那儿记笔记了。课下，我笑他课上那傻样时，他不好意思地笑了。

现在，我所教的两个班里，有四五个这样难缠的孩子，都被我搞定了，且语文成绩格外好。那天，看学生的作文《成长中的阳光》，八班的一个学生记录了我如何帮他改掉易怒性格的过程，字里行间充满了对老师的感激，他的语文成绩也是一路攀升了上来。

教育是一个良心活儿，也是一个高风险的职业，对大多数的教师来说，抱怨归抱怨，一旦遇上问题学生，还是会忍不住对其管教，那种让学生放任自流的教师毕竟是少数。

不过，一个优秀的教师，一定会练就一双火眼金睛，能在短时间里看透学生，辨析他属于哪一种类型的孩子，然后再因材施教。这就需要教师学会冷静，有一个佛系心理，学会对学生让步，学会冷静地处理问题。

山不过来我过去，又何妨？

## 那个优雅的女人

正月初七那天，我领着父亲去县医院复查身体，回来时在医院的门口又碰见了那个女人。她穿着黛蓝色的上衣和黛蓝色的中裙，画着淡淡的妆，还是如往年那样的优雅。

她是谁？干什么的？住在何处？我都无从知道。可是，她在我的脑海里有五年之久了，我曾经不止一次地想把她带给我的冲击写出来，却从未真的付诸行动。

第一次见到她，是在五年前的送饭人群里。那个时候，女儿开始了高中的生活，我自然地加入到送饭的队伍当中。那天下午送完饭，我从学校走出来，疲惫不堪。她从对面走来，手里拿着饭盒，神清气爽。不知怎的，匆忙中的一瞥，让我在人群里立即记住了她。我猜想她也是一位去学校送饭的家长，不过，她的孩子应该比我家的高一届或者两届。因为当时学生吃饭采用分时制，高一的学生要早放十分钟。

我向来有脸盲症，即使见过多次甚至打过交道，也往往记不住人家的长相。可是，这几年来却独独记住了她，一个和我毫不相干的陌生人。

我猜想，这或许是因为她身上的那股优雅淡定的气质深深地吸引了我。环顾我们的四周，哪里不是熙熙攘攘的人群？哪里不是急匆匆的脚步？人们急功近利地赶着、忙着，唯独她在人生的列车上，不急不慢不温不火地走着。我身边也有算是文艺地生活着的人，可是没有一位如同她那样气定神闲，这是发自骨子里的，来不得虚假，来不得修饰，是一种天然的洒脱。

后来，我在送饭的队伍里多次碰到过她，都是面对面，我走在回家的路上，她走在送饭的路上。她总是化着淡淡的妆，穿着不艳不俗的裙装，清新靓丽，脚步不慌不忙，和我的不修边幅甚至有时蓬头垢面、行色匆匆，形成反差。说实话，从相貌上来看，她算不上漂亮，也不年轻。可是，每次迎面走过之后，我心中都会有一种炎炎夏日里遇见一泓清泉的感觉，纯纯的、爽爽的。

最初，以为她是一次的精心装束，可是，多年下来，她都是如此。有时候我心里就想，原来世间还会有不像我们这样天天负重前行的人，活得那么优雅、那么精致。

那个时候的我，生活中有诸多的不顺，还有诸多的忙碌，忙到洗碗放碗的工夫都没有。因为匆忙，不止一次地把手里的碗盘磕到了墙角，那个时候我家的碗盘都是有缺口的。后来搬到新家，这些碗盘都被我收拢起来不用了。

在那段沧桑的岁月里，那个优雅的女人让我学会了把脚步慢下来。她让我开始思考人生：人为什么活着？有必要这么天天匆匆忙忙的吗？我为什么不能像她那样活得漫不经心一些，去过一种如她那样的生活呢？我也曾想，或许上天很眷顾她，让她不必像我这样劳碌、这样负重，所以她活得很精致优雅。可是，后来当我在医院里进进出出时，曾经不止一次地看到她也出入医院，想来她也应该和我一样饮食人间烟火，也有让她操心不完的亲人。不同的是，我是消极地对待，她则是积极地面对，所以她的心态、气质给人一种如沐春风的感觉。看到她，如同看到了阳光。

如今，五年过去了，她的妆容还是如同往日一样精致，她的衣着还是如同往日一样超群脱俗，她的气质还是如同往日一样优雅，尽管还是经常看到她出入医院。

五年来，当我心灰意冷时，当我脚步匆忙时，想想她，烦躁的心绪又立即静了下来。我开始试着让自己也慢慢地优雅起来。

她让我明白：生活真的不只是眼前的苟且，还有诗和远方。

## 码字，是一种修行

我想每一个最初爱上写作的孩子，大概都是因为性格内向，不善语言交流而自主选择了文字交流吧。这也是我爱上码字的原因。

确切地说,我的文学梦是从我的师范生活开始的,以前仅仅算是喜欢写作罢了。我曾经憧憬着用手中的笔来改变自己的命运,可我最终还是成了一名教书匠——一名从事语文教学的教书匠。

工作后，我还是时断时续地做着文学梦，偶尔在地方杂志上发篇豆腐块,暗示着我的梦还在苟延残喘着。后来博客唤醒了我的文学梦,从此,电脑代替了手中的笔,写字变成了码字。

我的第一篇博文《这就是我的博客吗》写于2007年5月29日,仅仅三十三个字,那是在一位远方朋友的遥控指导下,在懵懵懂懂中带着疑惑写下的第一篇博文。从那时算来,我的开博之路十二年多了。

我开博之后的第二年,就陆续在省内外的一些报纸杂志上发表作品,依然记得第一次收到稿费时的激动与惶恐,明明是五百元,竟然看成了五十元。

当时的博客是在新思考网站建的,教育部的远程研修学习就在这个网站上开展，而我是因为参加了这个远程研修学习而得以结识了博客。那个时候,这里聚集了一批借助网络而互相熟悉的志同道合的朋友,他们经常留驻我的博客,跟评互动。

我不知道是博客的开放性激起了我的码字欲望，还是我少时的梦想骤然膨胀,至今对当年开博之后的疯狂记忆犹新。我把工作、吃饭、睡觉之外的全部时间,用来打理我的博客,甚至还透支了我的睡眠时间。那个时候拼命地写博文,基本上是一天一篇。我还花了好多的心思来装扮博客这个精神家园:精心设置了一些栏目;运用了一些软件,把自己和学生的一些照片做成精美相册,放到博客里面。除了现实中的小家,这里算是我的第二个小家,每天要是不上来打理打理就无法安心。

我在博客里,写自己的生活随笔,写自己的教学心得;写老公与女儿,也写学生的聪颖与顽劣;写自己的苦,也写自己的乐……这里真是自己一个无所不包的精神花园了。

我在这里休憩,在这里游玩,也在这里和一些有缘的朋友互动交流。在这里我结交了一大批天南海北的朋友，他们的跟评给了我写作的热情和动力。这种狂热，一直持续到2012年，五年的时间里，我写下了七百多篇博文。

后来随着对网络的熟识，知道有些网站可能会因为种种原因而关闭，而渐渐地对网上的这个小家有了莫名的担心。有了这种担心后，就没有心情去打理了，反而陷入了纠结：要不要搬家啊？该搬到哪里去呢？

当时，我还在江苏省的一个教育网站的论坛上混，那里面经常有一些征文的活动，我把自己平日里写的文章投进去，都是百投百中。我也因此获得过一些小礼品，譬如我手中的那套《红楼梦》，还有当时非常流行的MP4、小音箱等。因为上手太容易了，就不懂得珍惜。后来，很多活动就吸引不了我了，也渐渐地失去了音讯。有位版主很热情地邀请我把博客搬到他们网站，并且说，我原来写在新思考的博文，他负责找人一篇篇地搬过来。但是，我最终没有同意，汲取先前的教训，我想找一个大的网站，这样博客活得时间可能会更长一些。后来，我在网易和新浪之间徘徊，最终选择了新浪，并于2012年2月正式搬家到新浪。其实，先前我已经于2010年12月15日在新浪建了博客，只是没有用心去经营。搬家后，有位评论我文章多年的朋友也来到了新浪安营扎寨。

可是，不知道是曾经沧海难为水的缘故，还是大地方不好混，我在新浪一直没有找到家的感觉，后来又陆续地回到老博客发了一些博文，一直到2013年12月26号。就这样，我在新老博客之间游荡，再后来干脆把写的东西只发到自己的QQ空间。所以，2012年后写的东西，QQ空间里最多了，其他地方就看心情了。

因为放乱了地方，所以这十多年里，我到底写了多少文章，连自己也数不清了。只是记得每年新年伊始的时候，我都要在电脑里新建一个文件夹，命上年号，把这一年里的东西一股脑儿放进去。今天这篇稿子是因为跨年而成的，我把它移到了2019年的文件夹。现在，我已经有十三个这样的文件夹了。

这期间，有过一年多的时间，我基本上辍笔不耕。曾经以为或许就这样放弃了，可是梦想这东西一旦在心底扎根就一定会发芽。时间长了，还是不自觉地敲起了键盘。有位朋友见我又在更新QQ空间，于是建议我开一个公众号，去微信上写文章。

关于要不要开一个公众号，我也是犹豫了好长时间。我在简书和公众号之间徘徊了一阵，最后决定开一个公众号试一试。至于这个公众号能不能坚持下来，我也不知道，因为我喜欢简单方便发文的软件，不喜欢繁琐。

不过，不管这个公众号经营得好不好，码字肯定是要坚持下来的。因为，于我来说，码字已经成了我生命中不可或缺的一部分，这里面不再关乎荣誉，不再关乎金钱，也不再关乎其他，只是我在尘世之外的一个精神家园的缔结，也是我在尘世里的一种修行。

十多年的码字生涯，不仅记录了我生活中的点点滴滴，更是涵养了我的心性。

码字，真的是一种修行。

# 一路书香伴红尘

今年，县总工会在三八妇女节来临的时候，举行了“会员月福利”活动。我很幸运地免费得到了全国第七届“书香三八”读书活动推荐的书《最美书香——第六届“书香三八”读书活动优秀征文作品集》（全两册）。

书一到手，立即捧读，灵魂受到触动、精神被激活的愉悦感瞬间攀升在心头。想不到人到中年的我，还有那么多来自五湖四海的知友。这或许都是源于喜欢读书吧！

## 读书，涵养了我的性情

如果说这辈子我最幸运的事情是什么？那肯定是与书为伍了。

作为二十世纪七十年代出生的农村女孩，我有幸上了学，认识了字，为我以后读书奠定了基础；有幸考上师范做了教师，为我以后经常性地接触书本提供了方便;有幸在成家立业时嫁了一个也喜欢读书的老公,为我以后读到更多的书提供了方便;还有幸在年轻的时候结交了几位喜欢读书的朋友,为我以后读到更好的书起到了引领的作用。

培根说:“人的天性像是野生的花草,读书像是修剪移栽。”对这一点,我深有体会。我是个性子急、脾气躁的人。平日里,风平浪静,看不出啥来,可是一遇到突发事件,易怒易冲动的性格暴露无遗。我对此深恶痛绝,但是,江山易改本性难移,心平气和时,常常在心里告诫自己要云淡风轻,可是一遇到意外,就像易燃的鞭炮立即爆炸。

好歹, 有书相伴。读书让我一方面汲取了一些如何把控自己情绪的方法,一方面也培养了及时反思的好习惯,变得包容和理性。书,读多了,心就慢慢地沉下来了。前两年,因为生活压力,我一度抑郁,陷入生死迷茫。好在有书相伴。那段时期,我读了林清玄的大量作品,把他的书当作救赎自己的灵丹妙药,他清淡达观的文风对我有很好的疗效。后来读林语堂的《苏东坡传》,想想自己和东坡相比,还有什么放不下呢?前些日子,网购了苏珊·福沃德的《原生家庭:如何修补自己的性格缺陷》,读后,感觉自己看问题的角度变了很多。

三毛曾说:“读书多了,容颜自然改变,许多时候,自己可能以为许多看过的书籍都成过眼烟云,不复记忆,其实它们仍是潜在的。在气质里、在谈吐上、在胸襟的无涯,当然也可能显露在生活和文字中。”于我来说,好书不仅是良药,也是上等的美容品。近来,参加活动,我常常会成为媒体采访的对象,用老公的话来说,我看起来可能更知性优雅些,或许这就得益于读书对我的庇护吧!

## 读书,助推了我的工作

夸美纽斯曾说过,教师的职务是以自己为榜样教育学生。写字好的老师,可能会培养出一批批热爱书法的学生, 那么喜欢读书的我对学生最大的影响,莫过于引导他们爱上了读书。

事实上,从教二十七年来,我一直身体力行。我是一名乡村教师,乡村教育与城市教育最大的差距就在阅读上。城市里的孩子有条件读书,家长也支持读书;乡村里的孩子读书的条件就差了很多,而且很多家长认为阅读会耽搁孩子的学习,因此反对阅读。

对于每一届的孩子,我一方面从转变读书观念上引导他们亲近书本,另一方面尽自己最大的能力帮助他们能够读到一些好书。我把自己家里存下来的《意林》《读者》《散文选刊》《青年文摘》之类的杂志,当作奖品奖给他们;组织学生参加一些出版社的公益活动赢得他们捐赠的图书;在班里建立图书角,借助班集体的力量给孩子们提供好的可读书籍。

因为我带着学生一起读书, 他们也就爱上了我的语文课。从教二十多年,我不仅积攒了很多的教学经验,还因为教学工作一直很突出而成为我县语文教学界的佼佼者。

我带学生寻找打开世界的钥匙,学生回报我以累累硕果,或许,这也是读书对我的眷顾吧!

## 读书,成就了我的孩子

尹建莉曾经写过一本很火的书《好妈妈胜过好老师》,我没有尹老师那么优秀,我女儿也没有她的女儿圆圆那么突出。但是,有一点是肯定的,那就是我的好读书也影响到了我女儿。

我们家原来在乡镇,在女儿上小学的那年,我们搬到了城里,没想到无意中还把家搬到了一个离书店很近的地方。据女儿回忆,在她小学的那段时间里,我家附近新华书店里的书,不管是小孩看的,还是大人读的,都被她翻了个遍。那个时候,女儿周日、假期大多时间就泡在那个书店里。

大量的阅读,不仅拓展了女儿的视野,也提升了她的写作水平。从小学四年级开始,她就在一些全国性的刊物上发表文章。谁都没有想到,少时培养的这个爱好,会在女儿高考时发挥了巨大的作用。这个特长让她在参加自主招生时脱颖而出。真是意外惊喜呀!或许,这又是读书对她的垂爱吧!

在《最美书香》这本书里，一位作者写了一篇题为《女人如蝶》的文章，我非常喜欢这个比喻。回顾自己的成长过程，恰如蚕蛹化蝶，而书给了我化蝶的力量。

“书卷多情似故人，晨昏忧乐每相亲。”今生，唯愿一路书香伴红尘。

## 腹有诗书气自华

“我们家有四年多没有看过电视了。”有一天，我和一个熟人拉闲呱，说起这事。

“那你们平时都看什么？”她非常吃惊地问。

“看书啊，家里到处是书，随便看就是了。”我很自然地答道。

“怪不得你女儿的写作这么好。”她很佩服地说。

记忆中，大约是从女儿上七年级时，家里就戒了电视。在这之前，老公进门第一件事，就是开电视，而后往沙发上一躺。随后，放学归来的女儿也顺其自然地跟着看，吃饭时，眼睛盯在电视上，吃完了还迟迟不肯离开饭桌，每天熬到很晚才能完成作业。我数落老公不顶用，自然也管不了女儿。

后来，小区内的有线电视线路整改，我家没交费，就只能收看本县的一个节目，爷儿俩都不感兴趣，再后来，电视机也坏了，干脆就不看了。现在搬了新家，其他用品都齐备了，唯独还是没有买电视机。

没有电视的日子咋过？我们一家人还有一个嗜好——读书。没有电视的日子里，一家子安分守己地各看各的书。

女儿在七年级的时候，不知什么原因突然迷上了《知音漫客》，每周一期必买，不管刮风下雨。我们做父母的自认还算开明，可在拿不准到底该看还是不该看的状态下（因为我和老公对这漫画实在不感兴趣），保持了阻止的态度。可是女儿对《知音漫客》的狂热根本不是我们所能动摇的。后来，我们只好妥协让步，让女儿每周买《知音漫客》的时候必须顺便给老爸老妈带回一本《意林》或《读者》或《青年文摘》。这主意是老公出的，让她在看漫画的同时不至于荒废了文学。每周女儿就真的捎回来一本。而她捎回来的，一定是在书摊上精心挑选出来的，因为她经常向我们推荐里面的好文章。

这个嗜好，女儿一直保持到了高一下学期，我们家里也就积攒了好多好多这两类的杂志。前些日子搬家，光女儿屋里的书就搬了十多箱。她还吆喝着那些《知音漫客》是她以后的嫁妆呢。

除了杂志，大部头的书也是必不可少的。有些是我从网上淘来的；有些是从朋友那儿借来的，因为我有几位好书之友；有些是老公鼓捣来的旧书，单位里的图书室在更新换代时，撤下来的旧书大都被老公收购了；还有女儿从县图书馆或同学那儿借来的书……所以，家里有永远看不完的书。

床头上、沙发上甚至是洗手间里，随意放上几本，就能见缝插针地看。看书的时间，就像海绵里的水，只要去挤，永远会有的。现在，老公一回到家，也不言语，沙发上一坐，捧起书就读，还自谓这是最好的休息。

书看多了，女儿的阅读水平就提升得很快，而且她的写作水平也不赖，从小学四年级开始，就时有习作见报。很多朋友都以为是我这喜欢文学的母亲辅导出的成果，殊不知，我从来没有指导过她，倒是她在看书时会和我主动交流很多心得，也会反过来给我推荐好书，因为女儿看书的速度永远比我快，看书的范围比我广，内容比我杂。

每当别人向我请教如何提高孩子的语文成绩时，我总是告诉他，让孩子多读书。可是，我知道，在一个被电视、电脑、手机充斥的氛围里，如果孩子没有从小养成读书的习惯，没有大人好的引领，是没有几个孩子能够认真地读下去的。

我见过很多家长一边热衷于电视连续剧，一边训斥着孩子去写作业或者看书，这样的效果基本是零。

所以，孩子读不读书，大人的习惯很重要。要想改变孩子，先要改变自己。家有书香的氛围，孩子自然就会读书了。宋代大文豪苏轼不是说过“腹有诗书气自华”吗？书读多了，还用愁孩子的语文成绩不好吗？

# 父爱如风

父亲节将至，心里盘算着该给父亲买点什么的同时，脑海里又不时地泛起生活中包含浓浓父爱的点点滴滴。

都说父爱如山，可是，我眼里的父爱却似风似水，父亲的铮铮铁骨里装的是对儿女的一腔柔情。

一岁多就失去了母亲的父亲，从小格外心细，格外懂事，格外勤劳，格外疼人。这体现在儿女身上就是他格外慈爱，以至于我每每读到朱自清的《背影》时就潸然泪下，因为我在里面也读到了自己的父亲。

依然记得二十年前我刚刚毕业，在镇上工作。每个周五的下午，身为我们学区负责人的父亲都会到镇上的中心小学开会，顺便看我，给我带点好吃的，有时带个苹果，有时带母亲做好的饭菜。

每到周六，父亲就会提前备菜，嘱咐母亲做好等我。饭桌上，父亲会和我聊聊工作上的事情。有什么快乐和烦恼，我都会和父亲分享。这样的日子，父亲似乎已经习以为常。可是，有一次我因为贪玩和同事去逛城，就没有回家。第二个周六回家时，母亲告诉我，上周五父亲开完会回家，看见路上有一条已经死了的蛇，就下车把蛇扔到了很远，因为父亲知道我从小就怕蛇。他担心第二天我回家会看到它，我却没有回去！听完母亲的话，不知怎的，我的泪很快就出来了，我似乎看到了父亲失望的眼神。

后来，我在小镇上恋爱、结婚、生女，父亲总隔不了几日就到我家里来坐坐。时间长了，我竟然好像有了心理暗示，只要我在吃饭时不自主地咬住了筷子，第二天父亲就一定会来我家。农村有个说法，吃饭时咬住筷子，家里就会来客人。我不迷信，可是，这的确是事实。

都说母女心连心，难道父女也会心连心？还有一个场景也经常出现在我的生活里。

"喂,你在哪儿?"

我的脚踏上A城还没几分钟,父亲就打电话来了。

我不是好出差之人,父亲也一般不给我电话,但是我每一次出差,父亲都会心有感应似的打过电话来。

上次,我去寿光学习,临行的前一天,和父亲说了此事,免得他再打电话。可是,下午我正在满头大汗地参观寿光蔬菜大棚时,父亲又来电话了。

"你在哪儿?"

"我不是和您说过,我来寿光学习吗?"我嗔怪道。

"哦,我忘了。"父亲笑着说,然后就挂了。

这就是父亲,平日里性格急躁,用母亲的话说,做什么事情都是毛头毛脑的,可又心细如发。

都说女儿是父亲的前世情人,或许是吧,总感觉自己比哥哥和弟弟更能体味到父亲的沧桑、父亲的慈爱、父亲的坚强,也就更能享受到父亲粗粝外壳下那份柔软的父爱。

父爱如风,伴随着我的一生。

## 父母安好,便是晴天

那天,我正在外面办事,忽然接到了老公的短信:"还忙吗?孩子姥姥有事。"我顺手回道:"可能还需要点时间。"

回完短信后,我又觉得不对,平日里母亲很少有什么事情。脑海里蓦然闪过一个念头,难道是母亲"有病"了?这样一想,心一下子收紧了。接着镜头不断地闪过脑海:她的高血压引起晕倒?糖尿病的并发症发作?又不小心摔倒了?越想越害怕,哆哆嗦嗦发短信问老公是"有事"还是"有病",老公回道"有事",悬着的心才放下。

记得自己年轻的时候,几个星期不回家,也不曾惦记什么,更不会给家里打个电话。可是随着岁月的流逝，我渐入中年，父母也迈进了老年，那种刻骨铭心的牵挂就无时无刻不存在了。以前，晚上睡觉前喜欢关掉手机，现在除了没电，一天二十四小时是开机的，且一再叮嘱父母："女儿的手机永远开着，有事一定打过来。"

去年父亲意外摔伤，住院治疗了一个月，病好后出院。把父亲送回家，我对母亲千叮咛万嘱咐，好好观察着父亲，如果他有什么不适，立即给我打电话或者打 120。

当天晚上回家后，疲惫的我很快就入了梦，梦见父亲因为耽搁了治疗时间不幸去世，我捶胸顿足，号啕大哭，一下惊醒了老公。老公安慰半天，我却再无睡意，早晨天不亮就赶到父母家，见父亲并无大碍，才安心上班去了。

那段时间，每天清晨，我都要先去看看父亲，之后再去上班。

或许，人到中年的我们，人人都有一份牵挂吧。前两天老公从老家回来，不无担忧地说："老爸可能要坏事。"我问怎么了，他说自己这次回老家见公公又黑又瘦，吃不下饭，想带他去查一下身体，老人不去。他又絮絮叨叨地分析可能公公平日吃的饭菜不好，治疗高血压的药吃得不及时……说着说着就掏出手机往老家打电话，嘱咐婆婆把饭菜做得好一点儿，及时看着公公把药吃了，又嘱咐我婆婆也要注意身体。我本来想宽慰他一番，见他那专注认真的样子，不亚于一个慈父在呵护一个婴儿，感动之际，热泪盈眶。

俗话说"家有一老，如有一宝"，父母平安就是我们做儿女的最大财富。

父母安好，便是晴天。

·赵月虹·

散文

# 浮来青茶园不是梦

沉沉的夜幕笼罩着浮来青山庄。树影婆娑，凉风习习，偌大的山庄弥漫着茶香。这里没有都市的嘈杂与喧嚣，没有歇斯底里的吆喝叫卖。突然一个急刹车打破了宁静，来自各国各地的文友三三两两漫步前来，灯光、月光交映着朦胧的夜色，歌声、笑声回荡在茶园。相聚的诗人们不是在倾诉重逢，而是都在赞叹浮来青。

徜徉在浮来青山庄绿篱青砖的小道上，蹙蹙鼻子，茶园特有的气味很醉人。准备冬眠的茶树正在孕育着它们自己的春天。当年的"南茶北栽"把古莒国千年梦变成现实，也助推了今天古莒国大地的发展。此刻静静的茶园里只有远处淡淡的街灯被树影筛过，连秋虫的"唆唆"声也没有。

夜，万籁俱静，偶尔有犬吠声从远处传来。向窗外看去，树梢上隐隐约约是一带远山，树缝间漏着的一两点灯光折射在茶园的一隅。一首江南采茶调打破了夜的沉静，丝丝缕缕，不绝于耳，多情为谁追惜？情浸茶中，爱在心上，重温陆游"行遍天涯真老矣。愁无寐，鬓丝几缕茶烟里"的感怀，伴着一杯浮来青的茶香缕缕走进梦乡！

关于茶的记忆，来自我家曾有的那棵茶树，母亲说，奶奶当年出嫁时，她的父亲曾把自家茶园的一棵最粗壮的茶树作为陪嫁送给奶奶移栽到此。在大集体年代的农忙时节，大家从这棵树上摘下茶叶，放在大铁锅里煮，用铁桶装好送到田野垄间，为乡邻们解渴除烦。每到冬天，奶奶用茅草把树的枝干一层层包裹得严严实实，生怕茶树抵御不了寒冷。

奶奶自幼跟随她父亲，养成了喝茶、抽烟和读书的习惯，尤其喜欢对着茶壶嘴吸茶。冬季，奶奶的臂弯里更多了一个圆圆的生着木炭的烤火瓦罐。夜里，它就放在炕头边，用奶奶的话说，这样方便，晚上想喝时闭着眼睛也触手可及。虽然我和奶奶住一起，但我从来都不敢动她的这些宝贝，特别是那把嘴巴长长、有一巴掌大的紫砂小壶。有时趁她看不见时会偷偷地摸一下，当然，我也是极小心的！常常看见奶奶坐在门前的老茶树下，左手拥着烤火的瓦罐，右手握着小茶壶，仰起脖子那一刻，一缕缕热气顺着风飘在奶奶长长的睫毛上。晨光、小壶、奶奶眯起的眼睛……多年过去了，那一幕深深定格在我的记忆里。怎么也不曾料到，我今天能来到浮来青山庄，走进茶园，把身心交给茶的世界。

夜晚，静谧山庄的远处早已灯火阑珊，古莒国深邃的夜空不时有流星划过，浮来青茶园里，乳白色门灯的光亮招待着兴致未尽的游客品茗。浮来青擎起的"南茶北引"大旗，引领着古莒国大地的茶文化。自古以来的文人墨客们非酒即茶，此刻，文友们在茶园隐逸，恬静、闲适，或斜躺，或端坐。沁人肺腑的茶香令人欲醉欲仙，有几分"兴来锄晓月，倦后卧斜阳"的散懒。透过窗棂，微微夜风送来谁家的夜半琴声，有一种身在琼楼瑶台之感，只可惜才疏学浅，无法为此时此刻写出"古道笛风留香茗"的句子。

断定这不是矫情。几年前我有过一次关于茶的经历，那时也知道浮来青。

"一帘春欲暮，茶烟细杨落花风。"初春的江南已是春意盎然，细雨蒙蒙，火红的杜鹃开遍山野，葱茏高大的杉树一半隐在云雾中。我们乘坐一辆半旧的军绿色吉普，车在半山腰处停下来。虽是阴雨天，路上的人却络绎不绝，原来，我们恰遇本地一年一度的采茶节。俯瞰山下，一个个山包被一株株的茶树覆盖着，一行行茶树似一条条绿色的丝带，浓浓密密地伸展在云雾中。那好听的江西民歌《采茶曲》时远时近，缭绕着低垂湿润的雨丝，让我也背上背篓，戴着斗笠，跟着采茶女走进了茶园，也做了一次采茶姑娘。

茶山下是茶园小镇，每到下午，或浓郁或清淡的茶香从巷子里扑面而来。身在江南，却总有一种味道搁浅在心头鼻尖，让思念一次次萦回，那是家乡的味道，那是奶奶茶里的味道。闭上眼，奶奶那被微微熏红的两颊总会浮现在眼前。我正如一片茶叶，从离开茶树的那天起，就一直期待着再次相遇。

大前年，我第一次踏进了奶奶的老家——浮来青茶园，大雪纷飞，偌大的茶园，在白雪皑皑的笼罩下宛如一幅画卷，虽没有绿树娇花的陪衬，却有一种傲骨凛然之势。一棵棵茶树，仍然昂首挺胸，在寒冬风雪之中，在雪白的世界里，绽放出夺目的绿色之光；一片片茶叶，仍然透过寒雪冰衣，展现着无比妖娆的英姿。虽然它没有了春天时的娇艳，但人们依然能嗅到沉积的芳香，依然能寻到它袅娜的芳踪。隔着积雪，我虽无法看到茶俏丽的目光，却仍能懂得茶纷飞的心事。霎时，沉积在心头的那些往事，也随着即将融化的雪在漫无边际地飘忽。

略带寒意的风里似乎氤氲着都市的尘嚣，褪去了市井浮躁。深深吞吐着新鲜空气，我突然有一种穿越时空的飘然，似乎超出了来茶园的初衷。此刻一个人漫步在这里什么都可以想，什么都可以不想，我且享用这无边的茶园泥土的清香。

浮来青茶园不仅是“南茶北引”的成功典范，更是莒国千年人文历史的风雨征程的见证。这里，曾是一片荒野，是浮来山人的不懈努力，成就了现代无数人梦中世外桃源般的茶园休闲胜地。

翌日，一睁眼，一缕光线由茶树透到窗前，两只小瓢虫在茶叶的翻卷处一动不动，也许还没睡醒。唯恐惊扰了它们的好梦，我轻轻推开门，走了出去。

我伫立在秋后斑驳的晨光里，嗅茶园之芳香，闻四周笑语之声。轻雾缭绕的浮来青茶园广场，早已汇聚了来自全国各地采风团的作家们。万花簇拥下，“种茶始祖”吴理真的雕像立于其中。他头戴草帽，手握茶株，目光凛冽地俯视着这片他热爱的土地，身后一块巨大的石碑，他的事迹跃然碑上。和他雕像并排的是为采茶、摊晒、杀青、揉捻和提香忙碌的工友们，周围是古装古韵各具形态的“仙女们”，她们在沏茶、洗茶、斟茶、敬茶和品茶。那优雅端庄的姿态，在我的眼前瞬间灵动起来，一幅千年前真实的种茶、制茶的图景乍现。琴声幽幽，溪流淙淙，茶香缭绕处，若山间云雾，恍惚间，竟有种置身世外的感觉。一阵清风吹来，把我的幻想吹得如雾气一样飘散逸尽。

离开偌大的广场折向南，又是一处格子式茶园。蝴蝶在花朵上下翩翩起舞。一同去的董姐看见了也拍手叫起来，在蝴蝶飞起的茶树上采一片叶子噙着。

从茶园出来，已是正午，太阳早已冲过云阵，高高升起了，天边那抹红晕也渐渐散尽。湛蓝的天空下，一把硕大的紫砂壶展现在我们面前，三足鼎立，似一位躬身伏地的矍铄老者。岁月沧桑了他的面容，他却无怨无悔地在风雨中守护着这方执着。那圆圆的壶盖下面，经过了多少次苦涩的洗礼，才浸泡出时光里的新露甘甜！

一花一草一世界，一茶一壶一人生。俯仰着岁月刻下斑斑印痕的茶壶，感到空气中仿佛又飘来奶奶的小茶壶里那一缕缕弥漫的茶香，我眼中的那一股热流便跟着缭绕而上，转眼，缭烟变成了缕缕的细丝，绕在心里，萦在梦里，而此刻，跟着消沉于茫茫旷野。此情此景，借用作家王卫民老师的一段话：“浮来青就是青春时无所畏惧地奔走，是留在远方的记忆，更是久违的乡愁！”沉淀的是莒地源远流长的文化，是被岁月侵蚀的斑斑印痕。

# 又到春暖花开时

又是一个春暖花开的日子，空气夹杂着玉兰花的馨香从窗外飘来，我仿佛嗅到了和母亲一样的气息。

“等春暖花开了”，这是只有小学文化水平的母亲经常挂在嘴边的一句话。童年时我们就对这句话有着无限的憧憬。然而，这一次，久病的母亲没能再等到春暖花开的日子——1998 年 2 月 12 日清晨，母亲永远地离开了我们。她临别前流到耳边的那两滴泪，永远定格在了我的脑海里。那滴泪包含了母亲多少的不舍、多少的牵挂……生命在那一刻逝去，心在那一刻窒息，记忆在那一刻停顿，那是怎样的一种生离死别啊！眼看着她的呼吸渐去渐远，我欲喊不能，我多么想、多么想她能在突然间睁开眼睛，最后再看一眼痛彻心扉的女儿啊！抱着她渐渐僵硬的身体，泪水顺着我的头发一滴一滴流满了她枯瘦的脸庞，就那么久久地抱着她，紧紧地贴住她冰冷的脸，拍着晃着，却怎么也不敢放开。我知道，放下她的那刻起，我就再也没有妈妈了！

忘不了 1998 年 1 月 3 日那个寒冷的下午，我接到消息，久病的母亲突然病情加重。我哭了一夜，黎明时，泪别了还在熟睡中不到两岁的女儿，乘上北京开往山东的列车，想着病重的母亲，眼前又是模糊一片……

辗转了一夜，终于见到了日思夜念的母亲。眼前的一幕让我吃惊，母亲头发凌乱，蜷缩在被子里，原本羸弱的身体更是枯瘦如柴。母亲似乎听见了我的叫声，睁开眼睛，木然地看着我，好久好久嘴角才动了动，说了声：“你是谁呀？”爸爸告诉我，母亲失去意识已有几天，几天前还叨念着我和女儿的名字。我俯下身去，抱住母亲，泪如雨下，可我明显感觉到母亲攥紧了我的手，眼里闪动着泪花。

在陪伴母亲的那段日子里，我每天给她梳头、喂饭、吃药和翻身。由于病久了，母亲身上长了很多褥疮。隔壁大娘告诉我，长了褥疮的人一般是活不久的，而我坚持每天给母亲清洗、消毒、上药，天真地认为只要褥疮好了，母亲就能活下去。渐渐地，母亲神色好了不少。为了唤醒母亲的意识，我几乎每晚都让她躺在我怀里睡，边揽着边聊儿时的趣事及别后的思念。有一次，母亲突然下意识地颤抖着双手擦拭我眼角的泪水，那是怎样一种冰冷的温暖啊！那一刻我泣不成声。母亲看着我，似乎流露出一丝不解，只是一直重复着一句话“等春暖花开了……”对于只有小学文化水平的母亲来说，“春暖花开”这个词似乎久远了点，我却明白这里面包含了母亲多少的思念和期待。生命是这么神奇，心底最渴望的却在生命的最后一刻重现。

在童年的记忆里，母亲一直头发花白，脸庞瘦瘦，身影忙碌。母亲的话很少，不像一般农家妇女那样唠叨。春天，山上的花儿开了，母亲会带着我们去山上采野花，告诉我们每种花的名字和用处，看着我们姐妹高兴的样子，她总会情不自禁地感叹春暖花开的日子真好！夏天的傍晚，母亲会把院子收拾得很干净，将一领大席子铺在地上。那是我们姐妹一天最温馨的时刻，闻着夏夜里蔷薇花的香味，一边看着星星一边听母亲讲牛郎织女、木兰从军的故事……那些如丝的往事已成为永久的印记，定格在了我的生命里。

母亲从小孤苦伶仃，九岁那年，父母相继去世，留下她和七岁的舅舅相依为命，依偎着走过饥寒交迫的日子。为了能让舅舅吃饱，她经常饿着肚子。每到冬天，姐弟俩扯着仅有的一条破棉被，冻得无法入睡，只好抱在一起哭着取暖。到了春天，母亲就带着舅舅去山上挖野菜充饥，所以在母亲的心中，春暖花开的日子是最奢侈的。

长大后的母亲，在嫁入有“书香门第”之称的赵家后，并没有改变命运，而是有了更多的坎坷。照顾爷爷和体弱多病的奶奶，伺候在外地教书的父亲，而我的叔叔姑姑们正在上学，所以一个家的重担全落在了母亲身上。母亲早起干活，晚上还要在煤油灯下缝补全家人的衣服，省吃俭用供叔叔姑姑上学，每到周末来回十几里去镇上给叔叔姑姑送饭。奶奶去世后，年近八十三岁高龄的爷爷也卧床不起，由于叔叔姑姑在外地，照顾患病的爷爷也成了母亲的责任。记得那时候，爷爷戴着老花镜整天躺在床上看书，高兴了就给我们讲故事，遇到不合心意的事就大吵。有时，下酒菜热上几次才罢休。一到晚上，爷爷总是不肯睡，一会儿要喝水，一会儿要下床溜达。每个寒冬的夜晚，母亲几乎都是和衣半躺着睡，只要一听到响动，就得赶紧起身。身体日渐衰弱的母亲只能跪着给爷爷洗头、换洗衣服。每逢寒冷的阴雨天，我半夜醒来，总会看见母亲在火炉旁给爷爷烘烤洗过的衣服，一边烘烤一边自言自语：“要是春暖花开就好了！”

七年多的时间里，母亲一如既往地伺候着爷爷，直到1993年冬天爷爷去世。她积劳成疾。

我的爱人是一名军人，常年驻守部队。结婚后我和母亲住在一起，父亲特别忙，照顾母亲成为我理所当然的责任。而每年的节日，我会去部队和爱人团聚，离开母亲，如同生死别离。母亲总笑着说：“不要惦记家，放心去吧！”最后一次告别，母亲的身体已大不如从前，我走了一程又折回，看见母亲落寞地坐在大门口的石凳上，哭成了泪人，她对我说又好像对自己说：“去吧，春暖花开时，你们就回来了！”

也正是在春暖花开的日子，母亲卧病不起了。她只是嘴里一直叨念着：“山上的花开了没？山下的那块地种了吗？”那个春天，爱人休假在家，我们每天陪伴着她，在院子里种菜、栽花。暖阳普照时，爱人就把母亲抱到院子里，给她泡脚、修脚。母亲枯瘦的脸笑成了一朵花，逢人便说我们孝顺。

而我亲爱的母亲最终没能再等到一个春暖花开的日子，就如同我再也不能接收到母亲深切悠长的呼唤那样——母亲永远地离开了我们。

每个思念母亲的日子，母亲就会走进我的梦里，抚摸我的脸。闭上眼，我静静地陶醉着，泪水却流到了腮边，透过氤氲的雾气，仿佛看到了母亲枯瘦的身影，听到了她临别时的呻吟。母亲，您还是梦中女儿见到的样子，只是脸上多了两行泪滴，那是思念的泪啊！女儿是那么想念您，多少次，泪水浸透您的照片，您却无声无息，听不到女儿的呼唤；多少次，梦里想见到您，您却若隐若现，让我无法靠近。每当看到夕阳下说笑的老人，我会停下脚步，听一听是不是有您的声音；每当经过医院病房，看见床上的背影，虽然知道那不是您，我还是忍不住走过去看上一眼；每当走在大街上，我会在过往的人群里极力搜寻您的影子，可是我已经找不到您了，永远找不到您了！

带着思念，我独自来到儿时留下无数欢乐的山上，采一束您最喜欢的石竹花放在墓前，让花儿告诉您，女儿爱春天，更爱这春暖花开的日子。我会把这样的时光播撒给身边所有的孩子，让您的爱流淌在每一个春暖花开的日子！

# 玉兰花开

小区的花园里，生长着一棵棵高大的白玉兰。每到春天，当柳树刚刚冒出些许嫩绿，洁白的玉兰花就已淡妆素裹翩翩而来。每个清晨和黄昏我几乎都要和它照面。每次我都会情不自禁地停下脚步抬头仰望。花天相接，一片片洁白丰腴的瓣儿，或仰，或欹，或思，或语，奇姿丽态，清白无瑕。看着那一树的俏丽明媚，心情也会跟着阳光起来。

初睹玉兰之风姿，还是从电视剧《垂帘听政》开始的。当年红极一时的影星刘晓庆在剧中饰演年轻时的慈禧，在霞飞桃粉杏苞吐艳的花园里，捏着手绢翘着兰花指妩媚地唱着："艳阳天，艳阳天，桃花似火柳如烟……"这歌声的背景画面，正是盛开着的白玉兰。多少年过去了，那媚惑风尘的眼神已随岁月渐渐淡去，但那一片飘逸出尘的白玉兰深深地烙在了脑海里。

就像迎春花，玉兰花也是报春的使者，所以又名望春花，它以最优雅最娴静的姿态预告春的消息。它不羡春末暖阳，在春寒料峭中先于百花倾情开放，它与梅有同样的韵致和清雅，但缺少梅斗雪临霜的傲骨。玉兰受不住一丁点儿风吹雨袭，一经风雨花瓣会锈色斑斑，一夜之间全部凋落，半片花瓣也不曾留。一树好花，止于一夜微雨，飘飘然开放，施施然落下，常让人觉得来不及相遇就悄然离开了。而那撒落一地的花瓣，总会让人联想起张爱玲那段对玉兰极生动又极刻薄的描写："像污秽的白手帕，又像废纸，抛在那里，被遗忘了，大白花一年开到头。从来没有这么邋遢丧气的花。"每每读到这里，内心总有一丝疑惑和惋惜之情。圣洁的玉兰花，从不依靠绿叶的遮掩，我行我素大大方方地开着，即使飘零，也没有一丝的忧伤；难免落魄，也不曾邋遢。也许，作者能看到的只有窗前那棵高大的开着极大花的白玉兰，积郁的心情难以宣泄，独自黯然，才会有如此幽幽怨怨的内心流露。

每一场繁华的盛开，都免不了萧条地落幕，清朝文学家李渔曾这样描述玉兰花："此花一开，便宜急急玩赏，赏得一时是一时。若初开不玩而俟全开，全开不玩而俟盛开，则恐好事未行，而煞风景者至矣。"正如李渔感叹的那样，玉兰花期短暂，如若错失赏花良机，可能就真的变成张爱玲笔下的玉兰了，花开当赏则须赏，莫等花落空留伤，世事何尝不是如此呢？太姣美的花儿容易萎蔫，太美好的梦境容易破碎，春光太浅，多少繁花成烟；岁月太深，多少守望物是人非，就如同这匆匆逝去的玉兰花，能有幸与春光共明媚，却无缘与春光共潋滟。

折几支玉兰装进季节的行囊，撷取阳春三月里这最美最短的一瞬。让淡淡的花香浸润时光，让遗失的风景流淌在清清淡淡的梦里，不惹情思哀怨，不慕尘世浮华，于纷芜处，优雅地开，沉静地落。或许，我们不能像玉兰一样超凡脱俗，但若能以玉兰的姿态面对生活，以玉兰的洒脱看待人生，那，我们还有什么好遗憾的呢？

# 三本书

## 茅草书屋

高尔基曾说："每一本书都是一个用黑字印在白纸上的灵魂，只要我的眼睛、我的理智接触了它，它就活起来了。"我也写过一首关于文字与往事的小诗：

每一段岁月的变迁
都是一次难以忘却的召唤
蓦然回首的那一瞬间
方觉
时光之舟终不能抵达记忆的彼岸
我曾问过前尘

她捧着的发黄书卷里
是否还留有昨日的诗篇
她笔下描述的故事里
是否还珍藏着那份无法触及的情感
此刻我又在灯下读你
那一行行饱蘸真情的文字里
叙写着
一段段如梦如幻的往事

儿时的记忆中，母亲一直都是一头花白的头发，一副瘦削单薄的身板，好像从来没有年轻过。那时，我曾天真地以为世界上的妈妈都是这个样子的。

母亲的身体常年不好，很少外出劳作，但是每隔一段时间，母亲都会带上我们姐妹几个，步行去几里外的乡镇买书，所以这一天便是我们最期待的日子。母亲不仅给我们买书，还会给我们买大包的糖果、四方方的小手帕、咕咕叫的泥老虎，遇上好看的花棉布也会买上几尺。母亲亲手裁剪，然后一针一线地缝制，给我们姐妹做成漂亮的衣服，剩下的边角料做成花包包、布娃娃，或等来年立春时，给我们兄弟姐妹每人缝一只大公鸡戴在帽子上。

记忆中最深刻的，就是靠近集市旁边、掩映在老槐树下的那间低矮的“茅草书屋”，单是那蒙古包一般的茅草屋就有无限趣味。不等走近，茅草檐下就会“呼啦啦”地飞出成群的麻雀，凹凸不平的泥墙上的洞里，总会传出蝙蝠“吱吱”的叫声，偶尔会探出头，露出一两双惊恐的小眼睛。书屋的两扇木门从来都是半掩着的，或许是背负了四季的风吹雨打，木门边缘已极尽光滑，常常看见光着屁股的孩子们调皮地从门下钻来挤去。只有推开门，才能发现里面高粱秸搭起的货架上，摆放着各种不同种类的书籍，有些书因为陈旧，已经发黄。

那时候，每回去书屋，我都使劲跷着脚，将下巴触在又滑又凉的水泥板柜台上，看着里面卖书的大姐姐忙碌。瘦瘦的她，穿一件蓝地碎花棉布上衣，两条乌黑的系着红头绳的大辫子，从胸前垂到柜台上，一笑起来，眼角旁那颗大大的黑痣也随之笑成了月牙。最喜欢她操着甜甜的东北口音热情地招呼我们，然后抚摸一下我的脸，转身习惯性地把货架上的书一摞摞地取下来放到我们面前，耐心等我们挑选完后，再一本本地整理好，摆到书架上去。

因为出门时母亲和我们早有约定，每人一次只限买三本书，回家轮流着看，所以挑书的过程用时最长。顾客不多的时候，卖书的大姐姐也会蹲下来，读喜欢的连环画给我们听。对着那些图文并茂的小人书，我们总是举棋不定，不知挑哪一本好，离开时又忍不住回头。也许她看出了我的心思，每次待我们买完书后，她会让我们从书架旁边的一堆旧书里，每人再挑一本带回家看，前提是下次买书时归还。后来去的次数多了，母亲和她也渐渐熟悉起来。有时候，她和母亲说话眼里总闪着泪花，后来母亲告诉我，那位大姐姐是外地的，因为生活所迫，她寄居在亲戚家，很少有机会能和家人相聚。这间"茅草书屋"，是支撑她生活的唯一来源和支柱。想家的时候她就看书，那些旧了的小人书大都是那位大姐姐看过的。

那是一个阴雨蒙蒙的日子，我和母亲最后一次见到她。买好三本书后，她没有像往常一样让我再挑一本，而是转身从一个碎花布包里拿出一包东西，上面用纸捻子缠了一道又一道。她走到我面前紧紧地抱了抱我，把书放到我手上，告诉我，这是她最喜欢的三本书，她要走了，要到一个很远很远的地方去……

我疑心那个"远方"是一个极好的去处，因为她说话时，一直是微笑着的，而且将头仰起，转过身，也是一直用袖子抹着眼睛的。远方到底有多远？后来，从母亲嘴里得知，为了生活，她远嫁他乡。再后来，那里被夷为平地，那间"茅草书屋"和成群的麻雀已消失得无影无踪。多少年过去了，每当提及，母亲还总是叹气，而我每每看到已发黄的三本书，眼前总会出现那颗黑痣，那件洗得发白的蓝碎花布上衣……

许多年以后，当我回忆起那一幕，阴霾的天空就会亮堂起来，那间记忆中的"茅草书屋"是我人生中的第一个书屋。而那三本书成了我生命中最初启蒙我智慧的书籍，总会在某个白昼、黑夜闯进我的世界，只要我的眼睛、我的理智接触了那些白纸、黑字，它们就变得活灵活现起来。

## 三本书

父亲今年八十四岁高龄，有些书，已陪伴他走过了生命的四分之三。

父亲一生爱书如命，藏书成了他的最大爱好。听妈妈说，“文革”期间，为了保存一些书籍，父亲将一些书用塑料薄膜一捆捆封好，放在储存白菜的地窖里。而每逢雨雪的日子，父亲担心书被浸湿，于是忍着潮湿阴冷守在地窖里。闲暇时间，父亲还给热爱读书的人讲解，常常有条不紊、头头是道。而今，父亲年事已高，听力也逐渐丧失，平日里总是少言寡语。有时想跟他说说话，他也不予理睬。

这天，吃完午饭，父亲像往常一样，半靠在沙发上闭着眼睛。劝他到床上睡一会儿，他推说不困；扶他起来走走，他也不肯。无聊中，我看见沙发靠背上的《中国人史纲》一书，共有三册，年久的原因，书面已经发黄。我顺势拿起其中的一册看了起来。父亲似乎听见了翻书的声音，睁开了眼睛。我努力想找话题引起他的注意，就边看边和他聊这本书。说起书来，老人家精神一下好了很多，很有兴致地跟我讲解书中的内容，以及本书作者柏杨的坎坷经历。我没想到，原来这厚厚的三本书父亲都已看完。看着我听得很入迷，他越讲越兴奋，接着又开始讲一些历代文史和历史人物，从《三国演义》到《水浒传》；从唐太宗李世民到清朝末代皇帝溥仪；从九一八事变到两万五千里长征……

我们就这么坐着，天南海北地聊了整整一下午。好久没看到他这么开心地说话了。提及伤心事，父亲总是低头停顿一会儿，我好几次都看见他眼中噙满了泪水。

父亲老了！看着他的满头白发，再看看他日渐消瘦的脸庞，我思绪万千，眼睛湿润了一次又一次。多年之后，今日的情景是否还会重现？还有多少个岁月允许我们能这样陪在父亲身边？多么想能永远这样听他说话，多么想能永远看到他现在的这个样子……父亲说自己现在视力不行，看不清楚字了，一定要把这三本书送给我，还告诉我，有时间一定要多看看北京师范大学教授于丹及作家易中天的书。说真的，在这之前对于这方面的书我不是很感兴趣，但听着父亲一字一句地叮咛，我频频点头。

离开的时候，父亲艰难地从沙发上站起来，捧着宝贝似的捧起这三本书，一遍遍地嘱咐着，生怕我忘记带。捧着父亲颤抖着双手递过来的书，看着他映在夕阳里的那双昏花的眼睛，我不敢抬起低垂的头。眼泪一滴一滴落在书皮上，眼前的文字越来越模糊，我一句话也说不出来，站在那里，好久好久……

父亲，其实我很想告诉您：我一定会好好保存您亲手递给我的这三本书，一定会把它认真地读完，等我读完了，一定会像今天这样，坐在您面前，再讲给您听……

## 书之缘

酡红的夕阳点亮了天边的晚霞，路边的百草合上了多梦的眼睛。行走在这个秋日斑斓的时光里，我总感受到一种温暖的情感。抬头，路边的修车摊已收拾得干干净净，一旁的地排子车上摞满了修车的工具，修车的老人依旧仰靠着竹椅，背对着斜阳。老花镜的下面是一本书皮似油画已读了大多半的书，我像往常一样悄悄经过他身旁。突然闯进来的一片银杏叶落在他的书本上，老人不经意抬起头来。我笑了，老人笑了，我们随即默契地做了一个互不打扰的手势。转身的刹那，突然想起父亲捧着书的背影，想起父亲的叮咛，泪水禁不住跟随纷扬的落叶飞舞……晚霞、夕阳、老人，这一幅美丽的画面在每一个晨昏日暮里伴随着我，每每想到，总会有些绵绵不断的情怀在心间挥之不去。

信步走过昔日热闹的街市，跳跃的思绪被拉得好长好长。曾几何时，这里充满了儿时生活的味道——烤红薯的烟熏味、野菜的清香味。一草一木，一花一菜，这里任何一个不经意的瞬间，都会让我跌进遥远的记忆。偶尔遇上临时的书摊，是最开心的事。曾经为了这个“偶尔”，我会绕过清静辗转来到这里，也就是这个“偶尔”唤醒了我内心深处最初的情感。那些被时光研磨的书的往事又会浮在脑际，书摊里有专属儿时的小人书，有些书籍市面上已看不到。书的印刷质量是极好的。曾经一个喜欢收藏书的朋友和我调侃，他说这都是一些廉价书,没有什么价值。我却不这样认为,在快餐文化盛行的今天,我们需要有价值的书、有营养的书,但价格不等同于价值。联想到小时候,能有破旧的小人书看,都是一种奢侈,所以即使书是廉价的,但书上的文字永远都不会是廉价的。

一边是泛黄的昨日,一边是明媚的今天。如今,我的身边又多了一群儿时的我,我喜欢并深深地爱着这群孩子,喜欢看他们举着粉嫩的小手饶有兴趣翻看书的样子,喜欢听他们笨拙地摇晃着小脑袋有模有样地学朗读的声音,更喜欢把他们的一言一行、一举一动融于文字,融进我的生命里!

"至乐无如读书,至要莫如教子。"这句父亲经常挂在嘴边的箴言名句我又何曾忘记呢?2016年,我费尽心思打造了属于我和孩子们自己的"小小书香屋",通过各种渠道搜寻适合孩子的分级读物,从《丑小鸭》到《白雪公主》,从《爱心树》到《水孩子》,一系列健康、科普、艺术类书籍使我和孩子们陶醉在多姿多彩的童话世界里。为了方便孩子们随时阅读,我在教室各角区、寝室放入他们感兴趣的绘本,并将儿时朗朗上口的儿歌、民间童谣自制成图文并茂的绘本书,尽量将书放到孩子们能拿到的高度。从最初和孩子们一起翻书、指读、倾听和简单复述故事对话,到有声有色讲故事、表演故事、画故事和自制图书,这是一个漫长的过程,但是看着孩子们每天都在进步,常常有一种无言的欣慰。那一句句稚气的话语间,每一个肢体动作里,包含了儿时多少的回忆啊!

听故事是孩子们最喜欢的。那一堂语文课,我给孩子们讲起《卖火柴的小女孩》这则童话故事:"一个光头赤脚的小女孩在街上走着,瞪着一双惊恐的眼睛,脸和嘴唇冻得发紫,冻僵的小手攥着一束火柴,嘴里不断喊着:谁要火柴……"每当讲到这里,总有孩子会不停地问:"老师,她的好朋友哪里去了呢?为什么不去帮助她呢?"后来,美术课上的故事绘画,我无意看见平时不爱说话的川川小朋友,她画的就是卖火柴的小女孩。不同的是,小女孩身上已穿上了厚厚的棉衣和一双很鲜艳的红鞋子,手里拿着一块大大的面包,头顶上方是一排亮着的路灯,笑得是那么灿烂。画的右下角,歪歪扭扭地写了一行字:“我带你回家吧。”虽然画面安排不是那么恰当,但是孩子具有丰富想象力的画面语言和那清澈眼眸里的一抹纯真，让我至今不能忘怀。读书,不仅开阔了孩子的视野,也让孩子拥有了一颗感恩的心和一双发现真善美的眼睛。

天色已晚,忽而凉风吹过,才觉穿得单薄了些。或许夜晚的秋意离自己更近,感觉被路灯拉长的影子也有些发抖。一片落叶晃晃悠悠滑过肩头,没等我驻足,它已悄然而果断地离去。叶似过客,人似过客,而那些写在书里的,抑或没来得及写在书里的纷纷扬扬的故事,却是为每一个平凡的过客而生。无论你是否抒怀,转眼间它已被折成季节的书签。每一次翻阅就如同穿行在这冷暖交错的秋风里,总有一股暖意流淌在内心深处,用灵魂温暖着字里行间,只要你的眼睛、你的理智接触了它,它就会活起来!

# 因为有你

在那段无法忘怀的日子里,你们那一张张天真无邪的笑脸,那一句句纯真稚气的呼唤,那一双双清澈如水的瞳仁,还有我没来得及的告别,刻下了我心中最美的期盼。因为你们,生命便有了挥之不去的思恋;因为你们,我才攀爬出因病痛而跌入的情绪低谷,隐忍的岁月才充满盎然生机。

2011 年 11 月 6 日是单位被评为省十佳幼儿园的日子。当我还沉浸在喜悦里的时候,突感身体不适,右臂酸麻,无法抬起,联想到多日来的紧张与忙碌,还以为是暂时的疲劳所致。下午,我怀着忐忑的心情来到医院。

看清检查结果的瞬间,我一阵眩晕,拿着报告单的双手不停地颤抖:“大夫,能晚几天手术吗?我还没有和我班孩子们告别,我还没有……”我恳求着问医生,最后哽咽得说不出话来。

难道生命就那么脆弱,如昙花般片刻绽放之后,唯剩下片片花瓣凋零在风里?

“不，孩子们，我还没有和你们告别，我们说好了不见不散的！”临风疏叶，怎堪残阳？我漫无目的地走在初冬的寒风里，心里一遍遍叨念着。不知走了多久，脚步终是停驻在来时的路。已是放学时间，孩子们蹦蹦跳跳从我面前走过。看着那些似曾熟悉的身影，听着墙内传来的阵阵笑声，我心如刀绞。近在咫尺，却没有勇气走进去，我无力蜷缩在寒风的一角，在转身的刹那，泪如泉涌。

那是怎样的一个不眠之夜啊！黎明未至，家人就陪我启程奔往市医院，拿着同样的结果，我已没有眼泪。几许祈求，几番奔波，“尽快手术吧”，那短短的几个字，深深刺痛我的心。我木然坐在诊室里。“你还年轻，不要那么悲观，只要配合治疗，很快就能回家的……”那位慈祥的大夫像哄孩子般的一席话，让我永远记在了心里。多么希望这只是一场噩梦，梦醒之后会发现自己仍然做着自己喜欢的事，而不是像现在一样，被绝望包围着无法脱身。

夜，很黑很暗，没人觉察出我的不安。打开电脑，孩子们的留言跃然在眼前。“老师，你去哪儿了？”“老师，说好今天给我庆祝生日的……”“老师，我们拉过钩的，不能失约呀！”……那些稚气的语音，那些搞怪的表情，此时却让我那么心酸。我含着泪假装轻松地回了句：“谢谢，亲爱的孩子们，你们很快就会见到我喽！”在末尾处，我加了两个大大的非常高兴的表情。我无法操纵我今夜的心情，一页一页地翻看着孩子们的照片，一缕思绪牵出很远很远……

三年前，那个落叶飘飘的季节，你们像天使一样来到我身边。“我要找妈妈！”那撕心裂肺的哭声，那一双因离开妈妈哭红的眼睛，充满了焦虑。把你抱在怀里，你搂住我，用那只沾满涕泪的小手，擦着我的眼睛。“我们都想妈妈了，咱们做好朋友好吗？”你止住了哭声，小脸马上转忧为笑。渐渐地，你熟悉了幼儿园的生活，每天早上来园时都举着胖乎乎的小手挨个儿和老师打招呼，偶尔还会歪着小脑袋问我：“老师，你还想妈妈吗？”我摇摇头。你笑了，笑得是那么的无邪，浅浅的笑靥给我留下了许多欢乐的回忆。

春天，我们徜徉在盛开的樱花树下。在透过花隙斑驳的阳光里，你像一只漂亮的小蝴蝶，追逐着片片飘舞的花瓣，然后跑到我跟前，踮起脚小心地插在我发间："老师，您和妈妈一样漂亮。"那一刻，笑容在你眉间飞扬，暖流在我心里留驻。

夏天，我们坐在池塘边的柳树下，听鸟儿窃窃私语，看鱼儿畅游荷间。下雨了，你们围着我问个不停："雨是太阳公公的眼泪吗？"雨停了，望着天空的彩虹，你们高兴得又蹦又跳，扳着小手一边数着彩虹的颜色，一边争论不休，"那条绿绿的像柳条一样颜色的是我！""我喜欢紫色，那条像葡萄一样颜色的是我！"……

秋天，落叶在风中飘飞，我们在树下，捡着落叶。那金黄的银杏叶，那血红的枫叶，被你们的小巧手拼成了一片相思树林。

冬天，下雪了。我们在院子里堆雪人、打雪仗。那美丽的小雪人呀，有着高高的帽子、长长的鼻子、圆圆的大眼睛。我们围着它唱啊跳啊。太阳出来了，看着雪人在一点点融化，你的小眼睛里露出忧伤："我不要做雪孩子，我要和老师在一起！"

那些深印在生命里的记忆，是不容忘记的。细数与孩子们走过的温柔时光，极美却又易碎，甜美却又悲凉。我终是无力将散落的光阴捡拾，任记忆恍恍惚惚。打开窗户，院子里灯光昏暗，月色凄凉，我禁不住泪眼模糊，抬头，遥看夜幕中闪闪眨动的星星，眼前晃动着那一双双清澈的眸子。孩子们，那是你们的眼睛吗？

第二天下午，空气里都飘着忧伤。躺上手术台的瞬间，我的眼泪顺着耳朵流进了脖子。恍惚间，我仿佛又看到了孩子们的笑脸，心里重复着："孩子们，我还没有和你们告别……"天花板上的灯在旋转，视线渐渐地变得模糊，空气开始莫名的安静……不知过了多久，我醒来已躺在病房，嗓子干哑。医生示意我不要出声，并且告诉我，一切状况都非常好，我的心才慢慢安静下来。

接下来的日子，我努力做着康复的准备。医生告诉我，手术后的右臂如果不及早锻炼，可能会永久抬不起来。不，我不会变成这个样子的，我还要和孩子们一起游戏，一起跳舞。我在床头的墙角画了一条目标图示线，最高处画上了可爱的笑脸。每天清晨，当病房里还光线朦胧的时候，墙上图示线上的笑脸就如孩子们在召唤我。我悄悄起床，忍着不适，整理床铺，扫地，洗漱，梳头，慢慢地把胳膊举到齐耳的高度，再慢慢地抬高手臂用指尖去触碰墙上的图示线，默默哼唱着熟悉的曲子，抬高，再抬高！每时每刻，我都在提醒自己，必须坚持抬高才能回家，才能见到孩子们，才能和他们永远在一起！每当夜晚来临，我用笔倾诉着对孩子们的思念。在那样一个美丽的夜晚，生命可以包含着月光，却也包含了一层透明的哀伤。有多少次梦中醒来泪湿了衣襟，又有多少次夜半的哽咽流淌着枕边的思念。

漫长的四十天过去了，我终于回到了久别的校园。我徘徊在教室门口，许久许久，推开门的那一刹那，分明看到了孩子们惊愕的表情。“赵老师，赵老师来了……”顷刻间，孩子们已朝我跑过来。再次听到那些梦中甜甜的呼唤，各种心酸涌上心头，我将孩子们紧紧拥住，头深埋在孩子们胸前的那一刻，我哭了，肆意地哭了……

人生，或许总会有那么一段痛着笑却刻骨铭心的时光。那段日子里，我和孩子们沉浸在久别的喜悦里，把病痛搁置在脑后。由于过早活动，胳膊上的伤口严重化脓，我不停地发着低烧，一次一次地清理缝合伤口。为了不让孩子们看到，我把引流管悄悄地放在了棉衣的口袋里。

在那痛惜的泪水滴落之后，生命竟然开出了一大朵一大朵喜悦的花来。转眼间，毕业典礼的日子到了，亲爱的孩子们，我终于能和你们在一起，我终于能和你们在这里告别！

音乐声中，我们一起朗诵了在病中留下的那些思念：

那年
我们相遇
记得那是一个落叶飘飘的日子
那时
你们还是一个个可爱的小淘气

泪眼汪汪紧紧拽住老师的手不肯离开半步
你嘤嘤地哭泣
让泪水在我眼角不能自抑
多少次我泪水的交织
温暖融化你的焦虑
多少次你稚气的话语
让我所有的忧伤转瞬即逝
我不敢转移模糊的视线
生怕眼前你的影子会在刹那间消失
每当我闭上眼睛
你的笑语总会萦绕在我的脑际
每当夜幕来临
你总会出现在我的梦里
你甜甜的呼唤不止一次让我泪眼迷离
…………

岁月恍然,如今,我的身边又多了一个个可爱的你。每当我回头远望,总会感叹,旧时光是个美人,它克隆了你所有的美丽,把身边每一个可爱的你,深深地刻在了我的生命里。感叹生命的神奇,感谢生命中有你,因为有你,我在快乐中感悟到生命的真谛!因为有你,我的人生才会更加多彩绚丽!亲爱的孩子们,幸福,因为有你、你,还有你……

# 家在岁月里留香

窗外的世界渐行渐远
缭绕的茶香渐稠渐浓

一切尘埃沾染的浮躁归于沉静

一切的忙碌止于安谧

在这停下脚步但不会停下愉悦的地方

有一份淡淡的纯净

交融着一缕浓浓的世间温情

这,就是家

洋溢着新年味道的家

家,总会给你一种悠闲的诱惑。它很简陋,但很温馨;很简约,但里面装满了繁琐的快乐;很平凡,然而,世界上最不平凡的美都来自平凡的家。家是我们永远的旋律,无论我们将来汇入哪一首歌,歌里都跳动着家的音符。

一杯清茶,氤氲着升腾的热气,清香扑鼻。阳光和煦的午后,听得见风的流响,即便窗外萧索,心中也会有暖流缓缓而过。那些显得漫长而琐碎的时光,沉醉在这清清甜甜的新年的味道里,迷途,往返。

一两盆青藤,三两片碎叶,青青嫩嫩。攀爬的藤蔓,滋长着青涩的柔情。晨曦微露的早晨,清澈的阳光从窗棂上倾泻下来,像一撮撮茶色的花蕊,盛开在沉默了一冬的植物叶子上,令寂寞也生花。

剪几枝小雏菊,插瓶子里,清水养之。清而淡的余香里,总会飘动着那些沾着记忆的光阴,或甜或苦,或酸或涩。岁月轮回,宛如佛拈花一笑。一天一天,一年一年,守在同样的窗口,闻着同样的花香,那些沉淀在心坎上的往昔,那一滴萦绕在眸中的思念,或许只有花儿看得见。当目光迷离的时候,梦境也随之徜徉起来。

三两枝腊梅凑在一起,那玲珑的、挨挨挤挤的样子,让我想起儿时妈妈给我亲手绣在鞋子上的小花儿,开得浓浓艳艳,美得不动声色,扑入心,浮入面,不张不扬,不卑不亢。“开时静香绕花枝,落时抱香枝上老”,不染尘,不落俗,活在清清白白的时光里,惜亲,惜缘,有情,有梦,兼一身从容不迫的骨气。它或许不炫目不大众,但保留了自己的风姿与气息,十分独特。

做一顿年夜饭，色香味俱全；喝一杯美酒，让心逍遥在草木花香间，在新年的钟声里，听别样的风声、帘卷声，然后，做个衣襟带花的人，拥醉意入眠，携芳香入梦。

窗外，风静，树静，叶静，夜色宁静！抬头仰望，夜幕下的天空，澄净、幽蓝，偶尔有几丝云影垂挂，转身又消失得无影无踪，一丝痕迹都不曾留下，远远望去，那一定就是宋徽宗说的“雨破天青色”了！曾几何时，我听父亲谈古论今，从大宋王朝的兴衰到武则天、慈禧的执政变革，他的娓娓道来让我觉得仿佛历史离自己并不是多么遥远。我想象着豆蔻年华时的慈禧，也如此时这般凝望着浩浩天幕，闻着流淌的花香，在素白粉黛的玉兰花下深情凝眸的画面。一朵花，一段尘封的历史；一个声音，一段难忘的岁月。总以为有温暖，一抬头就能看见春天；只要有家，一转身就能看到父亲。同样的时空，同样的窗口，面对着天空，突然想转身，就像一个正蹒跚学步的孩童，摔倒后尝试着回首，期待能看到点什么。转身，再转身，一切很安静，熟悉的面容早已不在身后。我似乎看到了玉兰花的浮影，颜容素雅如玉之纯净，而此刻，思念却浓重如玉兰之馨香！

往事转凉，想着幽远的清香，信手拈来把玉兰花落在陈木上，在它素洁无尘的腮边淡抹青蓝点点，将一年一岁的守望、一朝一夕的思念墨在花间，写在岁末！“隔帘轻解白霓裳”，待春风再起，你在来的路上喁喁细语，我在迎的路上云卷云舒。

不是所有的家，都是因为金雕玉砌才有温度；也不是所有的温暖，都源自奢华高端的陈设。家是什么？家是寒冬里的一缕阳光，是一朵隐在岁月里温情的花，是心中一处永不凋谢的风景。若要风景常驻，须用心用爱守护，以淡泊之心过滤掉那些尘世中的浮躁。一花一草，一石一木，皆有灵气。倘有闲暇，将这些陈木花草化成一道自己心中的风景，把平淡生活经营出一点儿色彩一些情趣，让寻常的生活藏画意，平淡的日子融诗情！

有一个地方

无论是晴天还是雨天，总能让你在黑夜中收获一片月光
有一个地方
即使远隔千山万水，也会给你指明前行的方向
有一个地方
无论成功与否，总有一支乐曲为你悠扬
这里没有四季，没有风霜
这里没有华丽的装饰，更没有金碧辉煌
有的是大自然的纯朴散发的光芒
冬有繁花，夏有清凉
草木泥石都有安眠的地方
生命因它而丰满，岁月因它而芬芳
这就是家，一个充满新年味道的家
一个在岁月里留香的家

## 等您，在每一个拐角处

一轮太阳的光线氤氲在雾中，一抹灿烂的笑容在太阳光下时隐时现，是您！我终于见到了您，我追着您不敢落下半步，心里那份激动无与伦比，谁说您已经离去？谁说我的等待是虚无？此刻您分明就站在我的对面，但不知为什么，您总是时隐时现。正当高兴地想拽住您的手时，您却已不知去向，我追着，喊着，醒来，泪水已灌满双耳。

我急忙下床，欣喜地来到您的房间。当我的手握着冰凉的门把手的那一刻，心一下变沉重了，这不是在梦里！我推门的手像触了电一样抽回来，我知道，打开门的那一刻，所有的梦境都会消失，所有的希望都会落空。曾有多少次，我踟蹰在这扇门边，怀着各种心情，每每推门之前，都会闭上眼睛，再闭上眼睛，想象着您或倚或坐，或靠在窗前翻书的样子。而此时，我不想开门，

更不想惊扰您，不管您在与不在，我都不能开！我知道，打开门的那一刻，无数的失望将会吞噬我的心！我轻轻地放下手，默默地和自己说，这个时候您已经去阳台了。

一处拐角，一处经过阳台的拐角，一处满含着温暖的拐角，每次走到这里，不曾看到您的影子，却看到了一缕缕盘旋着的烟雾，然后您笑着回头，就是那么简单的一句问话，让我烦恼殆尽，疲惫皆无。我在脑海里努力搜寻着记忆中那个清晰的画面，很近却又很远，近得好像我能听见您细微的呼吸，远得又好像独自走在空旷的山坳里，总感觉不到阳光的温暖。我慢慢走近，没有一点儿声响，没有一丝的欣喜若狂，原来您也不在！

一切都是原来的样子，静悄悄的阳台，空荡荡的靠椅，旁边的小茶几上是您未听我读完的书，书的折页上还印着被香烟烧焦的痕迹。许是这把旧椅子亦习惯了我的脚步声，不惊不喜，安然如昨，就是那么静静地等，在一天天流逝的时光里，等候着我每天走近它，打发您离去后的寂寥。几缕透过玻璃清淡淡的阳光绕在它身上，它无奈地回望，我小心地蹲下来，擦拭着慢慢飘起的寥寥灰尘，轻轻抚摸着冰冷的椅背，泪水夺眶而出。

您在哪里？明明这满屋子都是您的气息，为什么寻不到您的一丝足迹？如果您是那本还不曾读完的书，我希望永远也不要读到结尾，知道故事的结局。

您已离开，我却一直不肯面对这个事实，清醒时敷衍自己，睡梦中说服自己，一直坚信，您不在我跟前的日子，一定是又回到了那座小院。每次想您时，我会立刻想到那座小院，无论阴霾遮日，还是月上柳梢，会一刻不停息地回到那里，围着小院转上几圈，透过门缝看看小院里熟悉的一草一木，然后蜷缩在已经坍塌的拐角处，听着竹叶被风摇荡的声音，回想起您坐在檐下的木椅上目送我们的目光，想象着您坐在电视机前看新闻时的那般专注，顿时泪流满面！多少次，我都抑制不住那份亲切的诱惑，想一下踏进那座日思夜梦的小院，但还是不敢越前一步。因为我知道，小院，是我相信您还在人世唯一留存的念想，只要踏进去一步，我所有的希望就如满天纷飞的泡沫，瞬间破灭！

您在哪里？明明屋里都是您的影子，为什么听不到您的一丝声息？每时每刻，眼前总隐约浮现着您的笑容；每个角落，总能感受到您不舍的目光。多少次，我都默默地呼唤您几遍，拐角处，餐桌旁，黎明时，暮色下。虽然知道不会有回声，还是想重温一下呼唤您时的那种开心。

时光荏苒，岁月无恙，当一天天老去，我真的担心“父亲”这个称呼在我口中变得生疏，更害怕它在我的生命中从此销声匿迹！您可知道，在这个世界上，再没有一个场合能让我重复这一声亲切的呼唤，再没有一种温暖能弥补失去您的缺憾！突然间觉得幸福是那么简单，简单得随口就能听到；幸福是那么平凡，平凡得能每天拥有无数遍！

一处拐角，一处思念的拐角，一处充满希望的拐角，触及多少思绪，催下多少泪水！几许聚散付岁月，几多别离成追忆。蓦然间脑海里又突闪那个久远的黄昏：晚霞映着白杨树，萧萧黄叶随风飘舞。一个瘦弱的小姑娘，因为母亲病重，被寄养在姑母家里。幼年的她不知道回家的路，唯一记得的就是父亲送她来时村口那条堆满石子的小道。幼小的她以为走到小道的尽头就能回到自己的家，就能见到自己的爸爸妈妈。每到落日将尽，想家的她会一直沿着小道跑到尽头，每次跑到尽头拐角处，就停下来无望地看着遥不可及的远方。她哭着捡拾着路边的一粒粒石子，垒成一个个家，排成一条条路，抬着头等啊等啊。终于有一天，一个熟悉的身影在视线里出现，她飞一样地扑过去，冰冷的小手上沾满了父亲滚烫的泪珠。从此，她不再哭闹，每到黄昏时，便静静地守望在这个拐角处，因为她知道，这里是能等到父亲的地方，是能回到家的地方。

多年后，那个瘦弱的她成了现在的我，那年、那月、那个黄昏牢牢地刻在了记忆里。我清晰地记得那个黑漆漆的夜晚，您把我带回了家。您背着我走在那片偌大的杨树林中，风吹动着树叶哗啦啦落在我的头上。我闭着眼伏在您的肩头，身上盖着您仅有的一件深蓝色中山服外衣。多年过去了，睡梦中您的脚步声，一直叩在我的心坎上。

父亲，无论您在哪里，您一定还会记得那段岁月，那双满含泪水的期待的眼睛。今天是您的节日，不知您是否还记得那些过往的节日，那些您渴望并收获的祝福。此刻，您是否也像那时的我一样，在翘首等待，等待着我的祝福？您知道吗，我等了您好久好久！您可知道，这么久以来想念的滋味有多么的酸楚；您可知道，等待您的日子是多么的漫长！亲爱的父亲，原谅我不能带给您最开心的祝福，因为，我的心里溢满了思念的泪滴！

“天若有情天亦老，月若无恨月终圆。”无论时光如何变换，我依然等您，在每一个拐角处，每个朝夕，每个日暮，一如多年前那个充满期待的黄昏，在拐角处，突然惊喜您的出现！

## 漫步深秋

秋天深了，日子瘦了，时光的脸上又划上了一道道皱纹。

一棵柿树，携带着满身的果实，就像一位母亲，携带着一群孩子，一群腼腆的孩子，让它们在树叶下悄悄嬉闹。因为它们，一棵树便有了爱和亲情，有了生机和快乐。

一群踮着脚尖看夕阳的鹅卵石，坚硬光滑，它们手牵手站成一个圆，没有粗糙的棱角，没有相互碰撞的埋怨。我轻轻地走在它们上面，用脚感受到了一截截嶙峋的骨头。

水轻抚着水，风把一些风吹远，一片片落叶提着黄色的灯笼在寻找家，寻找可以驻足的地方。风把它送到水面上，随波逐流，何处是归宿？我把手插进波心，一阵凉漫过指尖。蓦地，那一束束光跳跃在手心，在眼前幻化成一朵莲花。

一只只云雀欢快地穿过树梢，且歌且舞的大雁，是否感受到即将远行的惆怅？

逝去的岁月，犹如被风席卷的黄叶，一片片滑落。

俯下身，小心捡起，装进秋天的梦里，于是，世间便多了一丝多情，一份眷恋，一种感伤以及万千思念。

深秋，你的笔不再凝重，我正期待着你成熟的诗行……

## 山野又初秋

偷得半日清闲时光，走出蛰居的小屋，投入大山的怀抱，去重复经历那些与往年有许多相似情节的故事。金色的阳光落在身上，折射着过往时间的沉香，此时的心灵远离喧嚣，远离尘世。

初秋的山野清新而又迷人，路在群山间蜿蜒，心在流转的山风里跳跃。眼前素薤摇曳，玉蝶翩翩，每一丝呼吸都渲染着空气里草露的纯净，每一个转角都会出现一种无法预料的美丽。藤蔓缠绕的绿松、槐树遮天蔽日地连成一片黄绿相间的屏障，把夏还没来得及散失的热浪隔在了一方。

顺着盘旋的山路逆行而上，渐渐地，蝉声远了，白云近了。那成群的雀儿盘旋在耸立的山石中，宛如点缀在大山衣襟上的点点碎花。山坳里那一丛丛山葡萄正在阳光里攀援。哦，夏天被一群云朵簇拥着，急匆匆地踏进秋的门槛，顺着季节的方向，将绵绵柔情倾泻到逶迤的峰巅，蔓延到幽深的谷底，浸润到秋的心弦。

山中的那片绿水，清澈如明镜。白云倒影在水中嬉戏，绿树在水中曼舞。风过，岸边树上的片片叶子笑靥轻露，玉步轻移，一片，两片，依偎着落下来，静静地躺在碧水上远行。

山中那一片草地，美得像画儿一样。细碎的阳光从林梢中漏下来，倾洒在它的脸上，闪闪烁烁，柔柔媚媚。一朵朵小花拨开绿草，悄悄地探出头来，被山风轻轻一吹，便战栗着摇摇摆摆，一副病西施醉美人儿的娇态。弓下身，摘一朵戴在胸前，或摘一片别在发际，抑或醉倒在青山绿水之间。画中的人儿，美了；怡悦的心儿，醉了。倾一滴美酒，浸染时光，捧一捧阳光，温暖岁月。风轻轻，云淡淡，伊人回眸展素颜，在每丝风的缝隙间，叙写旧时光的烂漫。

谁能解开秋的心怀？

青山、绿水、草地、阳光，还有那一抹金黄，那一张张结满成熟谷穗的脸庞，我陶醉在这被涌动着的时光里，让沉甸甸的谷穗情真意切地压在手上。揽层层谷浪，拥万种风情，春一季，秋一程，是谁用一双粗糙的手守望成熟？岁月轮回，那把光阴的镰刀刻下了几多青涩、几多成熟、几多沧桑？

谁能够把金色年华留住？

在收获成熟的同时，沉落也随之开始，季节如此，人生也是这样，经得住落寞，才能让灵魂丰盈。光阴无影，谁也无法挽回它的离去。秋心无尘，徜徉在秋天的耳边，还有什么需要诉说的吗？这里没有矫情的造作，没有时尚的装点，也没有张扬的恢弘，有的只是大山的淳朴和初秋的挚诚，连同这灵秀的山水影像……

# 风中的石子

深秋，说暖就暖，说寒就寒。在这个乍寒还暖的午后，沐浴着还有些许慵懒的秋阳，飞奔在野外的小路上，想象着和美丽的奇石相遇，心情顿时明朗起来。

辗转了好几个地方，都没有看到奇石的影子，最后，停留在了一片沙滩的石堆旁。看着脚下一些凌乱的石子，不免有些小小的失望。一阵阵风儿放肆地朝石子扫来，我弯下腰，伸手抚摸着一颗颗冰冷冰冷的石子，心里突然有一种心酸，小小的石子，经受了春夏季无数次流沙的冲击后，接下来还要面对漫长的冷雨雪霜的侵蚀。我和它做着无言的交流，风中的它在诉说些什么呢？

乍一看，面前的石子，一颗颗粗糙晦暗没有什么独特之处，细细地观察，却发现没有一块石子的形状是相同的，圆的、方的、三角的，颜色也各异，黑的、灰的、白的、嫣红的和绛紫的……这些纯天然的石子，没有刻意的加工，却有独特的造型；没有浓妆的艳丽，却有素颜的淡雅。朝起暮落，它们与蜻蜓共舞，与溪水嬉戏，与雨滴歌唱，虽然简单，但也充满快乐。在这堆石子的世界里，我的心情开始变得舒畅。

这是一枚光滑的石子，圆圆的没有一点儿棱角。漫长岁月潮汐的拍打碰击，把它雕琢得那么漂亮。它的面目柔美，笑容和善，也许，因为它的圆滑，才不会伤到人的手，而人们不会受到它的伤害，所以也会喜欢它。

这是一枚棱角锋利、形状不规则的石子，看起来锋芒毕露。它静静地蜷缩在自己的角落里，那冷冷的目光里透着不太友好的敌意。本不想接近它，一种好奇心驱使我蹲下来，当我把它捧在手里，却发现它有一种个性的、与众不同的美丽，然而因为它的冷漠，我差点错过了它。

这是一枚非常漂亮的石子，黝黑的皮肤，高贵、深邃，傲人的姿态凹凸有致。那弯弯的曲线，勾勒出它迷人的风姿。我来不及仔细欣赏，就迫不及待地把它放在了手心里。

远处，一枚既不光滑也不锋利的石子，深埋在泥土之中，不受打扰。它没有敌意的目光，也没有期盼的笑容。它生活在自己的世界里，没有嫉恨，没有哀伤，虽有千言万语，却不喜欢去表白。它默默地在岁月里守候着，因为它知道，不是每一块石子都是鹅卵石，都能受到人们宠爱；不是每一块石子，都能铺进美丽的公园里。

一堆形态有趣、颜色各异的小石子，颗颗都是那么惹人喜爱。哦，那宽宽的像熊大，方方的像海绵宝宝，圆圆的像小企鹅，三角的像热带鱼。还有那么多圆的、方的、瘦的、胖的，颗颗都是那么可爱，多么像身边那一群孩子的神态啊！

石子没有记忆，你来与不来，它都会在此等候。但石子有生命，不管是圆滑的、锋利的还是精巧的，都有自己的特点和优势。它虽没有鸟儿飞翔的翅膀，没有白云袅袅上升的灵气，更没有闪光灯下惬意的生活，但它坚强、朴实、无畏，即使被刮削得千疮百孔，也会在风中忍辱负重。时光若流水，也许有一天，你不经意间捡到一颗怪异的、不喜欢的石子，不要轻易放下，你的慧眼、你的仁慈、你的怜爱，会成就它不同的人生。有爱，它就快乐；有爱，它就会闪闪发光！

风又起，秋意浓，带上沉重的石子，让轻松的心情徜徉在深秋里，且走且安，渐行渐暖。

## 邂逅黄昏

黄昏，沿着开满小花的灌木丛走向湖畔，呼吸着空气中湿润的气息，慢慢升腾的细雾一丝一丝爬上眉尖。流彩的霞光穿过低垂的柳条，一缕一缕镶嵌在繁花碧草之间。远处，荷影依依，清波潋滟，绿绿的水藻漫在岸边，氤氲的乳雾浮在湖面，摇曳的波光撩开如轻烟一样的盖头，那粉的肌肤、黄的花蕊、绿的荷叶，那温润的色调，那流转的芳香，宛如一幅清新淡雅的水墨画，无须重墨渲染，已韵味沉酣。

谁的芳香染醉了黄昏？

谁把晚霞裁成了自己的衣裳？

一只小鸟把头深深地缩进羽毛里，酣睡在荷田中央。金色的光芒透过叶隙盖在它身上，梦中的它一定会拥有金丝鸟一样的盛装和悦耳动听的歌唱。

一只蜻蜓张开翅膀，逡巡在碧水间，寻觅着可以安歇的住所，时而停靠，时而盘旋，累了，倦了，一次一次把湖水轻点。微澜的水纹撩拨着蜻蜓的心事，透明的双翅沾满了被碾碎的忧伤。不要企盼玉树琼枝的遮挡，不要歆羡玉宇琼楼的辉煌，最平凡的地方就有快乐，最朴素的家园就有温馨的梦乡。

一株株清荷跃然水面，在轻漾的波心徐徐地舒展，婷婷、袅袅，清丽不可语，淡雅浅浅溢。穿过几多风雨，涉过几多严冬，不陷污泥，不沾尘香，有临水曲斜的婀娜，又有秀影扶风的凛姿，素瓣掩蕊，超然脱俗。

此时，独对莲池，岁月的风烟淡去，我依然可以想象大明湖畔的夏雨荷在荷莲环绕的碧水旁独自抚琴吟诗的身影。“君当作磐石，妾当作蒲苇，蒲苇韧如丝，磐石无转移。”遥想当年夏雨荷与乾隆柔情似水的一幕，最终还是尝尽相思，曲终人散，错过了一季又一季的“映日荷花别样红”。

一滴晚露滴落荷瓣，那晶莹的露珠，是夏雨荷多情的泪吗？我收起蔓延的思绪，不忍惊扰这份宁谧醉人的时光，唯让一丝淡香留驻心房，把一季芬芳缠绕指上，晨也清新，暮也生香。

落日西沉，在它的生命旅途上奔波。蛐蛐停住鸣叫，悄悄钻进青纱帐。一只萤火虫不知疲倦地在风中奔忙，等待着，把黑夜背向黎明。

路畔的花儿悄悄合上眼睛，眼睑轻轻眨动。在这诗意栖居的时空，我伸出微颤的手，拥朵朵洁白的花儿于怀中，让点点素蕤映照即将黑夜的天空。

黄昏，亦美；

黄昏，亦媚。

## 午 后

在阳光斑驳的午后，突然想泡一壶茶，一壶花茶。

我想告诉你，在我心爱的玻璃壶里，放了一小撮红红的花须。沸水过后，小花须慢慢伸展，那摇摆的小尾巴神奇地跳跃着。就在这简单的午后，在静静的时光里，我独坐。阳光从窗隙里射过来，又慢慢飘移。飘移的还有花茶溢出来的一缕缕幽香。

热气，一点点散去，眼前变得清晰，渐渐变浓的茶水一如初秋这金色的阳光。游动着的小尾巴在这金黄的波光里慵懒地飘摇，慢慢地沉落，沉落。它，也许累了，倦了，不想再漂泊，只想寻僻静的一隅安眠。

心随着小尾巴在坠落，坠落……

我，开始喝我心爱的花茶。

悄悄地，我不再让思绪辗转。太多难缠世事，太多喜欢纠缠世事之人，有些人，有些事，看不懂，看不清，是一种轻松，一份安宁。午茶这么美好，我决定不再为一些琐事伤感。淡然，便是安好；放下，便是这个季节最浓的色泽。

午后，一壶花茶。如果我想快乐，就从这壶午茶开始。

## ·杨世美·

散 文

# 活 着

吃过午饭，走进某集团老总办公室歇息，慵懒地坐到沙发里，习惯性地打开微信公众号，发现宁不远发表了一篇游记《要怎样才可稍稍免于对死亡的恐惧》。读后颇有感悟。

对于死亡，我不恐惧，或许因为经历，或许因为坦然，但不可抹去的是，我曾与死亡擦肩而过。

三十岁那年腊月初的一天晚上，大概是我离它最近的一次。依稀还记得那天，在婆婆家刚吃过晚饭，我突然感到身体及头部的血液像被抽干一样，四肢无法动弹，心慌气短，舌头如同打了麻药一样麻木僵硬，从鼻、口往外冒着凉气，一下子失去了语言能力，那一刻感觉自己正在走向死亡，恐惧地生出抵抗的意识。

“大哥，快……快……快打 120，我……我……不行了……”凭着最后的意志，我含糊不清断断续续地对着家人发出求生的信号。

一瞬间，我的一句话让原本安静的家里忙乱起来。一家人在争先恐后中打完 120，把我平放在客厅的沙发上，焦急地等医生们到来。

两岁多的儿子在客厅里不懂得妈妈发生了什么，开心地跑来跑去。我艰难地扭过头看着天真稚气的儿子，眼泪汹涌而出，仅存的一点儿感知告诉我，无论如何我都要活下去，不能让儿子没有妈妈，成为一个没人疼爱的孩子。

在最危险的时候，孩子往往能成为一个母亲最强大的精神支柱，继而在绝境中，让她迸发出无穷的力量和求生的欲望。

在医院里折腾了一夜，我总算从鬼门关回到了人间。当睁开眼睛看到儿子、父母和熟悉的亲人们，我激动得泪如雨下。和死亡博弈的这场战斗，我赢了。

事后，听见医生严肃地跟我老公说："病人心肌缺血，身体严重营养不良，加上受了精神刺激，如果不改变环境，不改善饮食，不注意保暖，后果不堪设想。"听着医生略带责备的话，我的内心平静如水。当打完吊瓶，我蹒跚地从病房里往外走时，医生又热心地跟在后面耐心地强调："回家后，一定不要再受任何精神刺激。"医者，往往可以医治好疾病，让你免除危险和痛苦，却无法治愈人心和环境。但不可否认的是，我遇到的是一位好医生，哪怕没有药方仍句句叮嘱。

当时，我在县城的小区门口开了一家小店，店面有二十多平方米，零售家庭用品。第一次做生意，经验不足加上经济比较困难，内心非常焦虑。寒冬腊月，店里没有任何取暖设备。我朝五晚九在店里忙活，中午都是简简单单买五角钱的大饼和五角钱的凉菜填饱肚子。店里没有厕所，一整天都不敢喝口水。在这样的条件下，那年冬天，又恰逢五十年以来最冷的冬天，真是应了古人的一句话，"屋漏偏逢连夜雨，船迟又遇打头风"。

大雪不知疲惫地继续光顾着这个小城，我的处境显而易见，常常冻得手脚发木，有大片大片还渗着血水的红肿硬块。邻居家大姐忍不住地说："你的脸冻得跟紫薯似的，也不注意自己的身体。"其实，我那时已经接近死亡的边缘了，只不过无暇顾及。

然而，当我忙碌一天停下来时，刺骨的寒冷早已把我紧紧包裹起来。我想起白天邻居大姐关心的话，泪水一滴一滴从眼眶里掉落，在如同冰窖的小店里，哽咽着怀念小时候母亲温暖的怀抱。记得那时，每次放学回家，我放下书包第一时间便是跑到母亲面前，把冻得红扑扑的小手伸进母亲温暖的怀里。贴上母亲肚皮的那一刻，稚嫩的小手得到了火炉般的温暖，我却忽略了自己冻僵的小手会带给母亲多大的冰寒。

傍晚临近关上店门的刹那，想起孩子，想起因经济困难带来的歧视目光，我从回忆中立马清醒，狠狠地抹干眼泪重拾心情。即使手、脚、耳朵都冻破了，第二天依然坚持开门营业，风雨无阻。就是凭借着这种倔强和不服输的劲儿，我将所有的苦痛伴着生冷的饭咽到肚子里，哪怕面对有些客户的挑剔及无理取闹，也能默默承受。只要能让孩子在将来获得更好的教育，只要能让自己有一天不再被身边的人挖苦，我甘之如饴。内心积压的沉重压力和痛苦，也化作我源源不绝的动力。前行不止，奋斗不息！

时光流逝，岁月如梭。一转眼，孩子已经成人，也有了自己的人生目标，而我已是不惑之年。日子一天天慢慢地好起来，过去那些年、那些事、那个冬天，连同所有的苦难，都被我通通打包封锁在过去。闲下来的时候，偶尔会想起死亡，这是任何人逃避不了的现实，毕竟生老病死是人之常情，总有一天，我们都要离开这个世界。但是在经过那一次的死亡之旅后，我已学会接受。当未来真正来临的那一天，我相信自己会少一些惧怕，多一份坦然。

奥斯特洛夫斯基曾说："人的生命似洪水奔流，不遇着岛屿和暗礁，难以激溅美丽的浪花。"往后余生，我会为爱我的人和我爱的人用力活下去，继续乘风破浪，去拥抱苦难，去创造生活，在茫茫的人海里，做一朵奔涌的浪花，活出自己的风骨及精彩。

## 遇到一位美丽的女子

往常，每年的初夏我都会"苦夏"，食之无味，体重下降，更谈不上活蹦乱跳，每天无精打采地熬日子。久而久之，日子渐渐地失去了色彩。

今年的初夏，我没有了这些症状，或许是因为自己开始活得充实了，除了忙于瓷砖生意，在山上还有了二分地的菜园，一群鸡、鸭、鹅和一只小黄狗。平日里，隔三岔五地去吹一吹山风，闻一闻草香泥土的味道，同小黄狗一起享受夏日的惬意时光。

除此，不满足的我又在空闲时学习了书法及国画。每天拿起毛笔是一天中最放松的时刻，仿佛在与书画谈恋爱。从慢慢悟运笔、构形、起笔、收笔和墨法的基本要素，到感受书画笔精墨妙、行云流水般的艺术魅力，我渐渐品尝到了开心的滋味。笔墨定于宣纸，花草四季不衰，心情亦神采飞扬。

前几天去学书法的下午，遇到了一位三十多岁的温婉、内秀的女子。第一眼看到时，她趴在电脑上，给书法老师做设计。当时的我只顾跟师兄斗嘴、喝茶，安安静静的她没给我留下多深的印象。当我们去二楼练书法时，她还在电脑前工作着。晚饭时间，我请大家一起吃烧烤，坐在露天院子里，与她挨着坐在一起。教书法篆刻的孙老师给我们介绍时，着重夸赞了她一番。至此，我对她有了初步的认识。

通过了解得知，她是在一线城市从事中高端设计的女装设计师，文笔很好，有才有德又善良，我对此敬佩不已！

接下来在闲聊中，我俩突然有了许多共同话题。聊爱好，聊生活，聊服装，聊品位，甚至聊对书法的感悟，这位刚刚相识的恬静女子，让我有了一见如故的感觉。两个人不知不觉聊到十点多，才依依不舍地分开。

因为投缘，空闲时脑子里就会出现她的影子。于是在相识的第五天，下午四点半，我约她同我去山里喂鸡、狗、鸭、鹅，顺便让她感受一下田园生活。她欣然同意，随我前往。这是第三次见面，我们却如同相识了三十年。

车往山里行驶，一路上，我们有聊不完的话。我虽然比她大了十几岁，却感受不到年龄带来的沟通障碍，我们在菜园子拔草，我拔好草递给她，她帮着扔给鸡、鸭、鹅，默契如多年的老友。她说喜欢山里的风，清爽舒适；喜欢山里的水库，仿佛回到了小时候，坐在老家门口，看着门前池塘水里的鱼儿翻越……

春天的时候，我栽种了十株西红柿苗，如今枝上挂满了大小不一如翡翠般的果子。一个西红柿熟了，又红又圆，我摘下来让她品尝，这是今年第一个果。她爱不释手，掰了两半，一半放在嘴里，边吃边夸赞味道香甜，另一半递给我，开心分享着夏日的果实。我一口咬下去，沙瓤，香甜多汁，味道如她说的那样，和在市场买的完全不同。

回到办公室，我煮上一壶玫瑰柠檬陈皮蜂蜜茶。两个人慢慢地品着，交流着服装领域的发展、色彩及款式搭配。我和她有共同的观念，服装不是跟风，是穿给自己看的，适合自己就好。服装也是一种文化，有时把文化融入服装里会更加有意义。而对于文字，我和她一样喜欢。她和我商定，每个星期两人各写一篇随笔，来提升自己的文学水平。

相遇是缘，相惜于品，相敬于德，相交于情。在此后的日子里，我和她依旧在闲时相约，故事也在一天天上演。时光荏苒，彼此珍惜，不负相遇，一路同行，不再孤独。

# 女朋友

雨夜总想写点文字，脑子里却是一片空白，或许被窗外嘀嗒嘀嗒的雨声搅乱了思绪，总是构想不出主题。

进入冬季以来，气温有了变化，呼呼刮起的北风，再添上一场又一场的小雨，使人感到身心微凉。在这样清冷的夜里，最容易想起一个温暖我的人——女朋友贝贝。当在标题上写下“女朋友”三个字时，我的脸上露出了开心的笑容。

记不起来与贝贝具体是哪天相识的了，只记得八九年前冬天的一个晚上，当时我们在朋友家聚餐打牌，她身上由骨子里散发出的气质雅而不俗，与众不同，让人过目难忘。一个人的气质不是与生俱来的，而是慢慢由内心修炼后再散发出来的。有的人长得漂亮，穿着也时尚，但如果没有好的修养，气质很难经久不衰。贝贝却是越来越有气质。

与贝贝的交流是从穿着开始的，加上相仿的年纪，更有了一些话题，她说：“女人不抽烟，不喝酒，不赌，但不能不穿，衣橱里总要有几件自己喜欢的衣服。青春不再，步入中年不再是衣服驾驭我们，而是我们驾驭衣服了。”

她说得不无道理，人到中年体会到了时光飞逝的感觉，仿佛一步就踏入了老年的行列，脸上的一道道褶皱展示着岁月沧桑，头发由发根到发梢如银，原来染发是为了美观，如今染发是为了遮掩白发带来的苍老感。而爱美是女人的天性，穿衣打扮并不全是为了展示自己，有时也是对别人的尊重，对自己审美的提升。

我与贝贝不仅在服装上有相似的眼光及喜好，在为人处事和性格上也极度相似，受了委屈发泄不出来，憋屈自己拉不下脸来去理论，多数情况都是考虑他人感受。

人与人之间的相处不是一天两天就能走进彼此的内心深处，相随相伴几十年的寥寥无几。但我跟贝贝不同，我们在短短的时间内迅速占据对方内心最稳的位置，并在长久的陪伴中，感情愈来愈浓，或许是因为我们三观相似，既没有利益、利用关系，也不会口是心非，更不喜欢花言巧语。我们在隔三岔五相聚的日子里，分享着各自生活中的喜怒哀乐，交流着对服饰不谋而合的看法。日子浓情惬意又轻松。我想，我们的这种感情，大约超出了友情。

偶尔闲时，在我瓷砖店的茶室里，两个人，一壶茶，一段畅谈，在清幽的茶香里，在爽朗的笑声中，久而不厌。此后浅浅淡淡的岁月勾勒出属于我们最美的人生……

## 童年趣事

一直觉得自己是尘世间傻傻的女子，傻得单纯，傻得可爱，傻得没心没肺。

这种“傻”，在我小时候便如影随形。虽然那时，在亲朋好友的眼里，我是出了名的文静，是个乖乖女，但乖巧的背后却藏着一颗放飞的心灵，时而古灵精怪，时而天马行空，时而又飞扬跳脱。那一件件不可思议、不为人知的趣事，藏在时间海洋里，尽情地绽放，把我的童年世界点缀得五彩斑斓、熠熠生辉。

七岁那年的冬天，天寒地冻，到处覆盖着厚厚的积雪，屋檐上的冰溜子只见增长，不见消融。在那个物资匮乏的年代，家里一贫如洗，甚至都找不到像样的取暖用具，唯有土炕用柴火烘烤得有点热乎，可以暖一暖被冻得瑟瑟发抖的身子。

记得一日晚饭后，畏寒怕冷的我没跟母亲、姐姐们去邻居家玩，而是早早地爬到土炕上，在微弱的煤油灯下，琢磨着炕头画上的人物故事。突然心血来潮，想起父亲抽烟时吞云吐雾的样子，那烟雾缭绕犹如仙气飘飘，看上去既轻松又惬意。我越想越按捺不住这股"傻"劲儿，立马跳下床，偷偷跑到父亲的屋里，趁父亲去村里的大队院开会，于是快速拿起桌子上一盒"大前门"牌香烟，兴奋地打开盒子，轻轻地抽出一支，又以迅雷不及掩耳的速度跑回炕上，模仿着父亲的样子，用嘴叼着烟，凑到煤油灯前的火焰上点燃。而后，我深深地吸了一口，结果一下子就被呛得不停地咳嗽，泪也瞬间流下来，吓得赶紧把烟弄灭。但这还没结束，不一会儿副作用接踵而来，恶心、头晕，还伴随一阵阵轻飘飘的感觉。母亲回来看到我的样子，哭笑不得。"往后再敢吸烟就揍你，你看看自己醉烟的样子。一个女孩子家传出去多丢人啊！"母亲边喂我喝水边关切地责备着。

从那以后，我才知道吸烟也会"醉"人，至今再也没敢碰过。烟如人生，看似美丽令人神往，实则辛辣苦不堪言。而这，也是我第一次"傻"的经历，充满着警醒的味道。

冰雪融化后，休整一冬的村民们开始收拾农具忙碌春耕。或许因为我在家最小，又体弱，父母一直把我当宝贝一样捧在手心呵护，生怕冻着、饿着和摔着，时时刻刻给我全部的守护。年幼的我便常常恃宠撒娇，"傻"劲儿不止。

记得有一次，我跟着比自己大十岁的哥哥去田里耕地，走着走着便赖在原地不动，撒娇卖痴对哥哥央求："哥哥，我没了力气，走不动了。"哥哥无奈地瞅着蹲在地上要赖的我，不知如何是好，忽然看看手里牵的一头温顺的灰色小毛驴，顿时有了主意，于是便把我从地上抱到驴背上，让驴驮着。驴不安分地乱翘两只后蹄子，左右不停地晃动脑袋，仿佛在无声地抗议。我坐在上面，既害怕又激动，死死地抱着驴脖子，生怕一不小心掉到地上摔个粉身碎骨。慢慢地走了一段路，驴才适应了我的存在，温顺地驮着往前走……

虽被宠爱得有恃无恐，但我多年以后再次想起骑驴的经历，依然觉得温暖满满，体会到家人们对我的种种包容，而这些，也是那时懵懂的我感知不到的。骑驴的新鲜感，让我之后更加“傻”得出奇。

转眼十岁了，那年夏天的某一日，晌午时分，母亲去村前的小河里洗衣服，姐姐哥哥们去地里拔草，留我独自看家。正百般无聊，我突然看到一群蚂蚁，在院东墙边的一棵梧桐树上，忙忙碌碌地你来我往，始终没觅到食物，不由动了恻隐之心，急忙跑进屋里抓了一把小米撒在地上，蹲下来等待它们过来吃食。而这期间，我来回跑动的声音，让猪圈里的两头猪蠢蠢欲动，以为是要给它们喂食，哼哼着用嘴巴用力拱着圈门。我边大声吓唬着猪边琢磨：驴都可以骑，猪比驴还温驯，是不是更容易骑呢？想着想着，“傻”劲儿又来了，按也按不住，非常想体验一下骑猪的感觉。

说做就做，我想也不想地赶紧把大门关上，再把猪圈门打开。刚一开，两头猪猝不及防地蹿出来，在院子里乱跑乱拱。镇定一下后，我悄悄地尾随一头白猪，找准时机，噌一下爬上它的猪背。突然的举动让这头看似呆头呆脑的猪一下子受到了惊吓，拼命地在院子里乱窜，把我摔了个四脚朝天，弄得我满身泥水。胳膊、腿一阵接一阵剧痛，我再也忍不住大哭起来。哭过之后却又想起了什么，强忍着疼痛站起来，一瘸一拐地赶在母亲回来之前，把两头猪都赶回猪圈，继而打扫了整个院子，最后又把衣服偷偷换掉。当清理好“作案现场”后，我坐在院子里像什么也没发生过一样，等着母亲回来。

这段骑猪的“傻“经历，也成为我当时小小的秘密，在很长一段时间都未敢与家人提及。如今，每每想起来，都为那时胆大包天的自己捏一把冷汗，但这件事也在我肆无忌惮的童年里写下最浓重的一笔。

“骑猪案”未去，“爬树风波”即将在童年银幕中上演。我真是把那时小孩子上天入地、顽皮好动的天性释放得淋漓尽致。

记得还是那一天，当我在忐忑不安地等家人时，忽然听到小伙伴们隔着大门的缝隙，往里大声喊着我的名字。听到叫声，我顿时忘记了紧张，忘了不快，更忘却了身上的疼痛，飞快地跑出来，并锁上大门，蹦蹦跳跳地跟着她们，一溜烟儿地跑到村东头，扶着一棵梨树直喘粗气。我累得半天说不出话来，脸上却挂满了兴奋的笑容。

两个小伙伴，一个叫梅，另一个叫萍。我们三个同年不同月出生，性格各不相同。梅喜欢爬树，下河摸鱼，性格似男孩；萍有时调皮有时安静，恬静中透着活泼；而傻傻的我则不用提了。我们三人，在短短的童年时光里，晃晃悠悠，形影不离。

抬头望去，不知什么时候梅已站在树杈上，正兴奋地喊我跟萍也上去。我没有爬树的经验，胆怯地望着风中飘摇的树冠，有点惧怕，怎么也不敢往上爬。梅边笑我胆小，边让萍在下面用手托着我的屁股，她在上面用力拉着我的手，费了九牛二虎之力才把我弄到了树杈上。萍也轻车熟路地爬到了树上。就这样，我们三人开心地趴坐在树杈上，吹着夏日的细风，摇摇摆摆地唱着笑着，完全意识不到这有多危险。

我向远处眺望，不经意间看到母亲瘦矮的身影正急匆匆地朝这里赶来。顿时，笑声在半空中戛然而止。我赶紧从树上快速地滑下去，棉质的花色裤子在慌乱中被粗糙的树干磨破了，细嫩的大腿也划出了数道血口，新伤加旧伤，我疼得龇牙咧嘴却不敢哭。当母亲气愤地把我拽回家，握着细长的枝条二话不说狠狠地抽打我的屁股时，我再也承受不住这种钻心的疼痛，号啕大哭起来。看到我的样子，母亲怜悯地停下来，边流泪边心疼地抚摸着我的头说："揍你，是因为担心你以后还会爬树，万一掉下来后果不堪设想，得让你记住在树上有多危险。"我听着母亲的训导，后知后觉，也老实了一段日子。

爬树挨打的风波，让我的"傻"劲儿收敛了不少。我不经意间收获了友谊，却也第一次在母亲的泪水里，慢慢读懂她对我的爱之深、责之切。我想，大约是从那个时候，我开始慢慢地长大了。

时光如梭，一眨眼，这些儿时充满趣味的"赫赫战绩"已过去三十多年了。每每回忆起来，那时各种各样的"傻"事，外面透着酸甜苦辣，里面又有流不尽的切切关爱和道不完的谆谆教诲。它们在我童年的银幕里一遍一遍上演，永不落幕……

## 寄往天堂的思念

大娘，您在天堂还好吗？

多年来，对您深深的思念不亚于秋风眷恋着落叶，白云牵挂着蓝天。无论身在何处，心里、眼里、梦里，所回忆的都是关于您。您的影子，不知何时早已在我的心底蔓延，慢慢滋长，挥之不去……

今天，太阳钻进了乌云里，心情也如天气一样沉闷。独自蜷缩在燥热的角落里，不经意间，思念如潮水般泛滥，我又开始想您了。

第一遍想起的您是温暖的、善意的，身上有着白面馒头的香气，脸上挂着甜甜的满足。

记得小时候，我家兄弟姐妹多，家境贫困，一日三餐很难吃上荤菜。每次中午放学回家，我都是拿起张地瓜干煎饼，然后从咸菜缸里捞出一个母亲腌制的咸菜疙瘩，就这样嚼一口粗糙难以下咽的煎饼，再吃一口咸菜，吃完后，用水瓢舀一瓢水缸里的凉水喝上，抹一抹嘴就跑着去上学。在那段贫困难熬的日子里，我最期盼的就是星期天或者假期了，不上学就可以随时跑去您家里玩，吃上您家的白面馒头。

依稀记得，大爷不善言语，老实巴交，几乎天天在地里干活或在山上放羊。您很少出门，多数时间，都是坐在堂屋门口，身前放着一个圆竹簸箩，里面盛着布料以及针线剪刀，手不停地忙着纳鞋底或者缝补着衣裤。我每一次推开您家的大门，您都会开心地喊："妮子来了。"然后在堂屋里转一圈，找个白面馒头或者一包饼干，等我走进屋里，您边往我手里塞着，边心疼地念叨："俺可怜的妮子，快拿着吃。"看我害羞地蜷缩着手执意不拿，您故意生气地说："你用手碰了，不吃俺也不要了，扔了吧！"您这一招果然很管用，天真的我常常信以为真，心疼扔掉可惜，每次都咽着口水急切地说“我吃，我吃”，然后一把接过狼吞虎咽地吃起来。您开心地抚摸着我的头说“慢点吃别噎着”，还递给我一碗水，看着我满足的样子，您笑靥如花……

第二遍想起的您是轻声细语的、质朴善良的，在无奈的心酸下，却透着荣辱不惊的淡定从容。

记忆中，您一直穿着一身干净的深蓝色棉布大襟衣褂，后脑勺上盘着一个小髻子，干净利落。白白净净细腻的皮肤衬托着瓜子脸，瘦小的身材给人一种江南女子的感觉。常常想象，您年轻时一定很漂亮。您的脚一年四季穿着白棉布袜子以及自己穿针引线做的棉布鞋，从来见不着阳光。有一次，偶然遇到您洗脚，白布袜脱掉的一霎，我看到一双畸形雪白的脚，顿时惊呆了。每只脚上只有大拇指是完整的，另外三指从指关节折断了贴入脚掌。看着残缺不全的脚，我的脸上瞬间挂满了泪水。您叹息道：“这双脚毁于裹脚年代。”您说往事不堪回首，在那个落后愚昧的年代，女孩子从五六岁就要缠足。除大拇指，其余四指下屈，然后用布缠紧，再用针线缝住。这种反人性的陋习，带来的不仅是心灵的摧残，更是难以忍受的疼痛，但哪怕疼得哭天喊地，也不能放开裹脚布。只因在那时人的意识里，谁家的姑娘要是大脚，长大了是难找婆家的，当时挑媳妇的标准是“三寸金莲”。简简单单的四个字，却害苦了数不清的女人。您常常羡慕我母亲的大脚，走路快，干起活儿来也利索，不像您走起路来像孩童一样摇摇晃晃很不稳当。此后，每次去院子里拿东西，我便自告奋勇地跑去拿过来，您欣喜地说：“没白疼俺小妮子，比养小狗强多了。”

那时您家的两个孩子，大哥和大姐，在我记事前就分别成家了。因此您几乎没什么负担，生活条件在村里算是优越的，可您从来不傲气，不仗势欺人，总是低调地生活着。我母亲常常对着我和姐姐们赞美您：“你大娘通情达理，心地善良，同左邻右舍都和睦相处，从未跟别人吵过架，也从未听她高声调说话。”大娘，您看，不只是我崇拜您呢。

第三遍想起的您是善解人意的、慈眉善目的，用全部的温暖守护一个孩子最纯真的世界。

那时候，母亲对我们管教得特别严厉，空闲时总是把我们关在家里。有时我嘴上不说，内心却充满怨气，为何别人家的孩子可以在外面玩，而我们不可以呢？后来慢慢长大，才懂得母亲的苦心，胆小的她是担心我们出去不小心惹上是非，只好用这种笨办法保护着我们。母亲却从来不会阻拦我去您家。喜欢您做针线活儿时慈祥的样子，更喜欢您一个接着一个给我讲与孝道有关的故事，我听得入迷，您也讲得津津有味。

“妮子，人家小孩子都在外面玩，你咋恋我这个老嬷嬷呢？”您还记得吗？您经常这样问我。当时说不清为什么，就是喜欢黏着您，觉得您很了不起，肚子里竟然装着那么多感人的故事。我有时听着听着就会被故事情节感动到哭，您着急地替我抹去脸上的泪水又自责地说道：“唉！都是我不好，把妮子弄哭了。”我虽然哭了，却更喜欢您了，您知道吗？

第四遍想起您……

第 N 遍想起您……

每次，我都要想起您无数遍，每一遍都一样，却又不一样……

人们常说：“树欲静而风不止，子欲养而亲不待。”而我还未来得及长大，您却早早地离我而去。记得那年我才刚刚十岁，还是一个懵懂的少女，才五十多岁的您，却意外得了癌症，后因医治无效，不久便与世长辞。您离开的那天，我记忆犹新，心更是隐隐作痛。

当三姐去学校急切地拽着我就往家跑时，在深秋的时节里，风已微凉，我却冒出了满头冷汗。是不是冥冥之中已有感应了呢？我们慌慌张张地跑到您家门口时，院子里早已聚满了左邻右舍，忙忙碌碌地做着各自的事情，没有人顾及我们。我紧张痛苦地扶着院墙慢慢走到堂屋门口，悄悄扒着屋门探着头，不安地向屋内寻找您的身影。只见您仰躺在屋里中央的草席上，脸上蒙着一张烧纸，我一下子呆若木鸡，只听见坐在您身边的母亲抹着泪说：“这么好的老嫂子，咋说走就走了？俺还没相处够啊！”我的眼睛忽然模糊了，泪水如断了线的珠子瞬间涌出眼眶，心里一遍又一遍默默地唱起您曾教我的童谣：

小小子儿，坐门墩儿
哭哭咧咧要媳妇儿
要媳妇干吗——
点灯，说话，做鞋，做袜
…………

如今，咱娘儿俩阴阳相隔已三十多年了，我也从当年一个懵懂无知的女孩步入了不惑之年。在没有您同行的路上，每当遇到挫折受到打击的时候，我总会想起您。您坚强、吃苦耐劳的品质，一直是指引着我前行的动力。您曾讲述的一个个励志故事，也教会了我如何做人做事。不管世态如何炎凉，不管道路如何曲折，我都会心存善念，不忘感恩！

愿您在天堂里没有疾病痛苦，一切安好！

## 兔与人生

一年四季，我唯独喜欢秋夜，因为"玉颗珊珊下月轮，殿前拾得露华新"的桂花，能让我在静静的夜晚清晰地闻到满院弥漫的淡淡香气，更因为"今夜月明人尽望，不知秋思落谁家"的思念，能让我在夜空下慢慢赏月时，把浓浓的思绪肆意飞扬。无论是花香还是思绪，都会把我拽进记忆，一遍遍，在时间的长河里，寻找最初的影子。而那些经历和成长，亦宛如电影中的片段，在脑海里悄悄地播放……

依稀记得小时候，当我刚刚有了模糊的记忆时，便对自己是怎么来到世界上的这个问题心生好奇。我时常歪着小脑袋，稚气地一遍一遍求证于母亲。每当这时，母亲总是耐心地重复着："你是月亮上嫦娥怀里的玉兔，不听话要脾气，于是嫦娥把你变成了小婴儿，送到了村前河边的草丛里。你爹去提河水浇菜，听到附近有小孩的哭声，顺着哭声便发现了躺在草丛中的你，将你抱回了家。”母亲讲得细致入微又神乎其神，怕我不信还接着补充道：“不然你怎么会属兔，而且生日是阴历八月十三，也许是嫦娥故意让你来陪我们过中秋节的。你看，自从捡到你，月亮上嫦娥的怀里就再也没有玉兔了。”对于母亲的话，我常常信以为真。

七岁那年的中秋夜，我站在院子里望着月亮自言自语：“她独自在月亮上会孤单吗？”不知何时，姐姐们站在我的身后偷偷地笑。

过完中秋节，隔天便是邻村逢集的日子。母亲带着我去赶集。集市上，一位老奶奶身前的笼子里有几只小白兔，不时有人蹲下询问着价格。小白兔全身洁白如雪，衬托着两只红眼睛甚是漂亮。看到它，我的双腿再也挪不动了，拽着母亲的衣角，苦苦哀求着：“娘，咱也买只小兔子吧！”那个时候，其实母亲手里只有几块钱，还是全家人油盐酱醋的全部开销。贫困的家庭是没有闲钱买其他东西的。母亲或许出于怜悯，没经住我的软磨硬泡，最终还是买下了两只小白兔。当时，年幼的我，体会不到大人的难处，满心欢喜地抱着小白兔回家，给它们找了一个笼子当作它们的小窝。从那以后，我大多数时间都围着它们转，不仅用翠绿的野草逗它们玩，还偷偷地把母亲不舍得吃只煮给我的鸡蛋拿来喂它们。

那段时光，小小的我用全部的爱，精心地呵护着小兔子，也守护着我的内心世界。

转眼临近深冬，大雪不断，天寒地冻。母亲说：“小白兔在外面会冻坏，把它们连窝一起搬进屋里吧！”晚饭后，母亲、我和姐姐们，坐在厨房的煤油灯下，在小兔子的陪伴下，边用手剥花生的硬壳，边等候在外开会的父亲归来。等到半夜还是没听到敲门声，母亲开始坐立不安，嘴里一直念叨着：“该回来了，怎么还没回来呢？”那时候，身为村长的父亲，经常去离家十多公里的公社开会。在那个物资匮乏的年代，没有代步工具，或早或晚，或远或近，都要靠双脚行走，特别在大雪覆盖天地一片洁白的夜晚，最容易迷路了。说罢，母亲再也按捺不住牵挂,点上灯笼,带着我的姐姐们就要前往村东的小路迎接父亲。我害怕独自在家,哀求跟随,母亲欣然同意。

在深冬的夜里,迎着刺骨的寒风,靠着灯笼的微光,母亲带着我们几个孩子,深一脚浅一脚地走在厚厚的雪地里。寂静的黑夜,除了脚下嘎吱嘎吱的踏雪声,就是母亲呼唤父亲的声音在空旷的野外久久地回荡。听着听着,我的眼里蓄满紧张害怕的泪水,却憋着不敢出声,一滴滴滑落到睫毛上,被冻成了冰。

大约在离村两公里的田野上,我们终于看到一个高大的白色身影向我们的方向移动,越来越近,越来越近,快到眼前才惊喜地发现是父亲。看到他,母亲悬着的心总算放下了,而我和姐姐们则开心地跳起来,因为,我们再也不用在狰狞可怕的夜晚担心父亲的安危。父亲不善言语,最疼爱的就是我,当他意外看到我也跟了出来,心疼地蹲下身子想背我回家,却忘记身上覆盖着厚厚的白雪。我一闪身儿,笑着跑在了前头。

原来,父亲真如母亲所担忧的那样迷了路。一路上,父亲解释道,他从公社开完会,太阳就快西沉了,于是马不停蹄地往回赶,却还是在白茫茫的大雪中迷失了家的方向,在田野里转了大半晚上。一筹莫展时,他远远地看到母亲手里微弱的灯光,才看到了回家的希望。

一盏微光,就像母亲的爱,汇集着无尽的能量,在漫漫雪夜,给一群孩子带去勇敢和光亮,给一位归家的父亲点亮回家的路。爱在心中,微光不灭。

回到家,刚走进屋里,就听到前面的二姐一声惊叫。母亲跑到二姐跟前,发现不知何时从笼子里钻出来的小白兔咬了二姐的手指,二姐扔掉了手里的灯笼,惊吓地直流泪。母亲说,小白兔看到了灯光,连同二姐一身的白雪,以为是别的动物袭击它,惊慌失措才咬了二姐。兔子一般是不会咬人的,至今我也没听说过谁被兔子咬过。但在大人的眼里,兔子咬人就是犯了大错,于是父亲执意将它们卖掉,无论我怎么哀求,都没留住它们。

卖掉小白兔后,我变得异常乖巧。家人都觉得我越来越懂事,父母逢人就夸,哥哥也总是喜爱地抚摸着我的头,亲昵地喊我"小不点儿"。殊不知,幼小的我，是在经历中学会了保护自己，担心犯了错，也会如那咬人的小白兔一样被抛弃。此后的很多年，我再也没有养过小白兔，但在我心里，它们却一直相伴左右，从未离开。

如今，生活在小城的我，正步入不惑之年。所有的一切都在变，记忆中村庄的小河，早被青石砌成了河墙；郊外蜿蜒曲折的泥土路，也已尘封在琥珀色的时光里。时间在变，模样在变，唯有内心依旧充满禅意，温和如兔。如果时光能够倒流，多想村庄还是原来的旧模样；多想河岸两边的草丛仍被风微微吹起，自由摇曳着……

## 岁月深处

每年的清明节后，我都会腾出一两天的时间去山里采茶。茶树是上百年的古茶树，生长在悬崖下边，扎根于山石土壤之中，依靠其发达的根系，顽强地繁衍，努力地生长，在山里飘香成片，意韵悠长。山间、古树、茶香，也组成了我心心念念一直追寻的味道。

初见，是姐姐带着我沿着弯弯曲曲的山径，披荆斩棘手脚并用才来到它面前。比我还高的老茶树，历经百年风雨蹂躏，依然枝繁叶茂、生机盎然，我突然觉得自己再艰难再曲折的人生都不足挂齿了。

每次我都能从二十多棵古茶树采下七八斤鲜嫩的茶芽，然后马不停蹄地带回县城的家中。经高温加热、手工杀青、揉捻和炒干等一系列的工艺制作后，茶叶才算是真正地完成。炒茶全程都需要用手来灵活地操作，稍有不慎，双手就会烫起几个红泡。我却顾不上疼痛，迫不及待地捏一小簇新茶泡在玻璃杯里。茶叶在 80 度的热水中一下子“复活”了，只见它先在清澈的水里自由地翻滚，继而慢慢地舒展，直到水中透出鹅黄色的绿。而此时，满屋早已萦绕着淡淡的清香，沁人心脾。

我去采茶的山叫沂山，山脚下紧挨着一个小村庄，名叫曲家洞子村，村里有一个很深的山洞，自然形成，冬暖夏凉。整个山洞的两侧及顶部是各式各样的奇岩怪石，一眼看去，千岩竞秀，嶙峋起伏，不得不惊叹大自然的鬼斧神工。更让人过目不忘的，是一座形状神似佛爷像的钟乳石，近三米高，巍然屹立，浑然天成。站在石前，仰头望去，忍不住膜拜。

晚上，夜宿在这个小山村，听着一阵阵柔和的风声，闻着草香和泥土的气息，内心很平静，平静得让我想起了儿时那些浅浅淡淡的过往。记忆中，那时的夜晚，总是早早地躺在土炕上，听着木格子窗外的风声，一次又一次，宛如一位老者唱着一首乡村民谣，深沉、悠扬，讲述着四季的故事，我不知不觉中就会慢慢地进入梦乡。

从十九岁那年开始，我每年都会来到这个离自己家乡四十多公里的小山村。初次来时，从镇上往南只有一条羊肠小路，需近一个小时的路程。每次，我都顺着这条崎岖的小土路，深一脚浅一脚地才能走到村里。后来土路加宽，可以骑摩托车。再后来，修了水泥路，道路宽了，时间短了，速度也快了。小路的变迁，折射出时代的进步，也记录着山村的发展。只是这些年，村子里却更安静了。年轻人大都搬进了城里，只有几十户老人还坚守在村子里。而我，依然坚持在每一年的这个时节来住上一晚，因为这里不仅有我的姐姐，还有我儿时梦里的情景。

山里人的淳朴善良、热情好客是无法用言语来形容的。三十多年来，每一次都会有所收获。还未踏进村里，陌生的村民大老远就会热情地跟你打招呼，闲时聊聊家常说说过往；临走时，还硬塞给你些自家养的笨鸡蛋，种的香椿、山菜、芋头等。他们的善良让我爱上了这里的一切。每次压力大了，我就会跑来释放一下心情。在这里，没有喧嚣，没有周旋，无需考虑说错话或有任何的顾忌，心可以像一张白纸一样，干净、纯粹。

临行的晚上，姐姐拿出她八十岁的婆婆亲手给我缝制的鞋垫。鞋垫上栩栩如生的彩色花朵图案把我看呆了。难以想象这位高龄的老人是如何穿针引线的，需付出多大的精力和多少的时间才能纳出这样一双鞋垫啊！我埋怨姐姐不应该让婆婆再干手工活儿。姐姐说："老人只要还能动弹，就想干点自己喜欢的事，觉得自己还是有用之人。”听罢，我把鞋垫捧在手里，望着这双凝聚了老人关爱与心血的鞋垫。无论如何，我还是不舍得把它垫到鞋里，于是，把它小心翼翼地包好并珍藏起来。

“野泉烟火白云间，坐饮香茶爱此山。”离开村庄时，我忍不住回眸遥望远处的青山、古树、烟火人家，跨越千年时空与诗人共鸣。浓浓的乡土人情，淡淡的茶香四溢，荡涤心尘，令人神往。它们在岁月深处停驻，静静地流淌……

## 冬天的夜晚

渴了一秋的天与地，入冬以后却不缺雨水。连续半个月，不是飘着淅淅沥沥的小雨，就是阴冷着一张脸，仿佛这个冬天就是云与雨的世界，谁也别想夺去。这样的天气里，往往心情阴郁。偶尔闲下来，我就会想念泛着金色的暖阳。

阴雨天的晚上我很少出去散步或与友人聚餐，觉得窝在供着暖气的家里特别惬意，独自下厨炒两个青菜，熬半锅米粥，喝上半杯红酒，随心随性又不失优雅。对我来说，吃饭就跟穿衣一样，越简单越入心。

前两天，跟女朋友云去拜访某建筑开发公司的董事长，在他的茶室里喝茶时大家聊起养生蛮有兴致。人到中年，更多的话题除了事业成败，就是养生。“每天的晚餐，都是在家吃一碗菜，两张石磨煎饼，吃得特别舒服。”董事长饶有趣味地对我们讲着，脸上从不缺少笑容。我深有同感，又在心里惊讶，印象中，大公司董事长们的生活方式，好像不该这样普通而又单一，应该每天应酬不断，吃各种奢侈的营养搭配大餐，喝着高档的酒水，吸着大牌的香烟等等。而当这样亲切随和、不张扬、不官僚又谈笑风生的成功人士站在我面前时，我不由肃然起敬。一个人的人品，从生活中的细节上就能体现出来，越是那些让人感到平凡、易接近的高层人士，越是达到了一定境界，拥有大格局和大智慧。

在一年四季中，我最喜欢的是冬天的晚上，或许与我的性格有关，不喜欢喧嚣闹市中的熙熙攘攘，不喜欢灰色道路上的车水马龙，更不喜欢灯红酒绿、纸醉金迷的生活。我甚是喜欢窝在家里的沙发上，抑或床上，读一读韵味无穷的书籍；写一写闲情逸致的心情；品一品清香四溢的花茶；浇一浇苍翠欲滴的花和菜，偶尔也会与它们交交心，倾诉一下苦乐的心情。在我看来，各种有生命的植物，是有灵魂的，像人一样，也是有感情的。你对它呵护有加，它就会朝着你希望的样子滋长。

这样的漫漫长夜，总有风声隔窗入耳，像是风吹动松林，窸窸窣窣，又跌宕起伏，宛如千军万马从远方而来。我放下书，把耳朵凑在玻璃窗上静静地倾听，心脏也会跟着有力地跳动，仿佛要装下月亮、星辰及整个夜晚。

## 初雪之夜

“晚来天欲雪，能饮一杯无。”古往今来，人们对于雪，有着天然的亲近与道不完的喜爱。而冬天的第一场雪，总是让人满心期许。入冬已有些日子了，一直不见雪的倩影。

光秃秃的冬天，少了雪的粉饰，万物萧条，枯燥乏味。风，在这个季节尤为突出，当你走在长长的路上，它特别喜欢往你骨头里钻，宛如一只饿得发慌的流浪狗，无论你走到小城的哪个角落，它都要追上你。往往这个时候，最希望风能把雪带来，因为没有雪的日子，苍白而空旷。

下午的时候，我习惯性地看了一下手机，本地的天气预报显示晚上有小雪，一下子像个孩子一样兴奋不已，早早地熬了半锅紫薯栗子粥，炒了两个小青菜，与家人边吃边等待雪花盛开。我的胃口大开，有时好的心情也会影响人的食欲。

晚上八点多，翻看微信朋友圈，赞美雪的诗歌及美文像雪花一样铺天盖地。一夜之间,因雪,微信里的朋友们抹掉了年龄,一颗颗快乐的童心被唤醒。有的跑到楼下,有的停驻在路上,有的隔窗观雪,整个小城里的男女老少,在这一刻,是同一种心情。

从人们盼雪的心情,不难看出下雪的次数,物以稀为贵。齐鲁大地一年四季分明,是宜居宝地,按理来说,这里的冬天应该不缺雪,或许是天气变暖的原因,近二十年来,雪少得如昙花一现。

步入不惑之年,很难再找到小时候踏雪的情景,那时的冬天真是无情,手、脚、耳朵、脸蛋都会被冻出脓包,甚至流出血水。大雪封村,是家常便饭。一个冬天,屋顶会成为雪的地盘,屋檐则挂满了长长的冰溜子,一串串,似水晶般清莹,宛如漂亮的门帘。而在孩童们的世界里,唯一的玩具就是雪,堆雪人、滚雪球以及打雪仗,满大街到处是孩子们嬉戏打闹的笑声。大人们边忙着扫雪、铲雪、用独轮手推车来回地运雪,边叨念着:“瑞雪兆丰年啊!”抬头望去,一张张脸上都洋溢着浓浓的幸福感。忽然,一个调皮的小伙子偷偷从裤兜里掏出一支鞭炮,趁旁人不注意,用香点燃后迅速地丢到雪地里,雪立马被炸出一个小小的洞。震耳欲聋的响声,惊吓得身边人躲跳到四周,又哭笑不得地追骂着……整个村庄在雪的映衬下,犹如童话世界一般的迷人而热闹。

如今网络发达,街上除了奔驰的车辆、匆匆行走的人们,很少再见到玩雪的人。今夜,微信朋友圈里热闹非凡,一场雪仿佛下在了网络空间里。

## 失眠之夜

窗外的雨,不知疲惫地敲打了一夜。一声接一声的叹息,打破了夜的宁静。雨在彷徨,而我在辗转反侧。有雨的夜晚,注定不能入眠,思绪随雨一样纷纷扬扬地飘落下来。

天渐渐有了颜色,不是五颜六色,而是这两年流行的瓷砖颜色——灰白色。特别在每年的夏日，它总是比人们要醒得早，我猜想或许是装不下太多梦的缘故。我时常羡慕天的洒脱，它高兴时，一大早就会露出绯红的笑容；不高兴时，可以任性地哭，不用顾及任何人的感受，哭上几天几夜，哭得肝肠寸断。

小时候，吃饺子或看露天电影不是最开心的时候，过年才是。记得曾经跟一位朋友喝茶，聊起小时候的种种回忆，她说小时候最开心的莫过于过年吃饺子。在那个物资匮乏的年代，没有不喜欢吃白面饭的，我尽管对吃不挑食，也不是很讲究，但在聊起除夕夜和正月初一与姐姐们吃饺子的情节时也一脸幸福。

我的性格与母亲口中的那个我很符合，生下来一直睡。接生婆说："这妮子跟别的孩子不一样，不是哭着来的。"有时想起母亲的话，我会笑着自嘲："为什么睡眠越来越少？因为我生下来就把觉睡超了。"

记忆犹新的是，年三十吃过早饭跟在哥哥、父亲屁股后面贴春联。直到现在回想起来，我还挺佩服父亲的记忆力，一辈子不糊涂，思想不落后，按村里人的话说，认识一箩筐的字，这在贴春联时就能看出来。记得父亲总是指点着哥哥别把对联贴反了，很在意亦很重视家里每个门上的对联，每次父亲都要检查几遍才放心回屋，在他眼里，这就是过年的大事。那时我还不认识几个字，却常听身边大人们聊谁家把"肥猪满圈"贴在大门上，把"满园春色"贴猪圈门框了等等，然后是一阵长笑……我家不会犯这种错误，因为有父亲在。但年幼的我最喜欢的还是看春联、过门笺和炕头画。尤其到了大年初一，一大早每家每户都是五颜六色、喜气洋洋的，北风吹过都能闻到浓浓的墨香味。行走在大街上，我都会陶醉在这一路的喜庆之中。

那时的冬天，大地都被大雪覆盖着，母亲不允许我早起跑到外面玩，因为冬天只有一双妗子给做的手工棉鞋，沾雪就湿。即使这样，有时我还是趁母亲不注意忍不住偷偷地溜到街上，约上小伙伴们一起深深浅浅地踩着嘎吱嘎吱作响的积雪，乐而忘返。回到家当然免不了挨一顿数落，还要承受着刺骨湿冷的雪水往脚里钻的痛楚，但哪怕双脚经常冻得血肉模糊，我也甘之如饴。当换上新的炕头画后，我安静了一个正月，不再下炕，整天在炕上琢磨着画里的故事情景，有时还编出一个个故事讲给姐姐们听。那段时光，日子是新的，是安宁的，母亲也不再唠叨我不听话了。

凌晨五点半，我的思绪被窗外的声音撞断。各种鸟声伴着雨声，像一场双簧戏，收不住尾。一阵阵汽车轮胎溅过雨水的声音，彻底唤醒了我陷入记忆的心扉。伴着自然与尘世喧嚣的交织声，新的一天又开始了。我起床洗漱，迈着轻盈的脚步无畏地向无尽的未知走去。

## 想给他全部的温暖

季节的萧条，往往影响着人的心情，让人总是患得患失，心情跌落到谷底。午后的阳光被无情的北风掠走了温度，正拨开云层不甘心地眷恋着世间万物。

我独自转悠到离家较近的沭河公园，法桐树下的草坪上躺满了斑痕累累的枯叶。春天给了它希望，夏天滋养着它葳蕤、蓬勃地生长，秋天却无情地终止了它的生命。人的一生也不过如此，谁也无法预测自己的未来。

“嘿嘿……蝴蝶……蝴蝶……”

正无聊地想捡起地上的落叶，突然听到宛如牙牙学语的喊叫声，我好奇地抬起头寻找童音的方向。在不远的枫树林里，一个十岁左右瘦弱的小男孩，蹲在伞状的枫树下，沾满泥土的手上拿着一片血红油光的枫叶，自言自语。

这是北方小城很少见到的红色枫树，它落下的一地红色如同沸腾的血液，让苍凉的秋天充满了激情。空中飘零的红叶，像极了一只只飞舞的蝴蝶，美得令我无法移开眼睛。

“蝴蝶？比喻得太恰当了！小朋友，你叫什么名字？”我情不自禁地走到男孩面前询问。他歪着头咧着嘴对我憨憨地笑，嘴角还断断续续地流着口水，从他那呆呆的眼神里，我才意识到他是一名智力障碍儿童。

“好看…好看……”他边说边踮着脚把一片红叶插进我的头发，脸上流露出稚气无邪的笑容。“哈哈哈哈，你觉得我美吗？”我顿时童心泛滥地逗着他。“美……美……”他倾斜着头，摇晃着身体，大声地回答着。原来他对美也有自己的认知。

不懂惧怕，没有陌生感。这个世界上的生人、熟人、好人、坏人，对他来说都是同一种人，大脑宛如一张没有涂抹的白纸，简单明了。

我俯下身捡起地上一片最美的叶子，慢慢地撕成一颗装载着所有快乐的红心，放进他蓝色的衣兜。

人到中年，已为人母，怜悯之心油然而生，我不由伸手抚摸着他微长凌乱的细发，内心五味杂陈，心疼地把他揽入怀中。

目送他欢快地跑远了，我的思绪却像一根长长的收不回的线。每次的偶然相遇，也是与自己生命的私语，哪怕孤独着抑或喜悦着，都泛着光，在细碎的流年里温暖地流淌。就像这个多情的秋天，一个纯粹的小男孩带着他的“枫叶蝴蝶”闯入我的世界，静静地等待，不曾离开……

## 陌生的温暖

刚刚迈过冬季的门槛，日子短得像一步那么长。阳光刚想有点温度，脚已踏进了下午。

平淡地过着日子，每天都重复着同样的事，麻木而乏味，如同一盘没加盐的菜。我喜欢安静，喜欢小城边缘的田园生活，只有身处大自然，才会明媚起来。因此当收到女朋友云的一个短信邀约，去离小县城三十多里路程的青峰岭库区时，我毫不犹豫地同意了。

云开车来我家小区门口接上我，出城向北行驶。一路上秋天留给冬的金黄，美了眼睛。之前一到枯萎的秋季，心情就会莫名地低落，仿佛生命即将终结，悲从中来。此时，心情却是难以抑制的激动，好似回到了自己的家乡。走进库区，映入眼帘的是一片壮美的风景，让你感觉不到这是乡下的野外。一池望不到边的湖水，在夕阳下泛着橙色的粼光，宛若油画家笔下的艺术品。几位环卫工人在栈桥地面上刷着绿色的油漆，远远望去仿佛是一条通往湖面的绿毯，充满着浪漫的气息。

云和绿植养护工人去了果园，察看并指导给果树施肥的注意事项。我独自在植物园里随意地散步，欣赏着各种树木。有的树被秋风带走了叶子，我已分辨不出来是什么树种，不过这也没有消减我对它们的喜爱。一朵小小的蓝色牵牛花在一棵果树的脚下匍匐绽放。以往我总觉得牵牛花是娇弱的，因为它的花期太短，这次在冬日里能目睹到它的美丽，既欣喜又佩服它的生命力，我在心里把它命名为“铿锵牵牛花”。

贪恋着牵牛花的美色，转悠到绿廊时，我看到几位给果树施肥的大姐正在休息。她们可能是附近村子的村妇，穿着朴素，围着粉红色的三角围巾，脸上有明显被风吹日晒留下来的黑斑，瘦骨嶙峋的手上布满了老茧，让人一眼就能看出这是勤劳又经岁月磨砺的手。她们坐在冰凉的水泥台阶上，有说有笑，完全感觉不到冷的样子，还各自从随身携带的帆布袋子里拿出苹果边吃边聊。这非常接地气的画面使我的记忆一下子回到了小时候，村里的人也是这样，每逢农闲时节时常围聚在一起，聊着那时我听不懂的话题，从白天到黑夜，乐此不疲。看我走过来，几位大姐一起举起手里的苹果朝着我说：“过来吃个苹果吧！”苹果很小，长得也难看，皱皱巴巴，有的还有烂疤。我能辨认出来这个品种是“国光”的一种，不好看，但好吃。我微笑着回她们：“我不吃，你们吃吧！”她们还是热情地往我手里搁，一位年龄最大、身材矮瘦的大姐说：“我把皮削去就不脏了。”听着朴实、善良的话语，我突然被感动得如同沐浴到正午的阳光，很暖很暖。我感激地对她们解释，其实我也是地地道道的农民出身，懂得她们的不容易，才不忍心吃。她们说苹果是自家树上结的，我还是谢绝了她们的善意。从她们的谈笑风生中，我听出她们日子虽不富裕，但过得既充实又开心。农村人有农村人的活法，知足常乐。

走进办公楼的后阳台，隔窗望去，园子里的两座不算高的小洋楼及葳蕤的草坪相映成趣，把整个岭坡衬托得像一座庄园。一阵微风吹过，清幽秀丽的景色在心湖里荡漾开来……

云指导安排好园林养护工人的工作后，喊我回县城。我特别留恋这里的一草一树，还有幽静中偶尔传出绿植养护工人的笑声，它们在我的耳旁萦绕。

车上，收音机里轻轻传来一首歌：

我的老家在农村
那里有我牵挂的人
魂里梦里都是你身影
铅华洗净我把你亲吻
家常拉着浓浓的亲情
乳名喊着切切的乡音
父老乡亲是永远的温暖
…………

我靠在车窗上泪眼婆娑。

# 闭 关

“闭关”两字是我之前从武侠剧里看到的，意思是“独居一处，静心修炼，不与任何人交往，满一定期限才外出”。我闭关三天，还得“感谢”一张受伤的脸。虽然这张脸已是千疮百孔，不用说别人看着会瘆得慌，自己都感觉厌恶，但我还是忍不住不停地照镜子，看看有没有变化。幸亏我的心理承受能力强大，没有因此抑郁成疾。

闭关的这几天，自己也没有闲着，每天按时给孩子做好三餐，空闲时也会反思以前自身存在的问题及工作中的不足。晨起或夜深人静的时候，静下心来读读有益学习的书籍，偶尔画幅画，听听经典老歌，喂喂鱼儿，浇浇阳台上的花菜，自娱自乐。日子不紧不慢，周而复始，宛如置身于寂静的山林中，平凡而又充实地修炼自己。时间久了，内心也慢慢少了急躁与不安，多了一份平静与从容。

今年正月，因无情的疫情在家关了一个月，时间算短不短算长不长，内心却没觉着是闭关，反而觉得是隔离。因为没有安静与独处，须时时顾虑着家人们的感受，不能任性地做自己想做的事，每天除了追剧就是做各种各样的面食小吃，生活好像缺少了点什么。

反之，我很喜欢现在的状态。“两耳不闻窗外事”，安安静静地在空间里徜徉，这符合我一贯的性格。不喜欢热闹，不追求潮流，文字宛如我的恋人，每天陪我晨起伴我入眠，日子精致有序，生活写满诗意。

杨绛在《走到人生边上》这本书里写道：“人生实苦，终其一生，我们都要不断地修炼灵魂，完善自我。”直白的语言点出修炼的意义，也透出人生的哲理。其实，每个人都在经历一场自我修炼之行。心有向往，才能在纷繁浮躁的世界里修篱种菊；心有所悟，才能在平静、平淡、平凡的生活中寻求忘我的境界。而闭关，也总是有期限的，日子一到就没有理由继续独居家中。再有四天出关，我想，到时我一定会像夏天的花儿一样，心向阳光，生生不息。

## 烟花入梦来

或许是听到了院子里混杂的声音，父亲从屋里走到院中，看着屋顶。他还是老样子，身姿挺拔，常被邻舍称赞的俊俏面孔清晰可见。

我昂头望着父亲，指着屋顶大声问：“烟花贴着屋顶飞了，会不会着火啊？”父亲一动不动，看了看屋顶上的麦秸，不说话。我急了，差点哭出来。父亲依旧面无表情，也不言语。我突然感到一股比往常更熟悉的亲近，好似父亲总是与沉默连在一起。

墙是黄泥土筑成的,屋顶用金黄麦秸秆覆盖着,这样的房子住在我心里很多年。我舍不得眼睁睁地看着它被火烧掉,却只能无助地看着烟花不停地划过屋顶。

我喜欢烟花。那个年代物质匮乏,但即使家里再困难,过年时父母也会大方地给我买各种烟花,买白纸做的灯笼。灯笼的白纸上画着小胖娃娃年画,框架是用木头做的,椭圆形,底座是一块圆木板,里面放一盏哥哥用空墨水瓶子做的煤油灯。橙色的微弱灯光把胖娃娃照得活灵活现,一直对着我笑。

后来我上四年级,除夕夜,父亲像变魔术一样给我拿出一个玻璃做的长方体的小灯笼,框架依旧是木块做的,四面玻璃上画着锦鲤和荷花,里面改放红蜡烛。点上,透亮的光穿透黑暗,四周一下如白昼,我称它为“宝莲灯”。一大早,我打着灯笼去家堂屋,等着跟家族成员们去祖坟请家堂,一路上心花怒放,嘴里编唱着:“宝莲灯,金光生,千秋照,万家兴……”

父亲在院子里来回踱步,可能知道烟花不会点燃屋顶,还是不言语,也不看我,跟神仙一样淡定,又背起手走进屋里。我看着一地烟花爆竹的碎屑,房子没有烧掉,才明白原来是过节。但父亲为什么一直不理我呢?院子里再没别人,哥哥呢?哥哥去哪里了?猛然惊醒,才发现原来自己做了一个很长的梦。

大我十岁的哥哥,一直是最疼我的。小时候,我喜欢陀螺,他便亲手给我做。到了深冬,我喜欢滑冰,他找来一块木板,一头钻上洞眼,拴上一根绳子,让我坐在木板上,拉着我溜冰。我兴奋地前仰后倒,他脸上的汗滴在冰上,也成了冰。

在家排行最小的缘故,我一直是父母手心里的宝,是哥哥姐姐们宠着的小公主,可终有一天自己也学着长大了。

六年前,父亲、哥哥分别被疾病带走。父亲发丧那天,漫天大雪。撕心裂肺的痛与不舍使我彻夜难眠,泪打在雪地,留下小洞,湿透整个冬天。

互相介绍，我猜想得没错，她就是奶奶。我开心地喊："爷爷、奶奶。"奶奶边答应边忙活着洗水果、斟茶水。我环顾了一下，屋子里家具摆放整齐，收拾得干净妥当，不难看出路奶奶是个勤快贤惠之人。虽然只是萍水相逢，可看到路奶奶的第一眼，我就感觉很亲切，如同看到自己的亲奶奶。缘分有时就这么奇妙。她看到我也高兴得合不拢嘴，一会儿往我手里塞香蕉，一会儿又给我泡了碗麦乳精。那个年代能用麦乳精招待我，可见我在路奶奶心里不一般。"孙女真好，瞅着就是老实孩子。"路奶奶不停地夸着，羞得我满脸绯红。一个农村女孩在城里无依无靠，又没有社会背景，能受到路奶奶、路爷爷如此热情招待及看重，内心感动之情无法言表，眼里噙满了幸福的泪花。

从此，每逢闲暇时，我就去看望路奶奶。她总是乐呵呵的，从未表现过丝毫的忧愁，也未曾有过任何抱怨。我一直认为生活在高干家庭的路奶奶，肯定没经受过生活的苦难。直到有一天，我无意中在来姨面前聊起来，猜想着路奶奶的人生应该一路无忧。来姨当时就否定了我的猜测，并对我详细地讲述了路奶奶的艰辛经历，我这才了解到她不平凡的人生。

路奶奶出生在一个比较富裕的农民家庭，虽没有多少文化，但善解人意、勤劳朴实。不论是在那个兵荒马乱的战乱年代，还是三年困难时期，她都能灵活应对，面对任何困难都不畏惧，用宽广包容的胸怀去面对。

1949年，年轻漂亮的路奶奶由父母指婚嫁到路家。路家是个大家庭，路爷爷兄弟九个，他排行老五，当时虽然贫穷，路爷爷以及弟弟们仍然不放弃在学校读书，而且个个成绩优秀。可想而知，进入路家后，路奶奶既要承担大量的家务，还要忍受着生活的贫困。但她从未有过怨言，用瘦削的身体默默地承担起了所有的农活及家务。每个星期她都要披星戴月地为弟弟们做好干粮，让他们捎带，生怕弟弟们受委屈。待到夜深人静，别人都睡觉了，她独守在小小的煤油灯下，用粗糙的双手穿针引线缝制着全家人的鞋袜、衣裤。夏天忍受蚊虫不停的叮咬，冬天忍受从破旧的门窗缝隙里钻进来的刺骨寒风，手脚冻得麻木不听使唤，她依然咬牙硬撑着。灯油熬干了，路奶奶熬得更加消瘦了。

为了让路爷爷不放弃学业安心上学，路奶奶带着两个年幼的孩子独自在家侍奉婆婆。那个物资匮乏的年代是艰难困苦不能形容的。忍饥挨饿是经常的，为了挣工分，她还要去生产队里跟男人们一样干繁重的体力活儿。年迈的婆婆跟孩子们饿得面黄肌瘦，日渐虚弱，路奶奶看着心急万分。有一次，她再也顾不得颜面，独自徒步翻过几道山岭，走了五十多里路到亲戚家，难为情地开口讨点粮食回家应饥饿之急。路奶奶的为人处世，亲戚们都知道，同情她的难处，二话不说借给了一袋子粮食。她身高不足一米六，体重七十斤，不知哪来的力量，让她忘记了疲惫，连口饭都没顾得吃就推起载着粮食的独轮车迫不及待地往家赶。

常言说"百日床前无孝子"，路奶奶为瘫痪在床的婆婆煎汤熬药、喂水喂饭、擦屎端尿，日日夜夜伺候了六七年。在婆婆卧病期间，她不辞辛苦，白天不停地忙碌着地里和家里的活儿，晚上守在婆婆床前嘘寒问暖。赶上冬天，她每天晚上都把婆婆的双脚搂在怀里，任由冰凉的脚贴在自己的胸口上，用体温为婆婆取暖。婆婆被感动得逢人就夸，就是亲闺女也不一定能做到这份儿上。老人去世后，路奶奶随路爷爷到了莒县，步入了老年阶段。儿子们也都成家立业，有了自己的孩子。路奶奶又开始帮儿子们带孩子，从幼儿园、小学到中学，用十余年的时间抚育着孙辈们。

孙辈们逐渐长大成人后，九十三岁的路奶奶却于 2015 年 3 月 19 日永远地离开了我们。依然记得我去看望她时，她安静地坐在来姨家的沙发上，脸色红润，拍了拍沙发让我坐在她身边，然后看着我的鞋子问："闺女，你的鞋底太高，不累吗？"接着又说："你看看我的鞋，舒服，漂亮。"她说完孩子般开心地笑着，我们也忍不住跟着一起开怀大笑。半个月后，突然接到来姨的电话，说路奶奶去世了。放下手机，我已泪流满面，说不出的失落、心疼，心里千万个不舍。

路奶奶用柔弱的肩膀支撑了路家几十年。漫长的岁月里，有谁能走进路奶奶的内心世界呢？

# 诗歌卷

· 王德玲 ·

诗歌

# 春　天

春天,就连顽固不化的石头
杂乱的枯草
都欣欣向荣起来
墙角里的迎春花
微微睁开黄色的眼睛
偷偷试探冷暖
柳枝舒展,轻风唤醒湖水
激起层层波澜

槐花和樱花暗着较劲
不知素雅和浓艳谁占上风
蝴蝶、蜜蜂在相互争宠
都想在春天里崭露头角

女儿穿着粉红色的衣衫
在秋千架上欢笑

我不知道，是春光让她如此美丽
还是她让季节花朵般灿烂
我为她拍下这个瞬间
每一个人，都是时光的精灵
每一个童年，都是生命里的春天

阳光浓淡都有满树花开
河水深浅都是遍地绿荫
无论你我，内心都盛开了春天

我沉寂的心
又想起了你
想在春天里，为你写一首诗
想和你在春天约定
一起去看梨花，月光下的梨花
干净里的洁白
尘世中的芳华
在纤尘不染的宁静里
只有花瓣落地的声音

## 在春天醒来

风软了
慢慢梳理寒冷的心事和河堤上的柳
慢慢回想起往事
杏花、蔷薇和丁香

记忆里的花朵长出来
我想起了春天的样子

甜蜜的春天的样子
使我恍惚中觉得自己年轻
梨花飘落,听风、赏月、做梦
任意编织纯美的童话
任意设计虚幻的爱情
任意挥霍老屋的孤独
以及那长长的目光
依依的不舍和嘱咐

冬天之后,像经历了一场生死
笑容不再是敷衍的苟且
更是深思熟虑的喜悦
春天,不只是开放在枝头的花朵
而是舒展从容的心
等待写下一句诗行
等待一起去看杏花
去奔赴一场盛大的邀约

春天,是巨大的奖赏
每一个沉重的生命
都在春天里成长
除了成长,还有欢笑
流水叮咚,鸟鸣婉转
不是春天的和声吗

再次启程,寻找缥缈的理想
五月的山路近了
思乡的情绪,夜夜缠绕

暖暖的五月
母亲孕育着孩子
土地拔节着麦子
我放肆地奔跑,甩开膀子
无拘无束地说笑,挥霍着日子
那远方的游子
正依偎着幸福的影子

五月的蔷薇开了,樱桃熟了
似乎远山可以攀爬,近水可以涉足
似乎白天格外长
早早地天就亮了
上学的孩子,晨练的老人
卖菜的老农,马路边的清洁工
卖早餐的大妈
平凡的日子
淡淡的喜悦随太阳升起
有些美好的愿望开始实现
有些幸福的故事回到家园

五月,走近又走远
细细梳理着的每一天
真正精致安详的日子

这是对生命的恩赐吧
不冷、不热、不燥、不怒
阳光是最诚恳的
像可以拥在怀里的故人
风是最亲昵的
轻掀你的裙裾,开一下玩笑
却不让你难堪

五月,青青的草地闪烁着光芒
明媚的笑容绽开在青春和沧桑的脸上
五月花开次第,开到荼蘼
五月慈悲为怀,万物生长
走在五月的天空下
脚步从容
麦田微黄,内心芬芳

## 又写芙蓉

去与留又有什么不同
即使停在枝头
也是点点残红
绿依旧是青春的绿
花已是残留的痛

那样的离去是多么美
树下朵朵舒展的轻羽

跌落成一片动人的绯红
铺陈在地,虽死犹荣

花开为谁,花落为谁
就像傍晚闭起的叶子
含羞的心事有谁能懂

落花啊,偷了诗人的心
昨夜的梦,今日的醒
转眼成空
留得缠绵,去得从容
总是有所不同

## 秋天之痛

秋天
在绚丽与苍凉之间
被细细的金风抽打许久
才慢慢蹭过来

秋天
微笑多么浅薄
镰刀多么深刻
秋天用颜色表达情绪
和思想

秋天
需要割舍多少事物
滴滴清珠似泪
片片红叶带血
点点白露为霜

秋天
我在天空下高远
在月色里温柔
在夕阳里写诗
随南飞的大雁吟唱

秋天
即使有一些痛也不会说
只是慢慢地枯萎、凋落
然后，迅速成熟了

## 母亲是我秋天的哀伤

在我忧郁的眼睛里
你是秋天
秋天的皱褶里藏不住的荒凉
秋天的枝叶间瑟瑟的哀伤

风雨的清冷，原野的苍茫
都挡不住你脸上的笑、怀里的暖

可是,一丘黄土就轻易地埋葬了你
以及你的牵挂和辛酸
也埋葬了我对尘世的热爱和眷恋

在北山上
一蓬衰草遮住你远远的视线
几朵白云还在流连忘返
一场秋雨淋湿了你也冰冷了我
秋虫不在
世界寂静,已没有了时光
我的内心,空无一物

## 拒绝秋天

秋虫用它一贯的热情,用心弹奏
我是最忠诚的听众
夜夜陪伴,露珠晶莹

秋草疯长,掩饰土地的落寞
天空涕泗滂沱

已经泛黄的叶子
正依依难舍
风来,便舞成华丽的蝶
瞬间跌落
荒芜的枝头,等待冰凉如雪

害怕冬天
害怕原野失去绿色
害怕裸露的山、干瘦的树
凛冽的北风
所以,连秋天一同拒绝

依然要祝福辛劳的父辈们
汗水淌过的沟壑
阳光镀成的肤色
成熟的田野
是您的理想宏图啊
我怎能忍心说拒绝

## 七夕之际

有一种凝望,被时空拉长
用星辰的记忆
铭刻在宇宙的心上
天上一日,人间千年
那黑发已经染上了白霜
牛郎,牛郎
那副挑担,是否压弯了你坚硬的脊梁

这许多许多年
雨水是用痴情酿出的眼泪
雪花是一片片冰心

投递给天庭不屈的表白
天空的屏幕夜夜上演着旷世爱情
尘世的善男信女年年追随

秋虫低鸣的七夕
葡萄架下私语的七夕
和秋天一起,爱情成熟
把鹊桥修成高速路
让相思不再受苦

沏一杯新茶,暖你的红唇
披一件外衣,暖你被秋风吹凉的腰身
依山傍水,慢慢走过
走过七夕,走过银河
走过不用喜鹊搭桥的岁月

## 八月的原野

八月的原野,赴一个金黄色的梦
日夜精雕细琢,为它期待已久的归程
叶子的舞蹈,风的歌唱
为每一粒成长的粮食抒情

像母亲迎接她心爱的孩子
八月的原野,在等待她的分娩痛
挥动的镰刀,斩断与大地相连的脐带

送每一粒粮食远行

孕育之后的枯槁，是必然的宿命
那就彻底地腐烂
决绝地燃烧吧
让脚下的土地肥沃
等待下一个轮回的葱茏

## 红　叶

有多少颗种子萌芽
就有多少片叶子失落
匆匆地去
缓缓地来
遗忘了季节
却又留住了岁月
有谁，会在远处想念
把我的画卷涂成深秋的橘黄
以及决绝的猩红

又是重阳，处处秋霜
历尽颠簸，我去寻找梦中的红叶
哪一片藏着天机
哪一片布满预言
在满山的红叶中
哪一片，已等我千年

一条路，那么近
我每日在路上徜徉
又那么远
生命结束，才是终点
千回百转的一条路啊
既在远方，也在心上
那是我的灯盏
我的白发亲娘
我的石头家乡

你看，你看
路的两旁，已是红叶芬芳

## 萤火虫

萤火虫迎面飞来
和空中的星星一起
在黑色的夜幕，闪烁
我们站在中秋的旷野上
伸手可摘一颗星星
双手能捧一只流萤

风有些生硬
月光婉转流动
山村，安静下来

这是我们的八月初八夜

三个追逐理想的人
不经意间,就成了一道风景
一个是瞩目的
一个繁华如星空
而我,只是流萤
因为你们,我才有一些微弱的光明
我只愿做一只流萤
顶着小小的光明
做自己小小的梦

我永久喜欢的夜
包容着我的不安
和羞涩
而月光,仍和颜悦色
挥一挥手,什么都不要说
趁着夜色
我们就此别过

## 又到秋天

天高旷远的时节
常常有连绵的细雨
常常有明净的月色
人间最好的样子

是秋天的家乡
丰收的庄稼
炊烟袅袅的傍晚
忙碌的爹娘
嘱咐再嘱咐
一遍又一遍

爹娘去哪儿了
一如落叶，从此不见
剪断我脐带的时候，血脉还相连
离家远行的时候，目光还相连
你们走了，空空的我只剩下思念
一个深深掩藏的伤口
缓慢而持久地疼痛
一种无法挽回的遗憾
成为回不去的梦境
只能夜夜无眠

母亲走在秋天
我曾经喜欢的秋天
家乡的路两边红叶招展
村前的河水清澈舒缓
村里的乡亲依然可亲
可是，那些熟悉的老人里
已经没有了母亲
我的秋天里
只有深深的思念

家乡成为故乡
回家的路已经那么遥远

母亲，是我的秋天
秋风不冷
霜露不侵
我用对母亲的想念
开一朵洁白的菊花
别在秋天的胸前

## 立　冬

四季走得好快
我还沉浸在春天的梦里
春天的风景、春天的爱情
仍是春天的年纪
春天的懵懂

在越来越短的日子里
越来越淡的阳光里
以及越来越模糊的视线里
冬天，不容分说地到来

靠近炉火，寻找光
在你的映照下，我如此美丽
如此旺盛

在漫天的冷酷里
我的内心
开出新鲜的花朵

我守着你,守着四季
以及分秒之际的时间
一笔一笔地刻下
满是爱怜和心疼

## 雪之恋

雪花,飞舞的精灵
用一场旷世的舞蹈
描绘天空对大地的爱情
这铺天盖地的誓言
和包容一切的勇气
让世界洁白如玉

日夜凝视着
土地的甘苦与焦灼
四季的寒暑与荣枯
天空,高高在上
却满怀深情

这是一场声势浩大的雪
万物静止,时间静止

不能停下的，是心跳、思念
和对于白色的渴望

白雪覆盖的山川大地
像盛装待嫁的新娘
在目所能及的远方
与天空相接、相拥、相吻

这白茫茫的世界
是温柔的婚床
缔造着无数生灵和色彩
而我们
是置身事外的旁观者
或者，像蝴蝶只是在花瓣上驻足片刻

雪花，飞舞的精灵
在寒冷的日子
带着深情的告白而来
带着无边的温柔
和玫瑰花的情意
而来

雪之恋
用洁白的生命
滋润一个繁花盛开的春天

## 雪中行走

天地相接,浑然一体
将车马喧嚣隔绝在世界之外
温暖昨日之心房,追寻明日之光明
这一程的行走
孤独而冷静

唯有漫天的雪花
倾心演绎美丽的童话
而人来人往的痕迹
转眼之间
已经抹去

雪花,伏在我的额头
落到我的发际
它如此亲昵
说着我听不懂的语言

我突然明白
它是带了神的旨意而来
在默默的融化中
我随之晶莹

雪花消失

而我，依然行走在路上
我们是两朵不同的雪花
将来，会以另外的方式相遇

## 雪中的想念

雪是雨的精灵
它如此狡猾，又洁白无瑕
它是怀着期望来的
看看去年的怠慢是否多了些冷漠
今年的唐突又是否多了些焦灼
匆匆的人，已看不见生活原来的样子
泥泞的路和迷茫的心
都在前方拥挤

我只是想找回少年的回忆
痴迷地在雪中飞
也许曾经是雪的精灵
只因为饱含热泪
便落地成人

我依然没有停止想念
想念天空、杏花和路边的蔷薇
想念母亲、家乡和我的亲人
当我离开，一定会拒绝坟墓
拒绝掩埋肉身

我要用飞舞的姿势
化成雪、雨或者飘浮的云
在离天空最近的地方
和我的思念相拥

今夜的雪,在窗外下着
我要在今夜的梦里,自由飞舞
或者去你沉睡的地方
偎依在你冰冷的怀里,给你春天的温度
今夜,雪花安静而孤独
在默默地想念中
我忘记了自己的名字
那么就叫我雪花吧
我将在明晨的枝头,晶莹

## 冬天的雪花

在冬天,作为一朵雪花飞舞
是多么美
绝世之舞,倾心之恋
在空旷的静夜,浩浩荡荡

尽管安详从容,缓缓而来
这场演出却气势恢宏
漫天皆白,世界讶然静止

枝头一朵，手心一滴
雪花啊，禁不住柔软的温和
匆匆融化

我仍然是那个厌世的人
不愿意喧哗
安静，内心晶莹
不想虚伪
勇敢时飞舞，低落时洁净

我幻想把自己融入雪花的生命
短促地盛开，瞬间瑰丽
轻轻而去，无声无息

春天又到了
草丛上盈盈露珠
雪花啊，你去哪儿了

## 冬天的树

树，脱光了叶子
那些浓密的绿、灿烂的花、累累硕果
都渐渐离去
冬天的树，终于挺了挺脊梁
喘口粗气，站直了身体

树枝伸向空中
枝头开放着月光、风、雪花
还有自由的空气

我站在冬天的树下
看见寂寥的天空
辽阔、高远

树是我的风景
我是树的风景
呼吸之间
惺惺相惜

## 冬至之日

今日之日最短
今日之夜最长

今日家家都会包饺子
先去祭奠故去的亲人
再来祝福孩子的成长

今日是数九寒天的开始
今日很多人走在怀念的路上
今日那远方的游子
正远远地把故乡凝望

冬至之日
我寄出很多明信片
用我写下的句子
和上面的风景
治愈那些
思乡的忧伤

## 冬至的思念

今日冬至
想起那些离去的亲人
有时觉得他们坐在云端
每一缕阳光都有他们的味道
微风吹过,可听到轻声的呼唤
有时又觉得他们在地下
和我有一地之隔
如果向着地下深挖
便会找到走向他们的道路

离去的亲人到底在哪里
从来没有一朵云
会来到地面
因为行至半空
已经泪流满面
从来没有一口深井

可以通达地下
因为未到深处
已被泪水涌满

人间深情,不是日日相拥
而是想见时,随时可见
想念时,你在电话那端
今日冬至
母亲,我想见你一面
如何能见

## 冬天的柳树

在街道的两边
在萧索的冬季
寒冷侵蚀着大地的每一寸肌肤
北风冷漠地掳去你执着的叶子
你的枝条光秃着
依然摆动着绰约的舞姿

我恍惚看见
那漫天的雪花
是你飘飞的柳絮
那舒展的身躯
像沐浴着细雨春风
你用款款的风度

梳理长长的柳枝
那柔顺的枝节
已悄悄将嫩芽孕育

你站立的是风骨
我阅读的是诗意
在这冷寂的长街上
我一次次地,走近你
又远远离去

我是飘忽的景色
你是坚守的凝望
你和我的呼吸
是这个冬天
至高的温度

## 大　寒

今日大寒
冬天在最后一道门槛上,阴沉着
雨雪交加
可是它狡猾的步履,已蹒跚不稳
冰冻下面,春天,正蠢蠢欲动
打算崭露头角

无论多么阴冷残酷

还是阻挡不了季节更替
时光,看似轻描淡写
实则用尽心机
红的红、白的白
一切,尽在它的掌握之中

## 在夜晚,在路上

夜晚,孤独的风
游荡在每个静默的山口
直立的老树
深藏了泪水
湿润着清晨的枝头
星星,用它一贯冷冷的目光
将黑夜的心事,穿透

远处灯光闪烁
一盏一盏,在为谁守候
什么能够永久
怎样才能不朽
是否可以一直
在夜晚,在回家的路上
奔走

依稀看到白发母亲
站在黄昏的街头

向我挥手
在路上，沉默的老树
沧桑依旧
远山近水，处处含秋

## 傍晚，在家乡的东山上

傍晚，一个人
坐在家乡的东山上
远志、荠荠牙、石竹子
这些童年的小伙伴
蜂拥依偎在我的脚旁
这么多年了
你们还记得我
亲热地俯下身子，问短问长

你们都没变啊，小伙伴
远志还是细细的枝叶，一点没胖
紫色的小花，闪着星星一样的光
用细长的根，治疗失眠多梦
有安神益智的好心肠
这几年，只是苦了石竹子
人们突然发现
你比上好的茶还要清香
寻宝一样地采摘
暗地里，你是否独自忧伤

远处,还有猫子眼、甜酒根
白头翁、蒲公英
那些熟悉的花儿和小草
像见了老朋友一样热闹起来
仰着无邪的笑脸
朝我摇头晃脑

秋去春来,你们还是老样子
简单,不经世事
而我,跌跌撞撞
找不回从前的自己

## 家乡的石阶

石头台阶,一层层
铺在家乡的街道上
从上边到下边,从东边到西边
那种不规则的光滑的石头
被恰当地放置
被日夜地摩擦
反射月光和日光
传递夏日的热和冬天的凉

上学、放牛、挑水
简单又真实的岁月

石阶弹奏着、吟诵着
在记忆中，开出诗意的花朵

父亲抽着旱烟敲打石头
敲打这里的石器时代
碾、磨和石臼
父亲留下的作品
陪伴着村庄
也陪伴着我们
当柏油路突然之间横贯东西代替了石阶
当汽车在家乡的街道奔驰
父亲已经把他刻下的时代埋葬
以及家乡的夜晚
夜晚安静的月光

村前的河水仍在日夜流淌
上游的我和下游的她去了不同的远方
而故乡，在我们心上
午夜梦回的思念
秋叶飘零的忧伤
像村里的石阶
层层叠叠
意味深长

## 想念父亲

父亲
我站在苍凉的河岸上想你
前面是跨不过的深渊
后面是走不完的崎岖
我茫然的目光
彷徨的双脚
朝拜的心
该向哪里寻找你
才能更近地触摸到你的影子

父亲
我在寂寞的黄昏里想你
风柔柔吹着
无声无息
那是你仍然平静的呼吸吗
依稀带着暖暖的气息
灯光跳跃的水面
色彩斑斓
从河心投来最亮的那盏
是你远远的凝视吗
还是你湿漉漉的思念

父亲

我在无眠的午夜里想你
等你入梦的温暖
生命于我，是多么长
已经步入不惑，还在旺盛地成长
生命于你，是多么短
五十六岁，就匆匆地走了
我们的父女情缘仅仅二十年
从此，儿女的天空就剩了一半

父亲
生活的每一种苦你都吃过
生活的甜你却没尝遍
你没享过吃得饱、穿得暖
手中有余钱的福
却用凿出的石头
盖了千家屋
而今
只有一丘黄土承载着我们的想念
只有长大的我们和山上的石头塘子
记录了你的辛苦

父亲
你的孤独，你的惦记
是天上飘浮的云吗
那些亲切的雨滴
在拍打我身上的尘土
你疼爱你的小女儿啊

给了她那么多的庇护
如果天堂有路
也让我孝敬你吧
为你点一袋旱烟
燃尽父女思念的痛楚

## 母　亲

为什么,天上的云彩
像棉花,洁白、柔软
心里却暗藏了泪水
为什么,地上的坟丘
像馒头
滋养种子和花朵

为什么,不能忘记你的离去
这不能愈合的伤口
在我的抚摸中,日夜疼痛
你高坐云端,还是融入泥土
已不再重要

我将成为你
头顶着童话,怀抱着乳汁
成为白云、坟丘
安慰土地上的孩子
不要哭

# 香椿树

只要生长
就会被折下枝头
那些贪婪的嘴
冷漠的心
让你承受了多少搓和揉
站在我的窗前，你说
成长，不必在意凋谢
不必为了不朽
只是让童年多一种味道
让记忆多一分温柔

# 芙蓉花开

沉睡百年的美人，已经醒来
蒙蒙眬眬的眼帘初开
羞怯的红晕
在初夏的细雨里
浪漫着少年的情怀
那是芙蓉花开

伞形的花，珠形的叶
婆娑在窗外

我读精子、卵子、胚胎
读生命的繁衍和青春
做妻子、母亲、女儿
把贤惠、慈爱和孝顺
都表达出来
倦了累了,就看窗外
那是芙蓉花开

是谁把你种在路边
含着轻轻浅浅的笑容
像生活在宣纸上的女子
把一朵粉红斜插在发髻
静静等待,心上人来
那是芙蓉花开

多年之后
你在我不在
花还是花,我是尘埃
随风飞扬,我仍然吟唱
那时的芙蓉花开

## 女贞子

六月,淅淅沥沥的小雨中
女贞子,悄悄地开出花来
像昨夜跌落的星

在葱茏的枝头，落地为家
一夜之间，繁衍成群
随风而来的芳香，像夏天的女子
怎么也藏不住自己
人也美丽，裙也美丽

女贞子，在六月
微微含着笑意
抚慰忧伤的雨季
以及忧伤的你
点点素白，累累成诗
寂然无声，淡雅有致
洒落在地的小小花朵
暗香残留
是泪，还是欢喜

女贞子，要赶赴一场约会
趁蝉声未落，秋虫未醒
披一身星星一样的花儿
走进雨季的黄昏
会见自己梦想的天空

女贞子
淡淡的香，浅浅的白，
轻轻地来，静静地走
在黄昏，在雨后
一瓣一瓣，从容飘落

## 夏天的国槐

夏天,国槐树里藏着阳光
被雨点零碎地打落在地上
那是一场古老的香雪
缓缓地倾泻着沉积的忧伤

那些花是你闪烁的心事吗
还是你躲闪的目光
我看见你一只眼睛在人群里行走
一只眼睛在天空中飞
一边追逐着夜晚的星星
一边流着悲伤的眼泪

那是我和你相同的命运吗
开放、凋落和生长
还有深情的思念和凝望
以及那些遥远的梦想

## 常 青 藤

我是激情常在的青藤
向上,是唯一的姿势
向上,就有阳光、雨和风

阳光给予了生命
雨水给予了常青
风给了摇曳的美
美丽是我向上的风景

那么多娇艳的花朵
在四季里次第地开
只有我绿色的枝条
用不变的虔诚
追随变换的季节

我用常青的生命
攀援在空中
只为这美丽的人世间
抒情

## 家乡的沭河

不能忘记你昨日的模样
无边的苍凉、空旷
岸上的芦苇，独自哀伤
水草疯长
唤不醒蛮荒的河道
泥沙俱下
无法丰腴，那嶙峋的河床

挖沙，挖出水下的陷阱
像巫婆的一只瞎眼睛
在夏天，它总以魔咒蛊惑
每年都要吞噬几个年轻的生命
一条无辜的河
成了多少父母心中的痛

沭河两岸，我听见
乡亲的声声呼唤
何日能见你的水流清清
多久才有河底的平静

突然之间，河岸变成了花园
点点灯光，映在河中
亦虚亦幻
是否天上银河跌落河畔
绿坪、浓荫、幽径、落英
月光下蓝色的河面柔软如绸
孩子的笑声飞出很远

那幽径上的蜜语
牵手的勇敢
那劳顿后的放松，漫步的悠闲
都留在美丽的河畔
交给沭河水
任你深深浅浅
都是今天的诺言

阳光下的碧水波光粼粼
芳草萋萋,水鸟斜飞
绿荫环绕的楼阁
是否天上宫阙

依稀在梦里,神对我说
为眷顾这一方淳朴的子民
给你们额外的恩典
把沭河注入灵气
让它流淌在你们身边

## 夜晚的沭河

在冬天的傍晚
我们相约去看家乡的沭河
霓虹闪烁,映照河面
长廊、红帆
栈桥、亭阁
头上一弯新月
站在廊桥上
北面有都市的繁华绚丽
南面有江南的清秀婉约
东岸是崛起的现代化新城
西岸是回望历史的古城故国

顺便见证了一场爱情
灿烂的烟花,怒放的玫瑰
以及青春的喜悦
在这个寒冷的夜晚
如此美丽动人
当女主角抱着鲜花走向我
走向一个陌生的闯入者
我竟如此慌乱
紧张地躲避这贵重的馈赠
把感动和祝福留给沭河

家乡的风景,家乡的故事
就像曾经的少年
就像身边的你我
就像一直伴随我们的沭河
静静地流淌着
真挚的情意,别样的亲切

## 产　房

生命和生命是接力
生命对生命是孕育
神秘的生长、彻骨的疼痛
新鲜的啼哭、染血的欢笑
产房内痛苦和挣扎
产房外担心和焦虑

这小小的产房
蕴含多么丰富

这方寸之地
情绪被放大、感受被演绎
爱与痛淋漓尽致

此刻,我在值夜班
产房是安静的
一天里不同的分娩都已完成
疲倦的妈妈睡了
幸福的爸爸睡了
粉嘟嘟的婴儿睡了
星星和月亮也睡了
我醒着
产房的门上写着
慎重再慎重,掌上托生命

## 午夜的诞生

午夜的声音
静谧而执着
睡的、醒的
一切都在红尘之外
爱和希望
总是在午夜的灯光里

闪闪烁烁

午夜,我的手上
开放着红色的花朵
一声清脆的啼哭
洞穿了黑夜和沉默
无影灯下,一阵小小的欢呼
只为小小的你
你是带着神的旨意赶来
只为走一条前所未有的路
带着众人和众神的托付
你是人间的希望和福祉

午夜的欢呼
在柔和的灯光下
是一首抒情诗

## 我不是天使

用我轻柔的手
触摸你的娇羞

用我暖暖的目光
把你的慌乱带走

用我温情的语言

驱散你心头的忧愁

用我丰富的积累
启迪你的困惑

用我的智慧
帮你走过徘徊的十字路口

我追随着希波克拉底的誓言
践行着林巧稚的信念

我用心体会着你的疼痛
细心观察着你的危安

你无助的眼神让我心疼
憔悴的面容使我爱怜

炎症、肿瘤
妊娠、手术
这些字眼的后面
藏匿着波澜和蹂躏
也隐含着希望和期盼
恐惧和不安
还有焦虑、心惊胆战

我以仁爱之心,心怀慈悲
珍惜你的信赖

包容你的固执
心无旁骛，义无反顾

我不是天使
却行使着天使的权利
帮助你，是我的光荣
为使你的人生更加完美
我必然竭尽全力

## 多么幸福

来到莒县走一趟，是多么幸福
处处是花香，处处有果实
花随你看，果任你吃
人间百花园，自然大课堂
阡陌井然，民风淳良
迷失的桃花源找到了
曾经的期待不再迷茫
今日莒县，已是天堂的模样

来到莒县走一趟，是多么幸福
屋楼相伴，沭水相依
一叶银杏，写满春秋故事
一丘浮来，都是文章哲理
暮鼓晨钟，几千年回声缭绕
沭河奔流，几万年波澜不惊

一河分两城
老城在沧桑中厚重
新城在成长中茁壮
莒县,是刻在血脉里的印章
天涯海角,是我最想念的地方

来人间走一趟,是多么幸福
我看到高山流水
看到四季分明的大地
看到亲人和朋友的笑脸
看到稚嫩的婴儿
来到我的怀里
我拥抱每一个刚出生的孩子
给他第一份人间祝福
祝他健康、快乐、经历丰富
愿每一个生命都被善待
愿付出不被辜负,努力都有收获
愿春天从不迟到,爱情始终甜美
愿你常常会说,多么幸福

· 史素娟 ·

诗歌

# 莒

莒，披一身霞彩从远古走来
刻下比甲骨文早一千五百多年的陶文“”
莒，吹响从蒙昧走向文明的号角
还把最美的春秋记录在《春秋》里

莒坐拥青山和绿水
莒融入书画和诗文
刘勰曾在浮来山上校经
曾子曾在书院夜诵
莒让你如沐春风到难以忘怀
鲍叔牙说毋忘在莒
苏东坡说不忘在莒

“包容创造、明礼尚义、崇文重学、自强奋进”叫莒文化
融入血液的饭菜香叫莒地味道
这里的讲究和送你的特别心意叫莒礼

千年墨香落在衣袂上叫莒绘

莒的名字，三千年未变
莒的故事，源远流长
莒是四千年仍青葱如昨的银杏树
莒用一座莒国古城来铭记和邀约

莒常唤你来莒
品一盏浮来青茶
喝一杯浮来春酒
尝一尝嗡嗡乐的蜂蜜
和鲜美的羊肉汤
莒还想带你走一走乡愁袅袅的村巷
门前的小河仍在淙淙流淌着儿时的歌谣

我把这方厚土叫莒地
我的亲朋好友是莒人
我把名字改为莒莒
我把孩子称为莒宝宝
我蹩脚的普通话叫莒普
我心底的一块绿洲叫莒情莒意
莒，我此后余生想要让更多人认识的一个字
莒，我想让你成为更多人的诗和远方
莒，你会走向更远更美的远方

# 龙山梯田

忍不住轻轻抚摸
山海之间这一方田
一寸一寸
手感清凉又绵软

阳光下
它的青葱岁月一览无余
秋色漫上山坡时
梦想将如期抵达

我喜欢如此分明的四季
春也是春,秋也是秋
谷子年轻时,谷子年老时
让人轻愁,更让人欢喜

还有一窝一窝的村落
依水而居
浣衣的女子
恍惚带我回到过去

梯田风情依旧
笑看世事荣枯
温柔轮回里

一切美好天赐遂人意

## 鹤河岸边的牵牛花开了

向日而生的花儿，鹤河岸边
名为牵牛的花儿，又名夕颜
春花开过，夏果收获
秋水澄澈，冬日静默

它们在杂草丛中，盛放
生不能选择，萎不能拒绝
幸有过程
可以自己掌握

你可以成为农人，春耕秋收
也可以成为诗人，四季吟诵
但不能选择
为人为花为草的初生

不能拒绝，造物主的初衷
但每一种生命，缘于顺应缘于坚守
缘于不失逐日的本能本性
都值得尊重

## 老苹果树六十岁了

岁月赐予的那些痛
成就我强悍的生命
半个世纪刀削斧砍,暮雪朝霜
仍花谢花开,枝叶繁盛

春风热切
秋雨凉薄
已经淡看了岁月更迭
任谁,也不能阻挡我活着

我裸露的累累伤痕
感谢你不鄙视,不怜悯
我的柔情似水意志如铁
感谢你懂得,不评价,也不冷漠

## 在寨里河的双鼎山上

我已经不会被风景打动
我已融入风景
是一朵花,一块石,一段溪流
或者是一只蝴蝶
小心翼翼停留在野蔷薇的枝头

多年前我曾仰望这片山脉
抵达最高的那个峰顶
置身物外
看山看水
直至看到变幻莫测入世出世的人生

当我今日上山下山不言不语
当我不再去刻意记录什么
我的岁月,是山川河流的岁月
我的时光,是风花雪月的时光
我是这片风景眼中的风景

## 以一朵花的名义邀约春天

以一朵花的名义
邀约春天
邀约前世未竟的一段
桃花缘

在杏花春雨的季节
独爱清浅的一抹粉色
拈花微笑,心事缥缈
淡看了世间纷纷扰扰

守一顶草棚听花开

伴一只鸟巢观花谢
天涯归来的路途再遥远
也是如此美好

一个叫北上涧的地方
粉红山坳,碧水环绕
桃花绽放时
恰好你来到

## 龙头沟村的菊花开了

用沉甸成就秋天
用明媚成就秋阳
用果实成就花朵
用时光成就春天的梦想

龙头沟的守望
是所有乡村的守望
它牵引游子的乡愁
又期待自我的飞扬

从冬走到秋
和从春走到冬
同样的四季
不同的思绪在岁月的斑驳里来来往往

我在寨里河
一个总是能发现惊喜的地方
也在龙头沟
采菊东篱,以茶相邀

## 关于四千年银杏树的一幅画

四千年前谁人种的树
沧海桑田,等着谁的到来
四千年后今人谁的画
朦胧唯美,扯着谁的牵挂

我错过它的每一个春秋冬夏
春也不春秋也不秋
绿也不绿黄也不黄
而它,始终坚定

你所向往的文明
它已替你见证
很多人携手走过的路
早已是它的前生
它的哲学,你不懂

今夜,雨雪交加
它云淡风清
今夜

人们沉醉在沉睡的风景
在水草微腥的香气里

霓虹灯陪伴的孤岛
从未觉得自己孤独
我们看到与感觉到的
从来就不曾协调

虫隐匿在树间草丛
难以遏制住歌唱
我想守住丝丝迷惘放纵想象
暂且像夜晚的虫子只有思想闪亮

在沭河的木桥上
传奇正稚嫩成长
当我们成为过去
沭河便成为往事

谁的故事会流传到千百年后
谁将会祈求
岁月轮回后
在木桥孤岛与你相逢

幸福时常如沙漏
你渴望抓住近在咫尺的笑声
却发现,夜沭河
你只可铭记请勿苛求

# 蓝天白云的童话

在清晨遇见一场盛大的童话
诗画无法记下
白云的清甜,蓝天的博大
正如语言都不能表达的欣喜和惊讶

顿时觉得无比幸福
盛夏冰淇淋
严冬小火炉
孩子的笑颜和拥抱
心里充盈的满足感

这场童话的给予
期待成为奢侈的久远
忽然记起妈妈的蓝地白花袄
曾是最温暖的摇篮

终于找到欢喜的理由
源自生命最初的遇见
你仰望蓝天深深感念
这么渺小的我们拥有这样美丽无垠的空间

# 抵 达

船儿抵达港湾
风儿抵达云端
叶子抵达秋天
我抵达你

前世约定
在某个秋天相逢
红尘同步
不离不弃

任何语言都流于浮华
此刻灵魂
璀璨如灯
我拈叶展颜

# 在慈溪遇见一棵香樟树

你
从一粒种子到今天
疏影横斜已千年
我
跨越千里

仿佛圆前世夙愿
只一眼
便惺惺相惜

让我落在江北的
究竟是哪路神仙
未见我清质莲心
也未知我原本温婉

给白墙一抹红的素淡小景
给清泉绿荫千年的承诺
或者在树边站成另一棵树
经风霜沐雨露默然不语

流年如梦
一棵树矗立在我前行的路上
我经常在陌生的地方找到自己
也经常会在熟悉的地方走失

## 记录一组春天的图片

此刻摇曳不定的是树叶、花朵
还是永远流浪不息的风
我们始终追求的幸福
是否能跟得上起伏的心情

时光清浅

掠过面庞刷白鬓角,穿透不断变矮弯曲的身体

苍凉以浸染的方式占据心房

寒意试图无限延长

北方,北方

曾经草木凋零,鸟儿悲鸣

曾经匆匆逃避

身影渐行渐远,灵魂无法追赶

此刻,站在冬的边缘

一丝春讯刚刚传来

万物立刻焕发容光

喜欢春天这么强悍的模样

## 给女儿

你笑了

满世界的莲花都开了

花香行走在微凉的风中

柳芽儿正悄然萌动

季节停留在春天

时间停留在黎明

色彩停留在嫣红

我的欢喜停留在你的眼睛

生命从此无涯
时空变幻出无限可能
我在莲的面前许下心愿
愿你平安幸福,此生

## 秋雨后

一场秋雨后
走过铺满落叶的柏油路
我听见
心碎的声音

是谁的梦想
春开秋谢
这么快
就完成了一个轮回

我有没有资格,感同身受
为它,诠释这一场伤悲
或者有没有能力
为它,开启另一个轮回

# 九里晴川的云

九里晴川的云啊
这么软这么美
多想把它缝进绣着萱草花的被子
睡在妈妈的身旁

九里晴川的云啊
飘在连绵的青山上
多想带上小小的女儿
在山间逛一逛

九里晴川的云啊
在龙山的绿水里荡漾
多想采一朵尝一尝
回到小时候吃糖果的模样

九里晴川的云啊
夜晚就落在青草地上
我想和妈妈、女儿一起
住在九里晴川的帐房
数着星星，望着月亮

## 鹅卵石

你等待了几千年
或者几万年才等到我
而我只是偶然经过
将你捧在我的手心

漫长的无数个黑夜
痛苦的无数次磨砺
让你变得晶莹美丽
某年某月的某一天
海水将你送到我身边
在你未成为沙子或者消失的时候

你以曾经和当下告诉我
等待,想要的总会来

就像看见未来在笑着迎接我
我看见所有海底沉默的石子都可能等到美好的明天

## 梦想星空

靛蓝星空
每颗星星都是一个梦

我的梦想,怯怯地躲在云朵后
你是否只看见
最明亮绚丽的那颗

短短时间,似乎长达数年
如果,恰好,不早不晚
你会不会看见,微弱的光点
强烈的期盼
我矛盾心绪褪色的底片

如果你习惯低头行走
轻轻路过我的门口
请看看那朵努力绽放的粉紫牵牛
那是昨夜我的星星
只为靠近看你一眼
它选择了如此短暂的生命

## 我只收藏一片叶子

我只收藏一片叶子
立冬,我携一片树叶穿过北风
穿过街头冷漠的车水马龙
我只收藏一片叶子
作为我对这个年度春夏秋的怀念

这个季节,适合温酒写诗

最好在那个堆着柴火的房子
冷得透彻，隔着画满冰花的玻璃
看得见雪花落地

立冬，再也没有热腾腾的
姥姥包的饺子
我所有想表达的东西
其实都是矫情之下的掩饰

如果我醉了
醉到只留下难过两个字
在立冬
这是用泪水写的诗句
我成长
你在慢慢离我而去
我存在
你给我最温暖的记忆

想念一个人
原来这么经不起一提
我原来只想收藏一片叶子
可我知道看到叶子就会想到你

## 成都，今夜请记得我来过

成都，这座城市和璀璨的夜空一个表情

灯光如同星光，被冷冷的目光穿过
辣妹子携芬芳从身边飘过
我恍然如梦，又无比惆怅

火锅的底色，是我此时的心情
在陌生的酒店，听熟悉的老歌
牵一缕思念，千里之外
我的心走了便不再回来

成都，今夜请记得我来过
我来时花如月
我来时雨织纱
我来时柳成荫
我来时，春天正悄悄尾随我来

## 杭州西湖

西湖边，许仙的艳遇流传千年
许多人来了又走，只看见一汪碧水
看不到万缕柔情
看得到苏堤
看不透苏轼的心胸

唱一曲《千年等一回》
只为前世我可能从湖边路过
或者就是这采莲的女子

长发短发
没有谁，知我莲的心事

静候雨的到来
雨中的等待被淋湿
花重，重不过这一段情
好在我只是一个普通的女子
来寻一段前世的擦肩而过

如愿与否
不重要
重要的是我从未停止过
寻找美好

## 谒杜甫草堂

不忍看你瘦骨嶙峋的身影
但想摸摸你的手
写出无数忧国忧民的诗歌的手
还想走进你历经寒苦的心
杜甫，就算这样心疼你
我也只是路过你的一段经历

浣花溪边，一间草屋
苫草作顶，薄板为壁
冷风中仍念天下寒士无居处

眼前秀竹高耸、大树参天
繁华中,我只看到你的哀荣

假如此生再不能歌咏
假如此生只能随水漂流
放不下国家和民众
莫如先满足孩子一顿饱饭的渴求
我不能理解
正如穿梭的人流
不懂你的伤痛

生之短暂与死之长久
哪一个能印在人们心头
好像什么都不重要
修缮再好
你的归处只能是河中船头
凝固成一座铜像吧
此刻,我小心地触摸这种金属的冰冷

## 路过一片银杏叶的降落

我恰好路过你的降落
目睹你人生最无奈的一刻
纵然怜惜,也只能把你珍藏在我的书页
我会有同你一样的经历
人生的葱绿、苍凉和落魄

还有你的成长从芽到叶到枯黄的书签
我看到不能拒绝的结局
所以加倍珍惜活着、活着
但我的降落
我只想有一个人恰好路过

## 初雪情怀

就像新娘子羞涩地
掀起面纱的一角
惊喜地看到一切都是她梦想的模样
包括人

我对初雪有同样的期待
还算简单纯粹的心
从一年的琐碎中醒来
只为领受,这份情怀

悄悄将思绪牵到初雪来的地方
任它将我的灵魂
带到它的
花样年华
如果有一个人
此时陪我踏雪寻梅
我想我一定不会拒绝
因初雪而生的雅意

就像我的朋友,在蜜月里陪梅花开
人生有几次,可以活得恣意
每一场初雪,都是个理由
让我们放纵欢喜

摘一片雪花在手心里
化作晶莹的一滴仙女泪
采一朵雪花插在鬓角
让它代我亲吻我的白发

韶华易逝
只为年年岁岁的这场雪
早生华发
我不怕

## 冥　想

其实不是因为信仰
才学着放松自己的身体
让它,变成
静如莲花的模样

选择清晨和深夜
设想花间或林间
潺潺流着的泉水溪水

鸟的欢笑萦绕耳边

我非我
正如花非花、雾非雾
遗世独立
浑然忘我

放下,放空一切
思想静止
以打坐的姿势
唤醒另一个自己

## 紫藤花谢

如果可以
我想在你来时的路
洒下紫藤花的种子
花开是你的花冠
花谢是你的花钿
步步生香
你踏春色而来
我沐春光等待

## 紫鸢花开

前世，你是一只鸟儿吗
选择作为紫鸢花
一天就是一生
热烈、落寞，都如此短暂
一只鸟静悄悄地凡心绽放
自天而降的涅槃
是天使渴望人间
所以堕入红尘的梦想
而我，为紫色而甘愿成为紫色
却不能为选择而执意选择

## 一只蝴蝶的暮年

寒气越来越重
这只蝴蝶
趁着门帘的晃动
闪进我温暖的小屋

它久久静止在微机屏幕一角
有点光，不太凄冷
有点暖，类似初春
一个上午，它未走出这方界面

像老人,在冬天的柴垛旁
留恋着一点点阳光
只打了个盹儿
捧着的热水袋已变凉

对待一只蝴蝶
我无比仁慈
它不是宠物
它是暮年和孤独

微机的桌面,鲜花盛开
这是它渴望却不能企及的世界
也许明天它会消失
也许就这样停留在虚幻里

## 秋 颜

季节到了秋天
已经不能再素颜
万物老去的老去
死去的死去,蛰伏的蛰伏

阳光努力穿透树叶
将七彩光过滤成红色
并告诉秋天被霜打过的叶子

唯有色彩最美

能够掩盖被风雨摧残过的草木、花朵
绽开的愁颜
尚有果实
笑得灿烂

秋水绿，雏菊黄，牵牛花紫
枫叶镶成远山的朱唇
阳光仔细为秋化一个明艳的妆
它是嫁给冬天的新娘

## 莒国情

浮来山中刘勰居，唯余银杏伴寺眠。
陵阳河畔谁曾在，留得陶文存世间；
饮尽清辉岁月寒，文心雕龙千年传。
梦回春秋在古城，毋忘在莒照肝胆；
三教合并儒释道，一字分开日月山。
诗酒田园平生意，功名利禄放一边；
孟姜哭倒齐长城，映淮怒拒节妇坊。
云英赋得风吹雨，敫女智解九连环；
仰首城阳凤翩跹，极目东莞龙蜿蜒。
屋楼春晓水染碧，马亓耸翠柳含烟；
柳青河岸叹流年，国士桥头念前缘。
回望故国心路远，且喜沭水尚拖蓝。

# 苔花静静开

从前,看一朵花静静地开
我的心,洁净、空灵
我的眼睛比秋水更明澈
可以忘记一切
只有一朵花存在

现在,看一朵花静静地开
从午后到天黑
我的心被花之外填满
琐碎,无趣
不能逃避

幸好,你在这个清晨告诉我
以为永远不会开花的植物
正绽放着奇异的小花朵
只有你知道
花之外,我仍心怀期待

# 角　落

被遗忘的角落
结满尘埃和蛛网

时光也没有记起这个地方
所以角落永远是不羁的模样

一棵兰草怯怯地绽放
开了,谢了,谢了,开了
什么时候
角落开始散发芬芳

## 春雨后

一场场花事,聚散
一段段情谊,浓淡
吹开春花的风,摇落春花的风
染绿叶子的雨,打湿叶子的雨
落花,流水,细雨霏霏
我的欢喜和哀愁
就这样,轻轻荡漾心头
谁能告诉我
喜悦至多深多久
才能展开蹙起的眉头

## 色　彩

粉红色的太阳流下了绿色的眼泪
是谁的视觉如此灿烂明媚

深蓝色的树叶摇动着白色的清风
是谁听着朴素的风声,眯上了麦色的眼睛
我总是在这样的时候,一点一点把思绪扯远
在我还记得自己忧伤的同时;还有谁等着我安慰
我换一副笑脸掩藏起心痛;想好许多堂皇的语言
白的黑的红的绿的欢乐和伤悲
还有什么能够如此绝对着色
这样复杂的心情与这样凌乱的色泽
恰恰就是此时矛盾综合体的我
等到这一切渐行渐远
真实的我渐渐清晰
天空已悄悄盖上暮色
一切色彩,只是暮色

## 奢侈的时光

看一朵云彩游来游去
看一只蚂蚁努力地爬上树
看花儿静静地绽放
看蜘蛛缠绕起它的猎物

听秋虫鸣着秋声
听风儿穿过细密的竹林
听远处忧伤的笛音
听妈妈讲过无数遍的童年故事

这样奢侈的时光
是专属于自己的幸福
它消磨着我的时光
也隐藏着我的欢喜

## 莒国古城

青砖黛瓦的风骨
沭水河畔的温柔
它的名字
叫莒国古城
它的春秋：在春秋，在汉，在明清
在今天

古城墙巍巍耸立
斑驳，是岁月刻下的足迹
灯笼串串相连，垂坠檐下
随风摇曳出一段段莒国传奇

漫步青石板街，听货郎的吆喝
这一秒与历史擦肩而过
又一眼看见了人间烟火
它在告诉前往的或途经的你
这是邂逅，也是重逢

· 张成莲 ·

诗歌

## 沭河岸边

四季如春，静雅芳香
环绕着沭河两岸
姹紫嫣红，绿意盎然
有的如江南的那抹茶绿
有的像秋天的枫叶红艳
嫩黄的燕子树
让你不禁停留不前

春天油菜花开得金黄一片
一眼望不到边
夏日五颜六色的鲜花
把河岸点缀成一个大花园
秋天向日葵让河岸金灿灿
冬天的雪花洁白无瑕
让整个沭河银光闪闪

月光下的河岸
与廊桥依依相伴
五彩缤纷一道靓丽的风景线
长长的廊桥
将沭河动人的故事传说

我在遥远北国
种下一颗南国的红豆
任其天荒地老
或许爱总会千回百转
或许人生终究无法圆满
我仍用明媚的笔调
许你一场春暖花开
弹一曲高山流水,袅袅余音
邀清风细雨,催一树花开时光流转
约一弯思念,在绿肥红瘦的韵律里
将一江春水情深意长

沭河啊,我的故乡
好想用一生的时光为你写诗
用爱做韵律,情做笔调
你就是从唐诗宋词走来的翩翩少年
我就是你心中的莲花仙子
流年的风吹皱了心底的涟漪
想你,在寂寞的文字里
念你,在无眠的夏夜里
为你,我开成一朵莲花

# 我把冬天装裱在我的心上

我把冬天装裱在我的心上
觉得冬天是一个神思飞驰的季节
有人说冬天肃杀而凄凉
落日将从山巅渐渐隐去
带给我们的是寒冷
而我却不然
冬天的季节
太阳暖洋洋的
大海与布满彩霞的天空是多么美丽
夜色渐近的时候
沏上一杯红茶
伴着明月豪歌一曲
依偎在莒国古城旁边
细细品尝那份芬芳

我把冬天装裱在我的心上
慢慢想象南归的飞雁
是否走在回家的路上
是否也带着和我同样的雅兴
而没有半点的忧伤
北风摇曳着的银杏树干
在嗖嗖地作响
海边的浪花

溅在了我的鞋上
却没有一点儿痛痒
于是我把冬天装裱在我的心上
随我自由地流浪
哪怕到很远很远的地方

我把冬天装裱在我的心上
永远都无法回避冬天的眼睛
金色的秋天刚刚过去
幽雅的冬天姗姗来临
我开启心门让它悄悄走进
寒冷的季节
我在它的身边燃起篝火
温暖所有的过客
也温暖我的身心
当瑞雪骤至
银装素裹万里山河
我心旷神怡
于是我把冬天装裱在我的心上
共赴新的春天

## 我和父亲站在同一个季节

看漫天大雪把整个世界包裹得纯洁、坦然，思念父亲，悼念父亲逝世二十八周年。

——题记

如今白雪飘洒的冬季
又一个跋涉者开始重新
续上昨日的憧憬
黄昏在我的头顶
悄悄降临
而我第一次俯身
白雪皑皑的冬天
是那样的纯洁
那样的坦然
面向眼前这些松软的土地
仿佛一切的想念
都如尘埃般顺利落定

所有的果实都已被收获
我不知道还会有什么与这个季节相关
就算再经历一次声嘶力竭的呐喊
而空阔的原野是白色的黑洞
它将毫不留情地吞噬那苦苦挣扎的回音
再后来
凉意效仿起裸露的光芒展露周身
我朝故乡的方向坚持微笑

我回想起
在军队时那饱满的情绪
那威武的姿态
回想起和父亲一起收税的日子
回想起和父亲在冬天的季节里

这时我和父亲就站在了同一个季节里
随之而来的大雪
因此充满无限的玄机
父亲，你在天堂还好吗

## 情侣石

驻足寨里河莲花山上
我用仰慕的目光
追逐着情侣石释放出的爱的火焰
两石相依相偎
耳鬓厮磨缠绵

一曰青山，一叫绿水
把爱的箴言装在心田
绿水长发飘逸
贤淑善良
青山威武雄壮
勤劳勇敢
男耕女织
日夜劳作在寨里河畔

青山让整个山川瓜果飘香
把红桃、青梨、黄杏、蓝莓装入多彩寨里

绿水梳妆着土地
将菊花茶的清香挥洒云端
百合花的芬芳灌满四季
合奏出
一曲千古绝唱

注:情侣石在山东莒县寨里河镇莲花山

## 五四之光

翻开一九一九年尘封的历史画卷
那是五四青年人的梦想与重托
鼓动着激情与热血
吹响进军的号角与七彩的音符
将青春的火炬之光点燃
有人感叹青年人将岁月蹉跎
有人说青年人担不起国之栋梁
那一阵狂风卷集着漫天乌云
这是暴风雨来临前的呐喊
一道道电闪雷鸣后的光亮
这是新的希望与曙光

我看见五四青年人
站在岁月的风口浪尖之上
呼喊着
“外争主权,内除国贼”

"取消二十一条"
"拒绝在和约签字"
耳边响彻云霄的回响
激荡着每位炎黄子孙的心房
透过硝烟弥漫的背后
青春的梦想与希望的力量
露出了阳光的五四笑脸

在那骤变的风浪与尘埃里
青春,是芙蓉树下最美的鲜花
馨香中露出火热的梦酣
青春,是蓝天白云中翱翔的雄鹰
畅想未来
透过黎明前的黑暗
遥望大海中的航标灯
追寻着新青年的理想
在觉醒年代发出了希望之光
在瞬息万变充满挑战的岁月里
奋勇向前,向前,再向前

星辰、烛火、皎洁的月光
还有那星星之火可以燎原的地方
青年人同样放射着不屈不挠的光芒
凝聚起奋战的力量
托出一轮火红的太阳
那三千爱国主义的青春
正透过灿烂的暖阳

光芒四射,坚定的信念永在
燃烧那炽热的心房
踏着青春遨游太空
坚不可摧的信念
在时光的隧道里
感受青春,超越激情

五月的鲜花告诉我
一九一九年三千莘莘学子
外争主权,内拒国贼
将五四之火
燃烧在祖国大地的每一个角落
传承中华文明弘扬民族精神
一百多年的风霜血雨
叱咤风云,拨开迷雾见月明
斟满灼热的光芒与梦想
青春的力量激荡着民族希望的华章
新的五四之火
点燃创建和谐与文明的激情梦想
朝着新时代的曙光
高高扬起五四鲜红的旗帜
拥抱祖国明天的灿烂与辉煌

## 夏　天

夏的晨风

柔软得像爱人的唇印在眉尖
一只小鸟在上面不停地跳跃
洁白的羽毛
醉了我的双眼

夏天的雨
缠绵得像爱人的唇在耳边
一只蝴蝶飞落躲雨的屋檐
楚楚动人的翅膀
让人心生爱恋

夏天的小河走得很远
一群鱼儿在尽情狂欢
无忧无虑的神态多么单纯
像极了你初约时的脸

夏天的鸟儿啾啾呼唤
呼唤的声音动人心颤
我喜欢斜倚在曲栏上放飞思绪
让心去拥抱那一片深蓝

风吹起了衣衫
身影倒映在水里面
无忧无虑漫步在花红柳绿的伊甸园
让一支瘦笔架在彩虹上面
放宽心胸去尽情地描述吧
风来雨去才是最好的人间

## 夏至偶记

池塘净水荷叶莲
赏一朵莲花静坐
诵读一卷经文,写出尘世所有的美好

诗人文字里
把最长的白昼高高举起
一缕缕清香
氤氲荷塘绿色
心中的拔节思念
也在疯长

蝉儿憋了太久的情感
将热度顺势高喊
飞跃将热度高攀

热情澎湃的诗人
大汗淋漓地赶往心田
蓄势煮沸情愁

## 小　暑

你是夏天的彩色

将夏日青春燃烧
狂热洒满整个世界

雨被你搅得升温
大地让你变成烤箱
行走的人们热浪翻腾
狗儿伸长舌头
趴着不动

你将夏天带入了闷热
火烧火燎难以诉说
如火如荼熬着日月

热由此日升腾
万物开始拔节向上
知了的高歌
一浪高过一浪

## 荷叶之秋

风吹铃响,发出了禅院的钟声
残败的荷叶
如一张皱纹斑斑的脸
失去了春天的鲜嫩、夏天的狂热

叶上那梦醒的蜻蜓

飞得无影无踪
驻足的池塘
日渐清瘦
唤醒黎明的鸟儿
准备远行

秋风猛烈摇曳着荷叶的幻想
绿色浅旧
伸出抖颤的手
似乎在乞讨着什么
蓝蓝天空白云飘荡
已不再对荷叶
有丝毫的眷顾

风中的荷叶没有悲哀
坐看世人收获成船的莲子
准备迎接新的岁月人生

## 走进梁甫山

我们用雨过天晴的心情
怀揣着天高云淡
踏着清溪走进梁甫山
那水洗过的山格外青
带着水珠的槐花一串串挂满蓝天
幽香了十八道山弯

山下，劳动的人们不停闲
种谷，洗姜，忙果园
把延绵不断的青山
装修成一道道梯田

红瓦房与青山
缠绵成一幅幅优美的画卷
让人心潮汹涌澎湃
流连忘返

山上，低头野菜青葱
举目蜜蜂与槐花争宠
偶有鸟儿盘旋

五月的风
吹绿了梁甫山的崇山峻岭
蓝蓝的天空
将白云驻满心田

守望梁甫山的山水美丽
我把渴望、眷恋
写进诗与远方的乐园

## 致老师

三尺讲台播洒着真情
手中的粉笔染白了青丝
年轮穿过四季
啄食着你的容颜

在汗水挥洒的黑板上
将智慧传播
点燃理想的火种
如春蚕吐尽一生的忠诚
像迎春花吟唱着早春的歌声

先生,是最早的称谓
老师,是心灵的呼唤
用慈母般的爱缩短着彼此的距离
心与心的交流
带我们穿梭于科学的迷宫

漫漫长夜里
弓腰劳作的身影
用蜡烛的血泪
早起的鸟鸣
将桃李芬芳写满苍穹
把人类灵魂引向亮丽的星空

## 珊瑚之恋

当血深融于那片珊瑚红时
我早已
把爱装裱了三十五年

在心与心叠成的同心圆里
酝酿着一双儿女同降人间的大剧
锅碗瓢盆交响曲中的音律
柴米油盐酱醋茶中的奶香溢满了生活

从此,你在文字里畅叙美好
我在碧空里数着星星
风雨中荡起诗的帆船
托清风明月为爱添加醇香
再把摇椅慢慢摇成
新一轮的珊瑚恋

## 相逢是首歌

心与心穿透燃起的圣火
在夏与秋相约的情缘里
灵动了书城一隅

从畅叙情怀里吟出的诗行
会打开落雨的泪腺
也会奏出激情的种子和愉悦

相逢是一首歌
把一份感激、一种态度，写在心上
在诗与灵魂曼妙的舞台上
我以飞翔的姿势
不问高度
凝望成爱你的习惯
唤起春夏秋冬的重重叠叠

## 大辫子印记

母亲将她心中的骄傲
梳理成两条又粗又长的大辫子
寄挂在我的头上
直到我读初中了
还由她打理

母亲将头发分成了四份
用花皮筋扎起双股长辫子
把我的青春热血一同扎进了温馨靓丽
以及最值得炫耀的印记

直到走进文艺兵的队伍

在一声叹息中
大辫子失去了生存的记忆

脱下军装进校园时
慢慢地
大辫子摇曳在青春岁月中
又一次,我的大辫子跟上时代潮流
开成了心中的花

岁月的年轮吹走了大辫子时代
我把封存的大辫子交给了夕阳

## 七月赞歌

七月,有火红的旗帜
有我们如火如荼的诗情
七月的旗帜上
写着我们的誓言、信仰
记忆和大潮般的浩歌

七月的流水
沿着南湖烟雨铺就的航线
驾一页小舟
载着中国的命运
驶向一个个浪急涛涌的黄昏
驶向第一百个金灿灿的黎明的时候

一百支红烛
便摇曳着喜悦与自豪
那飘扬的红旗
那金色的锤镰
曾将一个沉睡的民族唤醒
把一个古老民族自尊的意志
自强的信念凝聚成可挽狂澜的巨大力量

七月，历史的长河因你的曲折坎坷
更加深邃迷人
从五千年封闭的幽暗中流出
穿过血与火、爱与恨
荣与辱交织的旷野
连接着二十世纪尽头
那个霞光飞迸的金色早晨
穿行在悠悠岁月
隆隆雷电与深深风雨中
用共产主义的信仰
托出共和国冉冉升起的太阳

你高昂的头颅
挺起的胸膛
是千万在硝烟中飘荡的不屈灵魂的再现
你敏锐的目光
矫健的步伐
是千万党员的意志和力量的凝聚

百年的风雨兼程
一次次历史的转折
中国共产党力挽狂澜
乘风破浪驶向光明的彼岸
铁锤与镰刀用生命之水铸造
百年坚强的理想与信念
书写着天地之爱的光辉篇章

我们很幸运
远离了黑暗、苦难和枷锁
奋斗百年路
起航新征程
已获得了走向明天的力量
抓住纤绳扬帆冲浪

七月的霞光，百年的历史
在开拓创新的春风细雨中耕耘播种
把握住保持稳定的舵轮
东方的睡狮已不再沉默
南方的繁华与富丽
因虎门炮台的沉重
更显得昂扬轻松
北方大都市的微笑与风流
因长城的古老
更显得充满青春的活力
东部的绿色诗行和蓝色旋律
因运河的幽深显得抒情浪漫

西部身躯的粗犷和劲挺
因飞天的舞姿飘逸
更显出雄性的威猛和剽悍

自由民主的
九百六十万平方公里的空间
因鲜红的七月
更显得一派辉煌和灿烂

七月的阳光
种下一个个甜蜜的日子
映出东方巨龙的自信自强
天空是你博大的胸怀
白鸽是你放飞的希望
养育中华民族
照亮了五十六个民族的心房
每年七月
都要生长出如林的歌声
没有共产党,就没有新中国

## 故乡的雪

故乡的雪在凛冽的北风中穿行
每一行脚印都写满诗语
与骨瘦的枝条共舞

原野山川、水库塘坝已被爱填满
晶莹剔透的六瓣花开
为田野的麦苗和枯草盖上了厚被

挂在屋檐下的一条条冰锥
与飞翔的雪片联手
为冰天雪地助威

两只鸟儿被封存在石榴树上搭起的窝内
放弃鸣叫
无心探视那洁白无瑕的世界
只顾享受爱巢里的暖意

## 雪中情

雪花带着故乡的恋情轻轻落下
唯恐惊动这尘世所有的爱与静
给万物披上洁白的盛装

聆听着雪花飘逸的梵音
我爱恋的雪莲花已盛开在心中
将冰凌融化成相思的恋曲

踏雪寻梅的心弦
已将爱与雪融入在这个冬季
一首恋歌绽放在心灵空间

成为永恒,写下美好

## 期待暖意

在冬日寒凉里想起家乡的土炕
期盼一次久违的邂逅

小心将往事在月光下摊开
翻晒久违的那份暖
咀嚼着封存的记忆
和故乡的温馨

停暖的老楼张望着天空,静默无言
在暗淡的路灯下晃悠
我把期待装在心里
与暖阳相视

· 赵月虹 ·

诗歌

# 当文字与茶相遇(组诗)

## ——日照诗坛夏庄浮来青采风

### 茶忆

茶树下
木墩上盘腿就座的奶奶
左手环抱着烤火的瓦罐
右手托着巴掌大小的棕色茶壶
眼睛盯着发黄的旧书卷
时而含笑,时而仰起头对着壶嘴嘬几口
升腾的热气透过叶隙下的一米阳光
飘到她长长的睫毛边
那一幕,一如美丽的油画
深深地定格在我儿时的记忆里
那时的我
不知道茶壶里泡的是苦辣还是甘甜
但从奶奶陶醉的表情里
懂得了什么叫温暖

当天空最后一颗星星合上眼睛
忙碌了一天的人们进入梦乡
牛棚里还透着亮光
煤油灯下
教书的父亲正挥笔泼墨
为父老乡亲墨写新年吉祥
铺满麦秸秆的地上
摆满了一副副未晾干的对联
水泥板搭起的桌子上
一碗凉透的大碗茶飘出淡淡的清香
父亲说那茶是醒神汤
喝了它夜晚也能看见太阳
我不知道什么是担当
但从那时起
我便知道文字会在茶色里生香

## 茶韵

许多往事已在岁月里沧桑
我时常守在茶树下
饱嗅那一缕流淌在大碗茶里的墨香
直至满树的嫩绿变成片片金黄

一捧青青芽
一帘幽幽梦
垂挂着年少的懵懂
将青涩卷进梦幻中的江南小巷

凸起的屋檐,垂下的瓦当
浓重的乡音穿透长满青苔的小路
木格子的窗里飘出大碗茶的清香
一丝一缕浸湿眼眶
一帘不与人语的细雨
将泛黄的记忆一次次杀青
让南飞的大雁记住返程的方向

## 茶语

你在一方水土安暖
在山水滋养里把美丽站成永恒
你在细雨中翘望
在一袭嫩绿里占卜爱的花语
你亦婷婷
你亦长发及腰

寸阴若岁
心上的每个岔口都通向北国
等一场风卷雨绵的爱恋
许一身温润于万千躯干枝丫间
解不开的悬悬之念啊
怎一个情字能将相思了然

## 茶缘

如果春天还没有到来
我会栖息在一壶水里取暖

如果你还没有到来
我会在一线阳光里缱绻
半是寂寥
半是期盼
抑或站在四季的风口，千回百转
直至拥你在唇齿之间

风把岁月的心事翻遍
终于等到你，在一个艳阳天
一抔柔肠粉泪
将木格子窗里窗外的细雨纷纭
遍洒莒州博大宽阔的胸膛
半是婉约
半是粗犷
相融相济，孕育出浮来青独具的芬芳
从此，青在莒州艳丽，情在北国燃烧
一茗一觞，一咏一语
浮来青，浮来情
怎一个缘字了得

当文字与茶相遇
夕阳没来得及隐去
月亮，已在黄昏里上妆
暗蛩唧唧声中
一场茶花盛宴正悄悄登场
长歌带你梦回大唐
汉舞邀你跨越远古

茶香袅袅氤氲着旧梦
一簇篝火沸腾了夜幕下的柔情
风与风对视
手与手共挽
执笔书写
浮来青历史悠远的诗篇

当文字与茶相遇
暮秋,便有了新的故事
叶落轻扬,金蕊倾枝花下醉
伊影叠翠,清茗摇出古国情
且撷一缕今夜的月华
烹茶为字
唯寄勿忘在莒

## 只为见黄昏(组诗)

### 一

迟来的夕阳
平缓了白昼紧促的喘息
一声啼叫,划破了山野的静谧
远处,寥寥片叶的枝杈上
一只鸟儿逡巡在空巢旁
颤动的翅膀上托着忧伤
低头,彷徨
抖落的凄凉飘落

瞬间模糊了我的双眼

二

夕阳蔓延
山风鲁莽的吼叫，不再
云歇了，山倦了
听得见一颗心悸动的疼痛
撕扯着脚下每一条经络的声响
黄昏，无言
或许它已经习惯了这些声音的来路
还有彳亍在空巢下发呆的影子

一把伞，一片天
疲惫的蒲公英在天地间旋转
哪里是家
哪里是天堂
我屏住呼吸
生怕逆转了它的方向
极目，追远
想给它一个灿烂的笑靥
却掩饰不住渗在眉间的缕缕心酸

三

垄间，墓前
枯草轻泛
不知名的小花还在眨眼
半合的双眸满是眷恋

我捧一捧夕阳给它盖在身上
长夜漫漫,不知你是否安眠
蓦然,凝噎
其实,想告诉你
我想带你回家

### 四

黄昏里,许多的声音已隐匿
天地间,许多的景致折叠成遥远
比如鸟儿孤独的啼叫
比如渐次隐没的山巅

我转了大半个黄昏
任凋落的草籽花屑沾满衣衫
凋谢是真实的,盛开已成为过去
纵是百折千寻
终是回不到从前
故作不经意地回望
滴血的红刺痛了我的眼眶
转身
夕阳遍地流淌

## 轮回在旧时光里

——浮来山非遗文化展小记

一缕山风带着倦容,在林中

与飞叶相拥
落红轻舞不语，在晨光里
为我们悄悄铺开旧梦

草鞋、蓑衣，黄泥哨、布老虎
搁浅了我们匆匆的脚步
石磨、纺车，木雕画、过门笺
忙碌了深秋略显萧条的山脊

那一年，那一日
你梳起了两条麻花辫儿
我穿着姐姐亲手绣花的条绒粗布衣
我俩牵手在这片温暖里

我们爬上高高的山顶
白白的云朵在乌黑的发间缭绕
七彩的阳光里晃动着我们青涩的模样
雀跃的心儿，傍着季节在伸长，伸长

一抹旧时光
拉长了我们与青春的距离
浓厚的非遗文化气息
膨胀了回忆的尺度
那一声声冗长的山谷回音
丰满了生命如诗如画的四季

破旧的唱片机一遍遍重复着旋律

一如过往的背景终在眼前放逐
而多年后
你我将会辗转成谁的背景
又会成为谁的回忆

## 过门笺，沉睡在历史门楣上的色彩

——观莒州刻纸传承人有感

一把精致锋利的刻刀
凿刻出非遗文字的灵光符号
锯齿棱角，浅藏岁月的沧桑印迹
点线虚实，深谙独特的风土人情
亭台月榭，恍若身处袅袅云烟之中
环肥燕瘦，将远古渐行渐远的脚步唤醒
过门笺，一道沉睡在历史门楣上的色彩
在暮秋的枝头舞动

秋阳里，沧桑的面容流露出少许拘谨
粗糙皲裂的手却张弛有度
刻刀下
山石飞瀑时缓时急
春花秋月栩栩如生
纸屑在飘落，飘落
如曼舞的枫叶在纷飞
时而隐入梨花带雨的婉约
时而倾注枫叶流丹的相思

一边是离殇的凄美
一边是涅槃重生后的壮观

轮回在旧时光里
忽而有一种遐想
与其等一场卑微到尘埃里的情感
不如选择心碎的过程
比如沉寂的湖水
比如亲情
再比如爱情

哦,乡间的毕加索
以刀为笔撰写出草根的艺术人生
将每一寸肌肤里的崇尚
每一份对祖先的敬仰
刻在历史的门楣
高高地悬挂在非物质文化遗产的长廊

## 大山深处飘书香
### ——记《刘官庄乡村文学馆》揭牌仪式

在湛蓝的天空下,在贫瘠的山坳旁
一个大山的孩子,跨越高粱秆围成的栅栏墙
走出了母亲的视线
在路旁仍是阴暗的茅草屋前
一个老妇日复一日立在门口期待着孩子

许多孩子在村口期待走出大山的玩伴
幻想着，他能背回一座书香的小院
多少次日出日暮在他们身边升起又降落
多少个时光在他们的期待中变得寂寞
一样是飘着呼啸的风
一样是隐着清冷的月
一样没有人知道
那个月夜离开大山的他变成了什么模样

直到榴花似火
绿色的火焰在草上摇曳
他走来，在全村人的期待中归来
大山给予了他生命的光芒
他用知识的力量开拓新的辉煌
朝来，一行行文字在雨露中滋养
暮去，一缕缕墨香在晚霞中流淌
他用挚爱将生他养他的这片土地燃起希望
在这里，可以与青山对吟，携白云畅想
在这里，可以走近历史，把唐宋回望
在这里，可以咏诵杜甫的悲壮，可以感怀李白的月下忧伤
这里的每一抔泥土都浸润着古文化的芳香
每一块石头都碰撞出祖辈们曾经的高亢激扬
他坚信
从石缝里钻出的生命更旺盛
山顶上长大的孩子，应有更远的目光
他要在故乡搭建一处文学殿堂
让文字在大自然的乡间泥土中芬芳

一个梦,一个多么久远的梦
从此,一座诗意的文学圣地崛起在梦想的枕旁

就是这个榴花飘火的日子
一场诗意的文学盛宴绽放在五月如画的长廊
我们来时正是绿荫婆娑青叶儿飘香
我们来时恰遇蔷薇玉琢粉妆
一群远飞的鸟儿停在榴树上
双飞的蝶儿落在蔷薇花旁
它们伏在这片热恋的故土上吮吸
它们跳跃在枝间歌唱
这里深谙思乡的情怀,这里牵着游子的梦想
这里是文学的驿站,这里有诗和远方
架起城乡文学沟通的桥梁
让文字在青山碧水间徜徉
情满山村,爱驻故乡
让莒国文化在这里积聚,源远流长
在四季交替的音符上留下诗意一行行

## 诗和远方

在清晨的刻度上泼墨足迹
去远方找寻一处诗的写意
无关风雨
无关忙碌

用一颗心的温度
在日出的地方
将诗的灵魂锁住
笙歌当空
酒香漫溢
如清照委婉地诉说心事
如杜甫慷慨诵吟豪言壮语
更如穿越在远古那抹纯净的时光里

当夜幕来临的时候
灯光正画出一条小路
我用心丈量着回忆
其实,远方不远
你和我,也只是一首诗的距离

## 五月,石竹花香

去年的今天,石竹花香
绿树掩映着缤纷的曲径
阳光吮吸着朝露的清爽
碧天相连的花海
红白簇拥的娇艳
淹没了石阶旁年复一年的期盼
在那一幅若真若幻的山水画卷里
一抹浓彩穿越淡墨
留白处诉说着隐匿在流年里的千思百念

今天，石竹花香
再一次走近石竹花开的堤岸
一片旧地让思绪柔软
那灿若粉霞的花丛深处
可有梦中熟悉的影子
那绿叶间点点的霈露
可是母亲挂在腮边的泪滴
好像就在昨天
您还在眼前
您的笑容，您的呼唤
想您的时候，明媚的阳光也突然变得暗淡
此刻
我不想寻找什么
只想让思绪绕成一缕柔烟
慵懒在迢迢的记忆里
千遍万遍

很久很久前的今天，石竹花香
那条弯弯的山路蜿蜒着我们无数的欢畅
我们拽着您的衣襟，围在您身旁
您把一朵朵花儿挨个插在我们头上
俏丽的花儿在发间芬芳
淡淡的清香在您的蓝布衣襟上流淌
从此
记忆的长廊上印满了石竹花的模样
那蓝色的棉布衣衫把悠长的思念

烙刻深藏

五月的阳光,石竹花香
因为痛而告别遥远
不再倾听山野的沉酣
思念在另一个城市的天空弥漫
无意中泪潸潸洒在花前
回头看仿佛您的笑靥在花间烂漫
一丝一缕都在我心上缠绵
我知道我寻找不到什么
只想在蓦然回首间
再次听到山谷回音里那一声亲切的呼喊
再能看到飘扬在花丛中的那件蓝色棉布衣衫
千寻眸恋
在每一个石竹飘香的五月天

## 雪　花

我站在窗前看你
一抬头
你纷纷扬扬
刚好吻上我的眉际
我也吻你
不顾你眼中的一丝酸楚

透过冰冷的玻璃

温暖像雾一样拥抱着你
你轻轻地
轻轻地滑落洁白的羽翼
流下一行水晶般的泪滴
你看到了我的笑容
却读不懂我流泪的心情
本想给冬一个诗意的畅想
却错把你的美丽变成了透明的忧伤

喜欢你没有过错
挽留你没有过错
若可以再赐你我一场相逢
我定会以你喜欢的姿态
远远地看着你
还你一对天使的翅膀
在天空中
飞扬飞扬

## 今夜有雨

今夜有雨
雨在静夜里私语
那凉凉的呼吸
把夏多余的温柔散失

今夜有雨

雨缭乱了窗前的思绪
那些消瘦的记忆
在风中渐渐没了踪迹

今夜有雨
雨打湿了我的诗句
飘落在夜的眉蹙
一滴一滴
汇成相思的泪珠
于是
便有了秋的故事

## 转身，梨花成殇

四月的春风
轻剪下一缕融融的柔情
倾洒在梨花枝头
我为之倾倒的梨花
悄然绽放

幽幽清香弥漫
蜜蜂浅睡在花蕊间伴酣
微风轻吻它的眉尖
我缓缓俯身
唯恐一不小心触伤了梨花天使般的容颜

有风吹到我即将碰落的梨花
片片梨花瓣儿
怯生生地轻盈飞旋
转身仿佛看见了一张梨花带雨的脸
垂着两粒忧伤
我不忍离去
任它在我摆动的衣袂上彷徨

凝望离枝
心头掠过一丝惆怅,我知道
在我离开之后
这阳光下的梨花也会告别明媚的春光
花开花落春去秋往
就如同这梨花的白
在心头辗转成殇

梨花香
忆留香
而我是多么的不情愿
把离别写进春天的诗行

## 晚秋,一场唯美的告别

匆匆赶到这里
只为冬日来临前
骋望晚秋那一抹美得让人心疼的旖旎

季节肥了又瘦瘦了又肥
我又一次错失与初秋牵手的机会
我踟蹰我回望我叹息
一如彳亍在黑白交替的光阴里
那患得患失的梦呓

托起柔情的曦光
托起心中对晚秋那份无尽的歉意
溢彩流金的日子
不曾与你共舞
唯愿寒冬的阳光一样会温暖你
无论晴天蔽日何时何处
依然能寻到你温馨浪漫的气息

天空飘起细雨
一滴一滴洒在晚秋的眉间
飘忽不定的风儿
席卷片片落红
诉说离别的话语
至此一别将是永远
当风雨一同来袭
别离
已成为晚秋里一场唯美的生命之旅
无论缘深缘浅是否愿意
那曾经的过往
那执着了一季的美丽
终将会在岁月的门楣烙上恒久的印记

天空飘起细雨
雨中
我为晚秋拭去深情的泪滴
冬欲来,秋将逝
每一刻时光里都流淌着缱绻的旋律

沿着来时的小径
一路找寻秋的足迹
我来过我离去我珍惜
所有来得及来不及的
都促成了这一场唯美的告别仪式
想挽留你终不能够
因为任何一种用心的告别
都将是一场新生的开始

## 国旗下的恋歌

那一年,国旗下你我相识
当时军歌嘹亮,皓月当空
崇拜地望着你领角上闪亮的五角星
羞涩悄悄漾上眉间
好在两颊上泛起的片片绯红
被夜色遮掩
我庆幸

那一天,国旗下你我相牵
当时蓝天为证,白云作凭
我们跪拜在国旗前
两重心字相叠,憧憬
在鲜艳的罩头红下一次次潋滟
我沉醉

那一夜,紧急号响惊醒沉梦
我抱着女儿送你踏上征程
记得当时星儿闪烁,月儿缱绻
对视的双眼模糊了
臂弯里稚嫩的小脸
帽檐上方那颗星星划向静寂的黎明
服从命令是军人天职、使命
在肩负的天平上承重
我欣然

今天,熟稔的号角又振雄风
鲜红的旗帜
扬帆在爱的旅途,一程又一程
国旗下
铁骨柔情,银发辉映
你举至齐耳的左手还是那么从容
我偷偷学着你的样子
一如牵手戎马岁月的那些时光
向国旗敬礼

## 浣溪沙·咏梅

浅扫黛眉淡更妆，吐苞破萼出闺房，临风傲雪溢清香。

曾在萧秋逢苦雨，严冬沐雪又经霜，百花殆尽冠群芳。

## 西江月·七夕

银汉一钗横断，枉倾三世情缘。泪眸隔岸鹊桥前，相顾无言潸泫。

月落星移斗转，红尘咫尺何年。几回魂梦付长天，空把相思柔软。

## 西江月·岁末思怀

昨夜雨卷轩幌，深更又转新凉，一朝露重结清霜，心泪一掬潸怅。

枯叶西风相望，盈眸孤影成殇，尊亲远去梦离乡，愁绪眉梢共长。

## 长相思·情系葫芦园

云也悠，雾也悠，清影萦篱陌上头，浓情点点留。

梦柔柔，心柔柔，细雨清风眸水秋，素颜藤下羞。

## 卜算子·暮春行

层峦绽芳容，隔岸秋波送。绿柳依依掩红枫，枝上莺鸣弄。
阶前听花吟，藤下浮幽梦。春色漫漫流水匆，莫问思多重。

## 一剪梅·桃花吟

三月桃园喜相逢，桃若霞红，面若桃红，
桃花十里笑花丛，情有多深，爱有多浓。
蝶舞燕吟望远鸿，羞了流水，怯了东风，
莫怨花落去匆匆，情在眸中，情在心中。

## 一剪梅·飞瀑

叠嶂层峦雾壑中，山坡环绕，绿意醺浓。
飞花瀑沫似蛟龙，挥弄琼珠，醉若朣朦。
流水淙淙遁逸踪，一潭清泓，几许芳踪。
曲终客散梦双重，半是踟蹰，半是从容。

## 如梦令·山行

山隳云中吐雾，盘磴林间旋舞。逾陟犹回眸，纵览繁华出处。凝注，凝注，便引遐思无数。

## 蝶恋花·荷田麦浪

倚水碧荷晨雾绕，三两荷田，更比昙花俏。叶上初阳凝睇笑，引来彼岸莺飞早。

麦浪临风欹欲倒，一片锋芒，难挡风沙啸。金色流年青涩缈，沧桑淡尽非惟肖。

## 鹧鸪天·映山红

遁世深山数百年，春芳寂寂自超然。
偶逢惜梦恋花者，便向平川幽径边。
朝唏露，暮霞烟，甘来苦尽笑名媛。
知君肝胆红颜醉，我欲归来莫等闲。

## 鹧鸪天·中秋夜吟

云敝天穹月色朦，星河遁迹悄无踪。
犹怜玉兔茕茕舞，又恐嫦娥郁郁容。
中秋月，月难逢，未曾推盏泪先融。
一杯素酒邀明月，空对长天梦几重？

## 鹧鸪天·辞年

爆竹声声惜别年，烟香缕缕诉缠绵。
远山雁过千千遍，近水亭檐雀舞欢。
梅怒放，迎春眠，春花冬蕊醉无言。
枕边一梦寒犹在，枝上春风又盎然。

## 菩萨蛮·故乡情

逶迤山路芳蕤蔽，泉边玉蝶慵梳洗，晨露溅罗衣，清香绕发丝。乡音何处有，孺子眸中透。情长似溪流，相携在晚秋。

· 杨世美 ·

诗歌

## 最长情的爱

忘了是哪年哪月的春天
我从花卉市场
买断了你的终身

你有一个女人的名字:
绿萝
你的命很硬,不娇柔
你喜欢,绿得单一
我喜欢你活力四射

大约八九年的光阴了
你出落得亭亭玉立
倚在卧室的墙角
阅尽了我的沧桑
倾听着我的心事

算不出有几千个夜晚
我早早地坐在床上
耐心地
等你向我奔来

虽然,你一直
沉默着
不闻不问我的悲喜
不知我的冷热

可我能读懂你的灵魂
对我最长久的陪伴
是最长情的爱

## 差号与差距

每天写一首小诗
然后打上差号
总能看出我写得
不够有底气

今天
拜读香港一位女诗人的诗歌
按捺不住
又写下第二首小诗
再次打了差号

叹息着
陷入无休止的反思

## 爱

我的心,拳头大小
里面却装着大海一般的爱
我问心
我深爱的人是谁
心曰
是大海装不下的那个人

## 只是冬天的过客

冷雨乱飞
北风一挥手臂,无情地撕碎了一树一树的衣裤
冬,裸露着灰暗的身体
无情地扼住了流水及飞鸟的喉咙

同时,也扼杀了
宛若懵懂少女
憧憬美好的月季

## 残 荷

风，溜进秋天的舞池
伴它，借一湖的月光起舞

那盛夏里
脱俗的舞者已逝

水鸟，趴在蒹葭上观看
惊出一声尖叫

寒霜打在脸上
舞步凌乱了月光

## 今冬不冷

太阳一直散着温度
风，肆意地发着小脾气
一位诗人
带给我另一位诗人的诗集

整个傍晚
我在诗集里
喝茶，聊天，谈女人

我的灵魂
成了莫腊诗歌里的自由鱼
不停地畅游
忘记了乡愁

那有血有肉有灵性的诗歌
被他放养在了世间万物

## 乡 愁

城里的月光
穿越密集的丛林
带着我写满念想的家书
伴在母亲孤单的身旁

闹市的星子
从树梢划向西山
跳进我的梦乡
泪水洒落在南岭
父亲以及哥哥的坟茔上

小雪过后
村前的小河停止了欢唱
雪籽在小河里开花
在屋檐上结果
在玻璃窗上

画满凄凉

## 阳台上的小白菜

绿色缩到土里
鸟雀的嗓子，打着涩
如同风中了无生趣的冠枝

站在圆盘上的小白菜
在温柔的阳光里
宛若李白写给贵妃的诗

窗隙间挤进的风
醉了一地
为金灿的暖阳
还是为婀娜身姿

## 母亲手中摇曳的蒲扇

雨，在夜里翻来覆去
捅破了我脑海里的记忆
顷刻间倒满屋子

草席上，爬满了童谣和故事
一轮月亮跳出来

安静地乘着凉

河岸两边草丛里的虫鸣
最终没能压过想要拿下整个夏夜的蛙声

一株葫芦舒展着叶子
顺着故事爬到了屋檐上
两只白色的蝴蝶
扇动着薄如蝉翼的翅膀
缱绻于葫芦藤旁
“梁山伯”与“祝英台”凄美的爱情
从此上场

如今,住在空中楼阁的我
童话、蛙声已经成为久远的过去
岁月持笔在我脸上画满了沧桑

今夜
我翻遍整个童年
唯独丢了母亲手中摇曳的蒲扇

## 红　梅

无意一瞥
倾心,钟情
不是因为你桃花般的美貌

使一身疲惫，也不忘沿途风景；无论身处何地，始终保持心灵的清澈美好。

身在莒地，脚踏这片厚重的土地，感悟“三千年古城、四千年银杏、五千年文字”的博大和魅力，记录乡俗民情和自己成长的心路历程。生于斯，长于斯，便有一份责任，在今天，我们应该怎样面对今日之文明、昨日之文化？莒地历史源远流长，在传承发展中，我们可以做点什么？莒地人才辈出，是书画繁荣之地，也是文学繁茂之地，那么就把这些作品结集出版，作为文学百花园中盛开的一枝，为春天增添一抹色彩吧。

这本集子，虽然只是写花开叶落的心情，写儿女情长的故事，却是我们对生命热切的表达，对家乡由衷的赞美。

捧出这些文字，难免心怀惴惴，似乎看到在浮来山定林寺校经的莒人、历史上著名的文学理论家刘勰，他睿智的目光穿越千年，从《文心雕龙》的书卷中望来。想象着，那目光里有鼓励，让我们有勇气写下所思所想；也有期待，让我们努力拥抱文字，争取有更好的作品。

沭河岸边，春意荡漾；古城街道，车水马龙。这是我们深爱的家乡，是出发的起点，也是回归的终点。愿这片土地生生不息地繁荣，愿《文心雕龙》烛照之光代代相传，愿我们作为莒地女性的一部分，以热爱之心和女性之美，活成一道风景，照亮自己的家庭，也照亮这一方水土。

春天花开，秋天落叶，都是四季的语言；无论忧伤，还是喜悦，都是生命的见证；文字或有笨拙，或有浅陋，都是真诚和爱的表达。

感谢为本书结集出版给予指导帮助的铁流老师、王世龙老师、蓝野老师及莒县文旅局、莒县作协的领导，感谢百花文艺出版社的编辑们。此书终于出版，这是七位莒地姐妹作品的合集、友情的见证，愿它如一片银杏树叶，用最青翠明亮的色彩，在阳光下点缀城池绚丽多彩的春天。

2023年4月8日于莒县